KB005566

나는 왜
니나 그리고리브나의
무덤을 찾아갔나

나는 왜
니나 그리고리예브나의
무덤을 찾아갔나

초판 1쇄 발행일 2018년 3월 28일

지은이 송 영
펴낸이 김종해
펴낸곳 문학세계사

주소 서울시 마포구 신수로 59-1(04087)
대표전화 02-702-1800 팩시밀리 02-702-0084
이메일 mail@msp21.co.kr
홈페이지 www.msp21.co.kr
페이스북 www.facebook.com/munsebooks
출판등록 제21-108호(1979.5.16)

ISBN 978- 89-7075-873-2 03810

값 14,000원

이 도서의 국립중앙도서관 출판예정도서목록(CIP)은 서지정보유통지원시스템 홈페이지(http://seoji.nl.go.kr)와 자료공동목록시스템(http://www.nl.go.kr/kolisnet)에서 이용하실 수 있습니다.(CIP제어번호 : CIP2018008652)

송영 유고 소설집

나는 왜 니나 그리고리예브나의 무덤을 찾아갔나

문학세계사

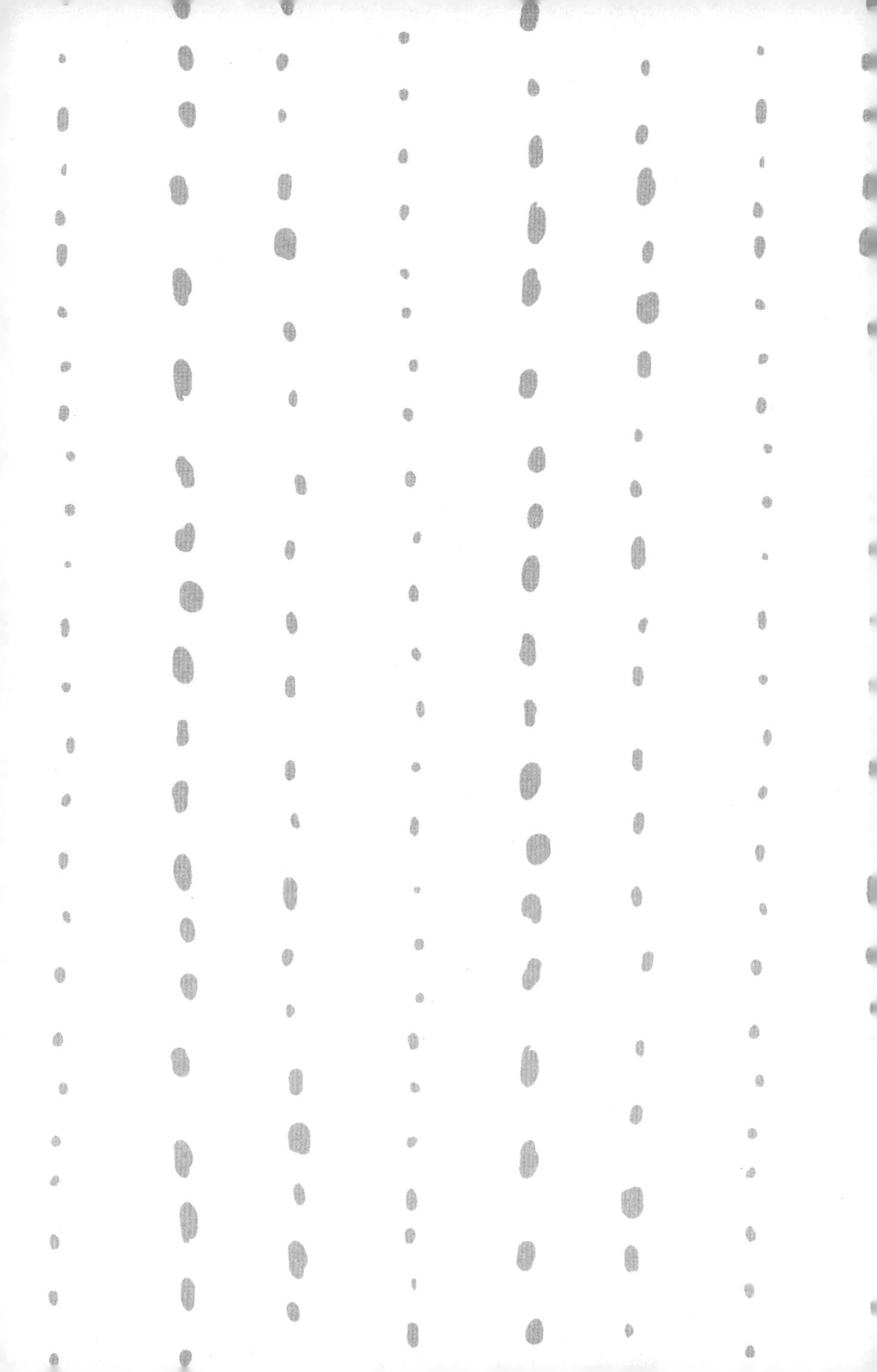

【차례】

화렌의 연인

1

해마다 겨울이 다가오면 나는 화롄을 떠올린다. 형편이 허락한다면 남국 따뜻한 바닷가 소도시에서 이 겨울을 보낼 수는 없는가 하고. 나이 들수록 아파트 옆 모퉁이에서 불어오는 겨울 찬바람이 살갗에 칼날처럼 아프게 느껴진다. 겨울 한동안은 타이완 동부 해안 도시 화롄에서 어슬렁거리며 지내다가 봄이 되면 서울로 돌아온다. 왜 하필 화롄인가? 나는 화롄의 바다에 잔뜩 매료되어 있다. 그곳 해안 언덕에 서서 남태평양의 코발트 색깔의 푸르른 물결을 바라보고 있노라면 온갖 시름이 스르르 사라지고 아늑한 꿈결 속에 숨을 쉬고 있는 듯한 평온함을 느낀다.

그렇지만 이런 사치를 한 번도 실현해 본 적은 없다. 지난 겨울에도 화롄의 푸른 물결을 떠올렸지만 어디까지나 상상으로 그치고 말았다.

겨울로 들어선 지 한 달쯤 되었을까. 늦은 첫눈이 푸석푸석 내리고 있었다. 첫눈은 무턱대고 반가운 마음이 앞선다. 타이페이에서 온 장숙영이 창밖에서 내리고 있는 눈을 하염없이 바라보다가 문득 말했다.

"지금 저 눈이 서울에서 제가 보는 마지막 눈이 될 거예요."

김과 나는 처음 그 말을 무심결에 흘려들었다. 그날은 김과 내가 내일 떠나는 장 교수를 위해 저녁 식사를 대접하는 자리였다. 강남의 조그만 일식집 한적한 방에 자리를 잡고 뜨거운 국물이 있는 요리를 시켜놓고 기다리는 참이었다.

장 교수는 타이페이 소재 문화대학에서 한국 문학을 가르치는데 부지런한 그녀는 이번 겨울에도 자료 수집과 관련 학계의 인사 면담 등을 위해 서울에 왔고 이제 그 일정이 대충 끝나 내일 돌아가려고 하는 것이다.

"교수님, 방금 마지막 눈이라고 하셨죠? 그게 무슨 뜻이죠?"

평소 반응이 굼뜬 김이 뒤늦게 물었다. 김은 사십대의 촉망받는 작가로 문학 계간지와 출판사를 직접 운영하며 사업가 기질도 보여 주고 있다. 장 교수는 김의 단편 두어 편을 중국어로 번역했는데 내가 두 사람 사이를 연결해 줬기 때문에 이런 자리가 마련된 것이다.

질문을 받은 장 교수는 망설이지도 않고 분명하게 말했다.

"아, 저 이제 다시 한국에는 오지 않을 거예요. 이번이 마지막 서울 여행이랍니다."

평소에도 장숙영의 표정은 차가운 편이고 좀처럼 헤픈 웃음 따위를 보이지 않는, 조금은 냉정한 여성이라고 생각했다. 이날 표정은 유독 싸늘했다.

'이번 여행에서 무슨 안 좋은 일이라도 있었을까?'

나는 그녀의 단호한 표현에 속으로 놀라며 장 교수의 선이 고운 옆모습을 물끄러미 바라봤다. 중국 여성이지만 참하고 고즈넉한 여성다움을 지닌 장숙영의 눈두덩이 파르르 떨리는 것 같다.

김과 내가 서로 눈길이 마주쳤다. 이런 때 꼬치꼬치 사연을 캐물을 수도 없는 곤혹스런 기분을 둘이 서로 교환한 것이다.

즐거워야 할 그 식사 자리는 침울한 분위기 속에서 끝났다. 그리고 장숙영은 자기 말대로라면 마지막 한국 여행을 마치고 다음 날 예정대로 타이페이로 돌아갔다.

1985년도 12월, 그때도 서울은 겨울이었다. 속칭 신군부의 서슬이 시퍼렇던 때라 정치적으로도 한겨울이었던 셈이다. 일단의 한국 작가들이 타이완 문화부와 관련 단체 초청으로 타이페이를 방문했다. 거창한 세미나 주제를 내걸고 떠난 여행이지만 실상은 싼값으로 품질 좋은 남국 여행을 할 수 있다는 유혹에 끌려 합류한 여행이었다. 모두가 그 이전까지 해외여행에 굶주려 있던 시절이다.

그때 타이페이 공항에 내리자마자, 서울의 여름과도 비교할 수 없는 후끈한 남국의 열기에 온몸이 되레 떨리던 기억이 떠오른다. 그리고 공항 밖으로 나가자, 바로 마주친 거대한 야자수 행렬들이 마치 우리를 환영한다는 듯 큰 잎새들을 하늘거리며 도로 양켠에 즐비해 있던 광경들도 떠오른다. 아, 내가 남국에 왔구나. 나는 그 기분을 실감했다.

이튿날부터 타이페이에서 공식 일정이 시작되었다. 그때만 해도 타이완, 즉 자유중국과 한국은 형제의 나라로 소소한 이해관계를 초월할 만큼 다정다감하게 지내던 사이였다. 연인으로 치면 한창 뜨겁게 열정이 불타오르던 시기였다. 덕분에 우리는 자국민도 출입이 엄격히 통제되던 진먼섬金門島을 관람했고 타이페이에서는 매일 저녁 환영 만찬이 이어졌다.

낮에는 그쪽 문인, 문학 관련 학자들과 세미나 시간을 가졌는데, 나도 그렇지만 동료들도 이삼일 지나자 그런 공식 행사에 넌더리를 내기 시작했다. 세미나의 주제라는 것이 명분은 그럴듯하나 개개인에겐 공허하기 이를 데 없어 흥미도 못 느끼고 지루했고 기분도 언짢았다. 염가 여행이란 유혹에 끌려 허례뿐인 국제 행사에 도우미로 이용된다는 느낌이 들기 시작한 것이다. 몇몇 작가들은 아예 세미나장 밖에서 담배를 피우며 시간을 때웠다.

그러나 진먼섬을 방문했던 경험은 특별한 것이었다. 세미나 행사가 대충 끝났을 때 우리는 군에서 제공한 소형 비행기에 탑승하고 진먼섬으로 건너갔다. 그곳 수비 사령관이 직접 우리를 마중했다. 그는 그날 저녁 환영 만찬도 베풀었다. 진먼섬 요새에 설치된 망원경을 통해 지척에 있는 대륙의 푸젠성福建省을 바라보던 기억이 새롭다. 지금처럼 중국 본토와 왕래가 빈번하던 시기가 아니다. 대륙 땅 해안에서 걸어 다니는 주민들 모습까지 선명하게 보여서 우리는 탄성을 터트렸다. 지하에 설치된 대규모 방공 설비들도 군인들이 친절하게 안내해 줬다. 그리고 무엇보다 그 섬에서 내게 큰 감동을 준 것은 그곳이 대규모 포인세티아의 군락지라는 것이었다. 크리스마스 장식물로 우리는 화분에서나 그 화사한 식물을 구경할 수가 있었다. 그러나 진먼섬은 섬 자체가 온통 붉고 푸른 포인세티아의 물결로 덮여 있다. 색채도 한국에서 본 것보다는 훨씬 강렬했다. 나는 포인세티아의 물결에 도취되어 가능하면 그 섬에 며칠이고 더 머물고 싶었다.

열흘간에 걸친 여행 일정이 대충 끝나갈 때였다. 당시 인기 작가로 이름을 날리던 H가 내게 다가오더니 무슨 큰 비밀이라도 알려 주듯 한 손으로 입을 가리고 속삭였다.

"형, 낼모레 일정 끝나면 다들 떠날 건데 그냥 이대로 돌아갈 거야?"

여행 떠나면 평소 친하지 않던 사이도 대개 형과 아우가 된다. H는 홍이 나면 소년 같은 치기를 곧잘 보여 주곤 했다.

"돌아가지 않으면 어쩔 건데. 비행기 티켓 날짜도 정해 있고."

"이건 꼭 형만 알아 둬. 누구에게도 알리면 안 되는 거야. 방금 문화대학 여자 교수님이 내게 연락을 했어. 장숙영이라고. 그 교수는 이번 세미나에 얼굴도 비치지 않았다고. 그쪽 세미나에 나온 인물들이 친 정부쪽 삼류들이라는 거야. 자부심이 대단한 여성이야."

"그게 어떻다는 거야? 우리도 삼류가 되는 건가?"

"형, 이 H를 믿지?"

"그야 뭐……."

"장 교수가 작가 세 사람 정도가 남게 되면 자기가 화롄 구경도 안내해 주고 얘기도 좀 나누고 싶다는 거야. 조금 전 제자를 시켜 나한테 이걸 전해 왔다고. 장 교수는 이화여대, 고려대학에서 한국 문학을 공부했기 때문에 한국 사정을 우리보다 더 잘 알아. 이걸 다른 사람에게 말하면 절대 안 돼."

"흠, 괜찮은 제안이군."

"헤헤헤, 형도 이럴 줄 내 알았다고. 절대 비밀이야."

우리는 이십여 명이나 되는 다른 동료들에게 순식간에 배반자가 되어 버렸다.

그러거나 말거나 모처럼 찾아온 남국 나들이인데 알맹이 없는 세미나로 시간을 다 보내고 이대로 떠나기는 정말 너무 억울했다. 그러던 참에 H의 제안, 아니 장 교수의 제안은 가뭄의 단비 같았다.

이틀 뒤 동료들이 모두 서울로 돌아간 뒤 나와 H, 그리고 신문사 문학 기자로 참여한 P, 세 사람은 타이페이의 조용한 찻집에서 그제서야 비로소 얼굴을 내민 문화대학의 여교수와 첫 인사를 나누었다.

2

장 교수는 훤칠하게 생긴 남학생 한 명을 대동하고 나왔다. 처음 보는 여교수의 모습은 무척 조용하고 차분한 인상을 주었는데, 그렇더라도 내면에는 누구에게도 쉽게 굽히지 않겠다는 강한 고집과 자부심 같은 것이 깊이 도사리고 있는 것을 그 흔들림 없는 표정에서 읽을 수 있었다. 가령 일주일씩이나 계속되던 세미나 행사장에 타이페이의 중요한 한국 문학 관계자 입장에서 그 행사를 완전히 외면해 버린 것만 봐도 그녀의 성격 일단을 엿볼 수 있었다.

"타이완에 오셨으니 화롄을 한번 보셔야죠."

장숙영은 보일 듯 말 듯 희미한 미소를 흘리며 우리에게 말했다.

"명준아! 네가 이 선생님들을 화롄으로 잘 안내해 드려. 할 수 있지?"

데리고 온 잘생긴 남학생이 두 말 할 수 있느냐는 듯 벌떡 일어서더니 우리에게 꾸벅 절을 했다.

"저는 문화대학 3학년생 진명준이라고 합니다. 훌륭하신

분들을 이렇게 뵙게 되어 영광입니다. 화롄은 제가 잘 모시도록 하겠습니다."

진명준이 바로 화롄 출신 학생이었다. 장 교수는 미리 화롄 여행을 안내할 적격자까지 물색해서 우리 앞에 나타난 것이다. 장 교수 자신은 타이페이에 볼 일이 있어서 우리가 화롄에서 돌아오면 그때 따로 시간을 갖겠다고 말했다. 장 교수와 간단한 점심을 함께 들고 정오 조금 지나서 우리는 화롄행 기차를 타기 위해 타이페이 역으로 향했는데 장숙영은 역까지 나와 우리를 배웅했다.

차츰 알게 된 일이지만 장숙영은 당시 갓 출범해서 타이완 본성인本省人들 사이에 인기몰이를 하던 민진당民進黨의 열렬한 지지자였다. 요즘 조금 기세가 꺾였지만 민진당은 대륙으로부터 타이완의 독립을 제1강령으로 주장한 세력이기도 하다. 장숙영의 문학 취향은 한 마디로 민중주의, 현실 비판을 담은 저항주의로 요약된다. 단순하게 말해 문학도 현실 개혁 투쟁의 수단으로 효용성이 있을 때 그 가치가 인정된다고 보는 것이다. 겉으로는 부드럽고 여성적인 고즈넉한 분위기를 지닌 그녀가 왜 이런 과격한 견해를 갖게 된 걸까? 정확하게 진단하긴 어렵지만 타이완 원적자原籍者—고산족 혹은 산지족山地族으로 불리우는 원주민과는 구별된다—라는 그녀의 신분에 큰 원인이 있지 않을까 생각되었다. 극우 독재인 국민당 세력이 타이완에 입성하던 초기에 타이완 주민들을 수만 명 학살한 2·28 사건은 이미 많이 알려진 사실이다. 대륙과 직접 인연이 없는 장 교수 입장에서 지배 세력인 국민당 정부에 원한을 갖는 것은 지식인으로 도리어 자연스런 일이다.

화롄은 이미 타이완의 손꼽히는 관광지로 널리 알려져 있으며 대리석과 옥돌의 생산지로도 유명하다. 무엇보다 화롄의 첫째로 꼽히는 명물은 험준한 산악 지역에 자동차 전용 도로를 뚫어 놓은 타이루거 협곡의 장관일 것이다. 이 불가능한 역사를 강행하는 과정에서 수천 명의 인명을 바쳤다는 기록이 그곳 석비에도 기록되어 있는 것을 보았다.

화롄 출신 진명준은 여러 모로 모범생의 여건을 두루 갖춘 훌륭한 학생이었다. 잘생겼고 예의가 바르고 한국말을 비교적 자유롭게 구사하는 걸 보면 성적도 우수하다고 볼 수 있었다. 장숙영은 이 기특한 제자를 끔찍하게 아끼는 눈치였다.

몇 해 뒤 진명준이 학업을 마치고 타이완 외교부 직원이 되어 신혼여행을 서울로 왔을 때 나의 집에서 하룻밤을 묵은 일이 있는데 진명준은 장 교수가 자기 결혼 상대방이 마땅치 않다고 결혼을 반대하는 바람에 큰 곤경을 치렀노라고 내게 실토한 바도 있다. 결혼 이후에도 그 일로 장 교수님과 아주 뜨악한 관계가 지속되고 있다면서 진명준은 깊은 한숨을 토해 냈다.

작가 H와 나, 그리고 기자인 P, 세 사람은 화롄에 도착해서 첫날은 진명준의 부모님이 계시는 화롄 인근 농촌의 농가에서 묵었다. 시골 농민이 자기 집에 우리를 초대한 것은 대단한 배려이고 호의였다. 덕분에 예상치도 못했던 타이완 농가 체험을 할 수 있었다. 우리가 묵은 집은 새로 지어진 개량형 농가 주택인데 ㄱ자 혹은 ㄷ자 형의 2층 건물로 침실과 거실 위주의 2층, 취사실과 농기구 등 자잘한 세간이 배치된 1층 등으로 규모는 작지만 스위스나 스칸디나비아 농가처럼 매우 효율적인 구조를 갖추고 있었다. H와 P는 그 효율적 구조에 몇 차례나 탄성을 터트렸다.

진명준은 '개천에서 용 난다'는 말에 딱 어울리는 그런 청년이었다. 아버지는 새벽부터 어디로 일을 나갔는지 흔적조차 보이지 않았고 성격이 무척 쾌활한 그 어머니가 우리를 주로 접대했다. 명준의 어머니는 키가 작달막하고 가슴과 어깨가 떡 벌어진, 전형적인 타이완 농촌 여성의 모습인데 잠시도 쉬지 않고 움직였다. 그녀가 시장에서 가게를 운영한다는 말을 명준에게서 들었는데 무슨 가게인지 그건 말해 주지 않았다. 명준의 어머니는 오토바이의 명수였다.

그 어머니가 새벽에 우리에게 대접할 신선한 오리고기를 구하려고 오토바이를 타고 시장으로 달려가던 모습을 마침 아들과 산책길에 나섰던 우리는 보게 되었다. 눈 깜짝할 사이에 그 어머니는 시장에 들러 오리고기 등 요리 재료를 잔뜩 구해 오토바이에 싣고 다시 마을로 돌아왔다. 우리가 여전히 산책 중이었기 때문에 우리는 그 어머니가 한 손으로 오토바이 핸들을 잡고 한 손은 높이 들어 올려 아들과 손님을 향해 흔들면서 전속력으로 달려오던 광경을 똑똑히 볼 수 있었다.

세상의 모든 어머니가 그렇겠지만 명준의 그 키가 작은 어머니가 아들을 얼마나 자랑스럽게 여기는지는 그녀의 눈길이 잠시도 아들에게서 떠날 줄 모르는 걸 보면 알 수 있었다. 그날 아침에 우리는 세숫대야만큼이나 큰 양푼에 가득 담아 온 오리고기 요리를 먹느라고 무척 애를 먹어야 했다.

"선생님들, 우리 명준이를 잘 가르쳐 주세요."

어머니는 이런 말을 서른 번도 더 했다. 나중에는 아들이 엄마에게 버럭 화를 냈다.

"어머니, 그런 말 또 하시면 나는 다시는 집에 오지 않을 거예요. 정말이요."

그러자, 어머니는 펄쩍 뛰며 자기 입을 주먹으로 두드렸다.

"이 몹쓸 주둥이. 아들아, 다시는 그런 말을 안 하마."

그 키 작은 엄마는 정말 두 번 다시 그런 말을 하지 않았다. 적어도 아들이 지켜보는 자리에서는. 그러나 우리와 마지막 헤어질 때는 아들 몰래 슬쩍 우리에게 다가와 입을 한 손으로 가리고, "훌륭하신 선생님들, 우리 명준이를 잘 돌봐주세요."

하고 속삭이는 걸 잊지 않았다.

오전에는 차를 빌려 타고 타이루거 협곡을 대강 일순하고 점심 후에 유명한 화롄 오룡차烏龍茶 거리로 나가서 오룡차를 한 상자씩 구입했다. 일본인들이 즐겨 찾는다는 그 거리는 제법 번화하고 즐비한 차 가게들도 경기가 좋아 보였다. 포장지가 그럴싸해서 덩달아 한 상자를 구입했는데 이 오룡차 때문에 엉뚱한 곤욕을 치르기도 했다. 귀국해서 모처럼 서재에서 품위 있게 차를 시음한답시고 며칠을 줄곧 마셔 댔는데 그만 불면증에 걸려 보름 가까이 생고생을 했던 것이다.

이 오룡차가 내포한 카페인이 커피와는 비교가 안 될 만큼 강한 것을 느꼈다. 중국인들은 오리고기, 돼지고기를 상식하고 그 기름기를 씻어 내기 위해 오룡차를 마시지만 씻어 낼 기름기가 없는 나 같은 체질의 사람은 오룡차 시음 흉내를 함부로 낼 일이 아니었다.

오후 느지막이 명준은 우리를 화롄 해안가로 안내했다. 안내했다기보다 특별히 갈 만한 곳이 없어서 그쪽으로 발길을 향했던 것 같다. 거기서 나는 처음으로 그 푸르른 코발트 빛깔의 바다를 보게 된 것이다.

한없이 조용하고 한없이 푸르른 그 아늑한 바다, 야트막한 언덕 위에 서서 그 바다를 봤을 때 머리가 뻥 뚫린 듯 모든 잡념이 사라지고 마음이 평온해졌다. 그 바다는 기기묘묘한 온

갖 장관을 연출하는 타이루거 협곡보다, 이상 야릇한 몸치장을 하고 코맹맹이 노래로 관객의 흥미를 끄는 산지족山地族의 빈약한 공연보다, 훨씬 내게 강한 인상을 남겼다. 그날 이후 나는 화롄 하면 으레 그 짙푸른 바다를 연상하게 되었다.

보통 그림에서 보는 남국 바다라면 물의 색채가 물감을 풀어놓은 듯 짙푸르고 작열하는 태양은 마치 강한 조명으로 연출된 화면 같다는 느낌을 준다. 그것은 그것대로 매력이 있다. 그러나 그 바다는 너무 뜨거워서 숨이 가쁘다. 화롄의 바다는 빛이 강하거나 눈이 부시지도 않고 마치 구도가 잘 짜여진 정원처럼 아늑하고 따뜻한 느낌을 갖게 한다.

타이페이로 돌아와 장숙영을 다시 만났을 때 그녀가 물었다.

"구경 잘 하셨습니까?"

"바다가 참 좋더군요. 꼭 다시 한 번 찾아보고 싶은 바다였어요."

장 교수는 좀 의외라는 듯 잠시 말을 잇지 않고 애매한 표정을 지었으나 더 캐묻지는 않았다. 타이페이로 돌아온 우리는 하루를 더 묵은 뒤에 서울로 돌아왔다. 그리고 1년인가 1년 반인가 시간이 훌쩍 지나갔다. 이번에는 장숙영이 서울에 나타나서 내게 전화를 걸어왔다. 그녀 전화는 좀 뜻밖이었다. 전화선을 타고 들려오는 약간 낮게 가라앉은 장숙영의 목소리를 듣자, 나는 대뜸 화롄의 그 푸른 바다가 생각났다. 나는 그 바다를 내게 보여 준 여교수에게 고마운 마음을 품고 있었다. 장 교수의 전화가 뜻밖이라고 하는 것은 그녀에게 나 말고도 잘 아는 서울의 작가, 이를테면 인기 작가 H 같은 인물이 몇 사람 있다는 걸 알기 때문이었다.

3

늦가을쯤으로 기억된다. 강남 어느 찻집에서 장숙영 교수를 만났다. 1년여 시간이 지났지만 그 모습은 그때 그대로였다. 장숙영은 재색 자켓과 역시 재색 바지를 즐겨 입는다. 아마 언제나 재색 옷을 입었던 것 같다. 목 둘레에는 별다른 장식도 없이 소박한 머플러를 두르고 있었다. 얼핏 보면 꾸밈에 전혀 신경을 쓰지 않는 것 같지만 은근히 차분한 자기 분위기를 일관되게 유지하고 있었다.

장 교수는 첫 마디로 작가 H가 전화도 잘 받지 않고 자기를 도와주지 않는다고 내게 불평했다. 설마 H가 그럴 리가……? 그는 다정다감하고 심성이 아주 착한 사람인데……. 곡마단을 소재로 한 소설로 혜성처럼 등장하여 수년째 인기 절정에 있던 H는 바쁘기도 했겠지만 필경 다른 이유가 있었을 것이다. 시기가 정확하게 맞는지 확신이 가지 않지만 당시 신군부 치하에서 H는 신문 연재의 필화 사건으로 아주 큰 곤욕을 치렀다. 그와 친한 어느 시인은 그 사건 연루자로 끌려가 지옥을 경험하고 그 후유증으로 시름시름 앓다가 목숨을 잃기까지 했다. 그 P시인의 시집 한 권을 나는 지금도 소중히 간직하고 있다.

H가 그 일로 그렇게까지 심한 곤욕을 치렀다는 걸 나는 한참 시간이 지난 뒤에야 알게 되었다. 그리고 그가 장숙영을 위해 시간을 할애하지 못한 이유가 그 사건 때문이 아닐까, 지금 그렇게 생각하고 있다.

장숙영은 내게 원로 작가 동리東里 선생과 진보 문학계에서 명성이 높던 중견 작가 T를 소개시켜 달라고 단도직입으로 부탁했다. 두 사람의 작가, 원로와 중견을 소개시켜 달라는 장 교수의 부탁을 나는 쉽게 받아들였다. 그건 내가 시간만 조금 할애하면 되는 일로 전혀 어려운 부탁이 아니었다. 설사 장숙영의 부탁이 내가 감내하기 어려운 것이었더라도 나는 즉시 그걸 받아들였을 것이다. 거듭 말하지만 나는 화롄의 바다를 구경시켜 준 장 교수에게 고마운 마음을 갖고 있고 그게 아니라도 국제 관계 사업인데 내가 도울 수 있는 일은 도와야 하는 것이었다.

이방의 지적인 여성에 대한 나의 감정? 그때 나는 장 교수가 기혼인지 미혼인지도 알지 못했다. 구태여 알 필요도 없었다. 사십대 초반이니 응당 기혼이겠거니 생각했지만 장숙영은 가정 얘기 같은 건 입에 올리지 않았다. 장숙영에게서는 늦게까지 결혼을 미뤘거나 한창 가정의 행복을 누리지 못하는 여성에게서 느껴지는 쓸쓸한 분위기 같은 것이 감지되긴 했다. 그러나 이것도 분명한 근거가 없는 나만의 생각일 뿐이다. 이런 느낌을 제외하면 차분하고 여성적이며 도도한 자부심까지 지닌 이 이방의 여성에게 내가 얼마간 호감을 갖고 있던 것은 분명했다.

당시 동리 선생은 내가 사는 곳에서 그리 멀지 않은 곳에서 거주했다. 본래 나는 이분과 별다른 인연이 없는데 집이 가까운 관계로 이분이 자택에서 자주 벌이는 술 파티에 몇 번 불려 다녔고, 그 이후부터 내막적으로는 조금은 가까운 사이로 발전했다. 무슨 이유인지 몰라도 이 작단作壇의 거물은 당신의 추종자도 제자도 아닌, 요즘 말로 듣보잡 뜨내기에 지나지 않는 내게 과분한 친절을 베풀었던 것이다.

장숙영과 원로 작가의 면담은 청담동 작가의 자택에서 쉽게 이루어졌다. 나는 시작부터 면담이 끝날 때까지 동석해서 장 교수가 외로움을 타지 않도록 옆에서 분위기를 돋우었고 이야기가 끝날 때쯤 선생께서 베푸신 정종 두어 잔씩을 기분 좋게 얻어 마시고 그 집에서 물러났다.

그 이후에도 장 교수의 부탁으로 타이완에서 온 여성 비평가 한 사람을 동리 선생 댁에 데려간 일도 있다. 쉬엔메이던가—이름이 정확하지 않음—이 여성 비평가는 자기 책까지 여러 권 가져와서 만나는 사람마다 사인을 해서 건네주고 자기 홍보를 했다. 쉬엔메이는 장숙영과는 여러 모로 대조적이었다. 가까운 친구라는데 그렇게 다를 수가 없었다. 쉬엔메이는 말수가 많고 무척 활달하며 조금 잘난 척하는 기미도 언뜻언뜻 보였다. 장 교수 말에 의하면 타이페이에서 꽤 알려진 여성 비평가라는데 문학에 대한 견해도 장숙영과는 많이 다른 것 같았다.

동리 선생은 뒤에 내게 이런 말을 했다.

“쉬엔메이가 장보다는 샤프해. 장은 착하긴 해도 샤프한 맛은 없더구만.”

나는 이 말에 일면 수긍이 가는 점도 있었지만 반드시 그렇다고 단정할 수도 없을 것 같다는 이율배반적 생각에 잠겼다. 동리 선생은 알다시피 해방 이후 우익 문단을 주도하던 인물이고 군사 정권 치하에서도 자기가 누릴 것은 모두 누렸던 인물이다. 극우에 치를 떠는 장숙영의 문학적 견해가 그의 마음에 들었을 리가 없는 것이다.

작가 T는 그 무렵에 연희동 노태우 전 대통령 집 인근에서 살았다. 그가 북행하기 얼마 전이니까 노태우 정권 시절이 끝나갈 무렵이다. 그를 잘 알기 때문에 어렵지 않게 장숙영을 그의 집으로 안내하고 원고 청탁이나 번역 관계 등 장 교수의 일이 차질 없이 잘 성사되도록 도왔다. 그 후에 일이 잘 진행

되어 T가 타이페이 여행을 아주 재미있게 다녀왔노라고 내게 자랑했던 일이 어렴풋이 떠오른다.

그것뿐만 아니다. 앞서 얘기한 작가 김도 장 교수의 부탁으로 내가 다리를 놓았고, 그의 단편 몇 편이 장 교수를 통해 중국어로 번역이 되었다. 작가 김으로 말하면 지금은 시대 상황이 많이 바뀌고 그의 활약도 주춤하지만 군사 정권 말기나 YS 정권 초기 때만 해도 김은 이른바 진보 문학계의 새 가능성으로 높이 평가되곤 했었다.

김은 처음 시로 시작했다가 뒤에 소설 쪽에 더 열정을 쏟게 되었는데 그의 작품들을 한 마디로 민중, 저항 등의 말로 단정짓기 어려운 면도 있지만 그가 범 운동권 출신이고 그의 문학 밑바탕이 넓은 의미에서 민중에 있다는 것은 부인할 수 없었다.

그렇지 않다면 일면식도 없던 김의 작품이 장숙영의 선택을 받았을 턱이 없는 것이다.

1990년대 초, 서울이 막 겨울로 접어들려고 하던 어느 날 타이페이에서 팩스가 한 장 날아왔다. 그곳 문화대학 교수 장숙영이 보낸 건데 나와 김을 타이페이로 초청하겠다는 내용이었다. 아직 메일이 사용되던 때가 아니어서 팩스가 첨단의 통신 수단이었다. 며칠 동안 서울과 타이페이 사이에 타이완 여행 문제로 연락이 오고간 끝에 나와 작가 김 두 사람은 타이페이행 비행기에 올랐다.

여행 기간은 약 열흘이고 초청 측에서 체재 기간 동안 숙박과 기타 경비를 제공한다는 조건이었다.

이 타이페이 두 번째 여행을 떠날 때 나는 숙고 끝에 대륙의 상하이에서 번역 발표된 내 작품 자료를 복사해서 장 교수에게 보이려고 휴대했다. 공교롭게 그 얼마 전에 상하이에서 번역자가 내 작품 중편 두 편을 문학지에 번역 게재한 사실을 알릴 겸 또 다른 경장편 번역과 출간의 동의를 구하려고 서울에 왔는데 그가 가져온 잡지를 보니 우연찮게도 동리 선생 초기작 한 편도 함께 수록되어 있었다. 원로급인 번역자에게 작품 정보를 어디서 구했느냐고 물었더니 놀랍게도 '김일성 선집' 중 국어판 감수를 위해 북에 갔다가 거기서 소개를 받았다고 말했다. 그 잡지 수록 작품 말미에는 북의 비평가의 언급도 간단히 소개되고 있다.

이런 일은 내 상상을 한참 벗어난 일로 나는 지금도 그 일을 해독 불가의 일로 여기고 있다.

2009년엔가 우연찮은 기회에 잠시 방북했을 때 묘향산 가는 길에 옆에 앉은 청우당 간부로부터, "북에서 문학을 외부(주로 남쪽)에서 생각하듯 그렇게 단순한 잣대로 평가하지 않는다."는 말을 들었다. 물론 실상을 더 자세히 확인할 기회는 없었다. 그런 점은 중국도 비슷해서 요즘엔 대륙 쪽이 도리어 문학, 예술을 보는 관점이 더 융통성이 있지 않을까 하는 생각도 해봤다.

내가 구태여 그런 자료를 장 교수에게 가져간 것은 그간 장 교수가 가끔씩 "언젠가 선생님 작품도 번역할 거예요."라고 말하던 것이 떠올랐기 때문이다.

그녀는 다른 작가 안내를 부탁하고 내게 번거로운 심부름만 시킨 걸 좀 미안하게 생각하고 립서비스 삼아 그런 말을 했을 것이다.

나는 장 교수더러 '이제 미안해하지 않아도 된다'는 뜻으로 그걸 보여 주려고 했던 것이다.

'봐라, 대륙에서도 이렇게 번역되어 나오지 않았느냐?' 이렇게 뻐기고 싶은 마음이 전혀 없었다면 그도 거짓일 것이다.

타이완에 가 본 사람은 알겠지만 서울서 타이페이까지는 세 시간 남짓 소요된다. 나는 그 정도 시간을 흔히 '담배 두어 대 피우는 시간'이라고 말한다. 그렇다고 비행기 안 객석에 앉아 담배를 피워 댄다는 말은 아니다. 요즘에 그랬다간 비행기 창밖으로 쫓겨날 가능성이 있다. 그런데 후배 작가 김과 처음으로 함께 여행하면서 나는 아주 놀라운 그의 특징 한 가지를 발견했다. 그는 한 마디로 내가 아는 한 '지상 최고의 애처가'였다.

그는 김포공항에서부터 오 분 간격으로 아내에게 전화를

걸었다. 시시각각으로 자기의 동선과 일정을 보고하는 것이다. 그때만 해도 핸드폰은 특수층만 사용하던 고가품이었기 때문에 그는 하는 수 없이 공중전화 신세를 져야만 했다. 그는 공중전화를 이용하기 위해 동전 한 움큼을 늘 손바닥 안에 쥐고 있었다. 그러나 그 동전이 남아날 리가 없었다. 그가 동전을 빌려 달라고 내게 손을 내밀기 시작했고, 나는 여행 기간 내내 그의 동전 구걸에 시달렸다.

처음에 나는 그의 그런 행동을 보고 내 눈을 의심했으나 차츰 익숙해지자, 이 후배 작가를 이렇게 이해하게 되었다.

'이 친구는 정말 아내를 사랑하는구나. 그래서 아내 목소리를 오 분 동안만 못 들어도 온통 이 세상이 깜깜해지는 모양이구나.'

물론 타이페이에 가서도 비싼 국제 통화료 따위를 아랑곳하지 않고 그는 줄곧 아내에게 전화를 걸었다. 다만 국내에서 오 분 간격이던 것이 십 분 간격 정도로 바뀐 것뿐이었다. 보다 못해 내가 가끔 핀잔을 주어도 김은 들은 척도 하지 않았다.

그런 친구를 지켜보며 나는 스스로 자괴감에 빠졌다. 나라는 인간은 남편으로서 아버지로서 완전 실격이었다. 나는 열흘의 여행 기간 동안 한 차례도 집에 통화를 시도하지 않았고 귀국해서 공항 밖으로 나온 다음에 겨우 집에 전화를 걸었다. 그것도 집이 혹 비어 있다면 아파트 현관문 열어 줄 사람이 없을까 봐 걱정이 되어 걸었던 전화였다.

오후 늦게 비행기가 타이페이 공항에 도착했는데 장 교수는 제자 몇 명을 데리고 공항으로 마중 나왔다. 우리를 태울 승합차가 밖에 대기하고 있었다. 막상 현지에서 장숙영과 얼굴을 마주치자, 전에 못 느끼던 미묘한 친애감이랄까, 정감을 느꼈다. 장 교수도 과거와는 달리 우리를 좀 더 살갑게 대해 주었다. 그녀는 여름 양복을 입은 나를 보더니 타이페이 날씨가 예상보다 춥다면서 내 뒤로 다가와 내 외투 깃을 세워 주기도 했다.

나는 장 교수에게 대뜸 말했다.

"화롄 바다를 빨리 보고 싶은데요."

"아이구, 참 성급하시네요. 그러실 줄 알고 타이페이에서 하루만 묵으시고 내일 그리로 가시도록 조처해 놓았어요. 타이페이 일정은 뒤로 미뤘거든요."

우리에게 제공된 타이페이 숙소는 무슨 청년 회관의 기숙사 같은 곳이었다. 그곳에 큰 규모의 식당도 있었다. 그곳에서 하룻밤을 묵고 이튿날 오전에 고궁박물관과 장제스蔣介石 사당, 그리고 이름이 떠오르지 않는 댐인지 호수인지 그런 것을 둘러보고 오후에 우리는 화롄행 기차에 올랐다. 장숙영은 타이페이에 남았고 화롄에서는 교수의 여자 제자들이 역에서 우리를 맞게 되어 있었다. 그런데 둘만 남은 기차의 객석에 앉아 김이 아주 엉뚱한 소리를 했다.

"선생님, 장숙영이 왜 우리를 초대했다고 생각하세요?"

"그야 자네 작품도 번역했고 자네 문화대학에서 학생들과 미팅도 잡혀 있지 않은가. 나야 뭐 서울에서 조금 도와줬다 해서 끼워 준 거겠고."

"저는 조금 다른 각도에서 보는데요."

"어떤 각도로 보는데?"

"장숙영이 선생님을 매우 좋아한다는 느낌을 받았어요. 낮에 댐 구경할 때 선생님이 추워하니까 안절부절못해요. 표정은 속이지 못해요. 저는 사실 이번에 덤으로 따라온 겁니다."

"에끼! 이 친구야. 말도 안 되는 소리 말어. 덤은 자네가 아니고 나야. 장숙영은 민중 문학 쪽이 아니면 인정하지도 않는다고. 자네도 잘 알지 않아. 자네 지루하면 기차에서 국제 전화 할 수 있나 알아봐. 음, 저기 전화실이 있군. 빨리 서울로 전화해야지."

김은 깜빡 잊었다는 듯 벌떡 일어나 뒤도 돌아보지 않고 전화 부스가 있는 쪽으로 부지런히 걸어갔다.

4

타이완의 작가 가운데 황춘밍黃春明이란 인물이 있는데 그는 1970년대 초반 일본인들의 타이완 엽색관광獵色觀光을 신랄하게 고발한『사요나라 짜이젠』이란 소설로 인기 작가로 급부상해서 서울에서도 잠시 화제가 되었다. 그 작품 말고도 창녀娼女의 꿈을 다룬『항구의 꽃』과『주머니 칼』이란 작품도 있다. 지금은 다소 먼 얘기가 되었지만 1970년대 초라면 서울의 유흥 거리에서도 술에 취해 비틀거리는 일인들을 심심치 않게 볼 수 있던 시절이다. 그래서 한국 독자들도 그 소설 주제에 공감이 컸을 것이다.

황춘밍의 이름이 난데없이 등장한 것은 작가 김이 서울에서 장숙영을 만났을 때 불쑥 그의 근황을 물었기 때문이다.

김은 학창 시절에 자신이 황춘밍의 애독자였다고 고백했다. 사회 부조리를 질타하던 한창 때의 운동권 학생으로 밑바닥의 궁핍과 고난으로 얼룩진 삶을 다룬 황의 소설이 비록 크게 주목받기 힘든 타이완의 문학이긴 하지만, 김의 눈길을 끌었다는 것은 쉽게 수긍이 된다. 김의 고백을 듣고 장숙영은 반색했다. 그 작가와 매우 친하며 자기도 좋아하는 타이완의 작가 가운데 한 사람이란 것이다.

"그분 나이도 꽤 되었을 텐데요. 지금도 글을 쓰시나요?"

"생활 때문에 소설에 전념하지 못해요. 이란宜蘭이란 곳에서 방송국 일을 하면서 짬짬이 글을 쓰나 봐요. 언제 타이완에 오시면 황 선생을 한번 만나 보시죠. 제가 주선해 드릴 테니."

"좋지요. 저야 언제라도 환영입니다. 그런데 타이완에 언제

가게 될까?"

그때만 해도 김이나 나나 타이완 여행 계획 같은 건 없었다. 그런데 우리가 타이페이에 도착했을 때 이번엔 장숙영이 그 얘길 먼저 꺼냈다.

"황춘밍 씨에게 김 선생 얘길 했더니 아주 좋아라 하며 언제 꼭 만나고 싶답니다. 이번에 만나 보시겠어요?"

김이 마치 좋아하는 배우라도 만나게 된 소년처럼 입을 크게 벌리고 웃으며 기뻐했다.

"깜빡 했는데 잘 되었군요. 저는 언제라도 좋습니다."

장숙영이 나를 돌아보며 눈을 껌벅거렸다. 내 생각을 묻는 것이다. 나는 김이 좋다면 나도 좋다고 말해 주었다.

"그럼, 화렌에서 돌아오실 때 이란宜蘭에 잠시 들러 황 선생을 만나도록 하지요. 이란이 화렌과 타이페이 딱 중간이거든요. 제가 황 선생께 미리 연락을 해놓겠어요."

이것으로 황춘밍과의 만남은 예약이 된 셈이었다.

우리가 화렌 역에 도착했을 때 그곳 출신 여학생 두 명이 우리를 마중 나와 있었다. 그들은 휴가 기간이라 고향에 와서 머물고 있었던 것이다. 우리가 머물게 된 숙소가 해안가 언덕에 있다는데 아무래도 차를 타고 가야 할 것 같았다. 택시를 잡으려고 두리번거리는데 검정색 양복을 입은 웬 중년 남자가 다가와서 자기 차로 우리를 모시겠다고 말했다. 그가 손으로 가리키는 곳에 은색 승용차가 대기하고 있었다.

"저희 아빠예요."

수줍음을 몹시 타는 여학생이 그제야 기어드는 목소리로 말했다. 우리는 그 사람 좋아 보이는 학생의 아버지와 악수를 하고 뒤늦게 인사를 나눴다. 부모라는 건 어디나 마찬가지다. 자녀를 위한 일이라면 어떤 수고라도 기꺼이 감당하는 것이다. 돼지 사육 농장을 운영하느라고 눈코 뜰 새 없이 바쁘다는 그 아버지는 우리 두 사람을 역에서 숙소까지 태워 주기 위해 차를 몰고 그곳까지 나온 것이다. 학생들과 아버지는 우리를 해안의 숙소 앞에 내려놓고 내일 오전 돼지 농장에 안내하러 다시 오겠다고 말하고 곧 농장으로 돌아갔다.

이번에도 숙소는 청년 회관 기숙사 같은 곳이었다. 장숙영이 심한 구두쇠란 말을 나는 제자인 진명준으로부터 들었었다.

참, 그 진명준은 학교를 마치고 타이완 외교부에 들어가서 오사카에서 근무한다는 소식을 이태 전에 들었다. 진명준이 말하길 장숙영은 근검절약이 지나쳐서 절대로 비싼 식당에는 출입하지 않으며 옷도 그럴싸한 살롱에서 구하는 게 아니라 시장에서 천을 사다가 자기 단골 가게에서 실비로 맞춰 입는다는 것이다. 그 말을 하면서 명준은 심하게 이맛살을 찌푸렸다. 장 교수와 함께 다니면서 어찌나 싸구려 음식들만 먹어서 이젠 같이 식사하자는 말을 할까 봐 겁부터 난다는 것이다.

그렇게 근검하는 장숙영이 우리를 초대했으니 이건 예삿일은 아니다. 장 교수가 호텔 숙박 대신 타이페이나 화렌에서 청년 회관 기숙사를 우리 숙소로 미리 정해 놓은 걸 보면 아마 이런 곳은 국제 교류라는 명분을 붙여 거의 공짜로 이용이 가능한 곳일 것이다. 그렇다고 크게 불편한 점은 없었다.

숙소에서 배정받은 3층의 방으로 들어가서 창문을 열어젖히자 거짓말처럼 화렌의 그 바다가 손에 잡힐 듯 지척에 펼쳐져 있다. 몇 해 만에 다시 보게 된 화렌의 바다인가? 매년 겨울이 올 때마다 나는 이 따뜻한 바다를 떠올렸다. 마치 안식의 고향에 돌아온 것처럼 가슴이 후련했다. 이번만은 호텔이 아닌 곳에 숙소를 잡아 준 장 교수가 되레 고마웠다. 각자의 방에서 잠시 휴식을 취한 뒤 김과 나는 근처 마을 식당에서 완탕이라는 중국식 만둣국으로 가벼운 저녁을 들고 늦게까지 해안을 거닐다가 숙소로 돌아왔다.

다음 날 오전에 어제의 그 아버지와 학생 둘이 차를 가지고 어김없이 나타났다. 돼지 사육 농장은 시내에서 차로 반 시간가량 걸리는 교외 한적한 지대에 있었는데 규모가 엄청나게 큰 데 놀랐다. 끝없이 늘어선 축사를 바라보며 돼지를 몇 마리나 키우느냐고 학생에게 물었더니 얼굴이 발개지며 고개를 절레절레 흔들기만 했다. 그 학생도 자기네 농장에서 키우는 돼지 숫자를 모르는 게 분명했다. 중국인들은 돼지고기 소비가 많아서 화롄만 해도 인근에 비슷한 규모의 사육 농장이 몇 개 더 있다고 그 아버지가 알려 주었다. 사육 농장을 대충 한 바퀴 둘러본 뒤 우리는 푸짐한 점심 대접을 받았는데 돼지 사육 농장에서 베푸는 점심 식단에 돼지고기는 나오지 않았다. 주로 생선 요리와 야채 요리가 식탁을 가득 채웠다.

작가 김은 철학과 출신이고 나는 서양 언어를 배우는 학교에 다녔는데 중국말은 당연히 한 마디도 못한다. 그러나 한문 실력이 출중한 김은 볼펜과 종이만 있으면 중국인과 소통하는 데 크게 불편을 느끼지 않았다. 김은 물론 어깨에 메고 다니는 작은 가방에 필기구와 시험지를 잔뜩 가지고 다닌다. 그의 놀라운 필담筆談 능력에 나는 감탄하지 않을 수 없었다. 돼지 사육 농장에 다녀온 뒤 김과 나는 화롄 시내 뒷골목을 지향 없이 어슬렁거렸는데 이 뒷골목 산책은 내 취향이기도 하다. 로마나 파리나 모스크바나 도쿄나 중심가 대로의 풍경은 서로 닮아 있다. 글로벌 시대를 맞아 서울의 중심가 풍경도 별 특색 없이 세계의 다른 도시들과 닮아 가고 있다. 그러나 어느 도시나 뒷골목에 가면 자기네 고유한 표정을 읽을 수가 있다.

화롄 시내 뒷골목을 어슬렁거리다가 우리는 어느 수석水石 가게 앞을 지나게 되었다. 넓은 마당에 기묘한 형태의 수석뿐 아니라 여러 종류의 분재 식물盆栽 植物을 잔뜩 늘어놓았는데 그 마당에서 바둑판을 중심으로 몇 사람이 바둑 구경을 하고 있었다. 김이 앞서 불쑥 안으로 들어갔고 내가 뒤를 따랐다. 이미 해가 기울어 가스불을 마당에 여럿 켜 놓았는데 우리는 그 불빛의 도움으로 수석과 분재 식물을 구경했다. 바둑 게임이 끝났을 때 중국 무술 고수 같은 복장을 하고 역시 그 비슷한 풍모를 지닌 마흔 안팎의 남자가 우리에게 비로소 말을 걸어왔다. 그가 그 가게 주인장이었다. 김은 재빨리 가방에서 시험지와 볼펜을 꺼내 들고 주인장 앞으로 다가갔다.

그 두 사람은 아마 반 시간 가까이 필담을 나누었을 것이다. 김도 오랜만에 적자를 만난 셈이다. 필담을 겨우 끝낸 김이 내게 말했다.

"왕이란 사람인데 화롄 유지급은 되는 것 같습니다. 아는 것도 많고요. 한국과 대만 외교 단절 문제로 논쟁을 했는데 그래도 대인배 기질이라 한국 처지를 이해한답니다. 그리고 참, 우리 숙소 가까운 해안에 카페도 운영한다는데 그곳으로 우릴 초대하겠답니다."

"자네 필담 실력이 놀랍군. 나는 한자가 어두워서 한 마디도 모르겠던걸."

이 필담 소통으로 나는 후배 작가인 김을 전보다 더욱 존경하게 되었다.

김은 바다에 별로 감흥을 못 느꼈고 뒷골목을 어슬렁거리는데도 금방 싫증을 냈다. 차를 빌려 타이루거 협곡을 한 차례 돌아보고 도장포에 들러 화롄의 유명한 옥돌로 도장 하나씩을 새기고 나자, 김이 화롄을 떠날 때가 되었다는 듯 이란으로 가는 기차 시간표를 알아보기 시작했다. 마침 그때 타이페이의 장숙영이 자기는 주말이 시작되는 내일 이란으로 갔으면 좋겠다고 연락을 해왔다. 나는 화롄에 남은 미련을 훌훌 털어 버리고 다음 날 오후 김과 함께 이란행 기차에 올랐다.

나는 계속 감기 몸살 기운에 시달렸다. 한겨울의 서울에서 갑자기 열대 지대로 날아간 후유증이었다. 게다가 타이완 날씨가 변덕스러워 옷을 제대로 갖춰 입지 않은 탓에 체온 유지에 실패한 것이다. 장숙영은 무리하게 강행군 하는 걸 피해 이란에서도 우리가 하루 묵도록 조처해 주었다. 이번에는 기숙사가 아니고 한적한 곳에 있는 아담한 호텔이었다. 이른 저녁 식사를 마치고 황춘밍이 일하는 스튜디오 근처로 가서 손님이 없는 허름한 카페 2층에서 황춘밍과 만났다. 황춘밍은 나이가 들었다고 하나 여전히 액션 영화 배우처럼 당당한 체구에 잘생긴 용모를 지니고 있었다.

"화롄에는 왜?"

우리가 화롄에 머물다 온다는 얘길 듣고 황춘밍이 대뜸 물었다.

"이 선생님이 그쪽 바다를 좋아하세요."

나를 대신해 장숙영이 대답했다.

"바다라면 그쪽보다 이란宜蘭의 해안선이 훨씬 유명하지. 리조트와 좋은 호텔들도 많고. 언제 이란에 한번 와 보세요."

이야기는 이 작가의 절대 지지자인 김과 황춘밍 둘이서 주로 했다. 화제작이던 『사요나라 짜이젠』이 대화의 중심 소재였다. 곁에 유능한 통역자가 있기 때문에 김은 이번에는 그 출중한 필담 실력을 꺼낼 필요가 없었다. 성격이 활달한 이 남국의 동년배 작가에게 나도 좋은 느낌을 받긴 했지만 나는 별로 할 얘깃거리가 없었다. 면담을 대강 끝내고 우리는 황춘밍과 다음을 기약한 뒤 세 사람이 숙소로 돌아왔다. 장숙영은 이란의 자기 친구 집에서 하루를 묵는다고 말했다.

그런데 우리가 숙소인 호텔 근처에 왔을 때 장숙영이 내게 와서 말했다.

"몸이 좀 어떠세요? 너무 무리하셨나 보죠."

"뭐 견딜 만합니다. 지금은 어제보다 조금 나았군요."

"그러시면 호텔 뒤쪽 정원에 작은 연못 하나 있고 벤치도 하나 있던데요. 그곳에 잠깐 나오실 수 있겠어요?"

"그러죠. 김도 함께 나오나요?"

"아뇨."

나는 고개를 끄덕이고 김에게 가서 그 얘길 그대로 전했다. 그러자, 김이 기다렸다는 듯 말했다.

"내가 뭐라고 했습니까? 나는 서울 떠날 때부터 이런 일을 어렴풋이 예상했어요. 예감은 절대 못 속여요."

"나도 예감은 있지만 얘긴 하지 않겠네. 그건 그렇고 자넨 뭘 하고 지내지?"

"마침 아내에게 전화 하려던 참이었어요. 제 걱정은 하지 마세요."

김은 자기 방으로 올라갔고 나는 호텔 정문 근처에서 잠시 머물다가 뒤뜰 쪽으로 걸어갔다.

5

1985년도 타이완에 처음 여행했을 때 나는 한국 교포가 운영하는 잡화점에서 《대만 추상곡臺灣 追想曲》이란 음반 하나를 구입했다. 그럴싸한 제목에 끌린 것이다. 타이완의 가요, 쉽게 말해 유행가 중 인기곡을 모은 것이라 기대감을 갖고 귀국해서 들어봤는데 전혀 감흥에 와 닿는 것이 없어 실망했다. 베트남의 하노이에서 구입한 그쪽 인기 가요 음반의 경우도 비슷했다. 전혀 감흥을 느낄 수가 없었다. 인도의 민속 음악이나 중국식 해금인 얼후로 연주되는 중국 남방 전래곡들은 나 같은 이방인이 처음 들어도 금방 빨려 들어가는 흡인력이 있다. 그런 경험이 있기 때문에 타이완이나 베트남의 가요에서도 일정한 감흥을 기대했던 것인데 이 노래들은 마치 우리

미각에 전혀 맞지 않는 남방 음식처럼 내게 낯이 설었다.

〈여행길의 밤 바람旅途夜風〉, 〈정거장에서의 아쉬운 이별車點惜別〉, 〈눈물 같은 이슬비淚的小雨〉, 이런 노래 제목들을 보면 영락없는 우리 가요들이다. 그러나 그 음률은 북방 계열인 나 같은 사람의 감흥과는 아주 거리가 멀었다.

타이페이에서 문구점에 들렀다가 현지 제작된 멘델스존의 《무언가》 음반을 발견하고 신기해서 하나를 구입해 장숙영에게 선물했다. 그녀가 가오슝高雄에서 고교에 다니는 아들이 요즘 음악 감상에 한창 빠져 있다고 자랑삼아 말한 게 생각나서 아들에게 가져다주라고 건넨 것이다. 장숙영이 가족 얘기를 한 건 그때 딱 한 번뿐이었다. 장숙영의 남편은 산업 도시인 가오슝의 무슨 회사에서 기사技士로 일한다는데 이 얘기도 타이페이에서 댐 구경을 하고 있을 때 동행했던 그녀 친구에게서 얻어들었다. 장숙영 자신은 결코 남편 얘기를 입 밖에 꺼내지 않았다. 가오슝은 타이페이에서 비교적 멀리 떨어진 중서부 해안 도시이다. 장숙영은 가족과 떨어져 타이페이에서 독립 생활을 오래 유지하고 있는 셈이다.

호텔 뒤뜰에는 조그만 연못이 있고 연못을 중심으로 정원이 조성되어 있었다. 조명등 하나가 벤치 옆에 설치되어 있는데 불빛이 너무 희미해서 사람 얼굴도 제대로 알아보기 어려웠다. 장숙영은 이미 거기 나와 벤치에서 나를 기다리고 있었다. 나는 그녀로부터 약간 거리를 두고 벤치에 앉았다. 처음 화렌에 관한 몇 마디 얘길 주고받았다.

바다가 좋았느냐? 음식은 크게 불편하지 않은가? 감기 몸살 기운은 좀 나아졌는가?

나는 해변 카페의 왕 씨로부터 극진한 대접을 받았고 덕분에 화렌의 며칠이 즐거웠노라고 말했다. 대충 그런 얘기들이 오간 뒤에 장숙영이 가방에서 무슨 비닐 봉투 큰 걸 하나 꺼내더니 말도 없이 내게 슬며시 내밀었다. 비닐 봉투 속에는 책 반 권 분량의 서류 같은 게 들어 있었다.

얼떨결에 봉투를 받아 들고 내가 물었다.

"편지예요. 아주 오래전에 받은 거랍니다. 뭐 별로 좋은 것도 아닌데 선생님께 불쑥 드려서 미안해요. 그렇지만 저로서는 여러 가지 생각한 끝에 선생님께 드리는 게 좋겠다고 판단했어요. 궁금하시면 서울 가셔서 열어 보세요."

그 비닐 봉투를 내게 건네고 장숙영이 한 말은 이것뿐이었다. 다른 설명도 해명도 없었다. 이상한 건 나도 거기에 관해 한 마디도 묻지 않았다는 것이다. 나는 아직 감기 몸살 기운이 남아서 몸 상태가 좋지 못했다. 그 때문에 두뇌 회전이 원활하지 못한 것도 한 원인이었다. 그러나 반드시 그 이유 탓만은 아니었다. 나는 겨우 한 마디를 혼잣소리로 했을 뿐이다.

"이게 모두 그 사람이 보낸 거로군요."

그러자, 장숙영이 놀라서 옆을 돌아보며 물었다.

"그 사람을 어떻게 아셨지요? 저는 말씀 드린 적 없는데요."

"아, 저도 몰라요. 그러나 누군가 이걸 쓴 사람이 있을 거고 그러니 그 사람을 말하는 겁니다. 그냥 막연하게 나와 국적이 같은 사람이 아닌가 정도, 그것도 지금 생각한 겁니다."

"그거야 속을 열어 보시면 금방 누군지 아실 텐데요."

장숙영은 늘 하던 것처럼 조용히 웃기만 했다.

내가 장숙영에게 그가 누군지 모른다고 말한 것은 정직한 답변은 아니었다. 그렇지만 만약 내가 이미 그의 신분을 알고 있었다고 말하면 나는 독심술의 대가이거나 영험한 예견력을 가진 인물로 자처하는 꼴이 된다. 김이 확신했던 예감이 틀렸듯이 어쩌면 내 예감도 슬쩍 어긋날 수도 있다. 그러나 내 예감은 어긋나지 않을 것이다. 스스로 의식해 오지 않았지만 장숙영을 처음 만났던 시기부터 무의식 가운데 이 예감은 조금씩 조금씩 뚜렷한 모습으로 형태를 갖춰 온 것이다. 장숙영의 표정과 말씨, 작은 무수한 몸짓에서 나는 내 예감의 씨앗들을 얻어 낸 것이다. 그것은 상대에게 조금만 관심을 기울이면 누구나 가지게 되는 평범한 예감이었다.

—지금 저 눈이 서울에서 제가 보는 마지막 눈이 될 거예요.

그때 강남 일식집에서 이런 말을 하고 쓸쓸하게 웃음짓던 장숙영의 얼굴이 떠오른다. 이 편지 묶음 전달로 그때의 그

말의 의미가 좀 더 선명해졌다. “한국과의 사랑은 이것으로 끝이에요.” 내게는 이렇게 들렸다. 사랑이 격렬했을수록 그 마감은 비장감을 띠게 된다.

그건 그렇고 장숙영은 빛나는 청춘 시대의 유산인 이 은밀한 서신들을 왜 하필 내게 맡기려고 하는 것일까? 태워 버리기엔 애달프고 바다에 던져 버리기엔 무참해서 친구가 된 내게 물려주려는 것일까? 그가 당신 모국 사람이니 당신에게도 한 가닥 책임이 있는 것 아니냐? 그러니 그 나라 작가인 당신이 이걸 가져가는 것도 얼마간 의미 있는 일 아니냐? 이렇게 생각했을 수도 있다. 그녀는 이걸로 한 편의 소설을 써 보라고 내게 권유하는지도 모른다. 그녀의 의도가 무엇이든 나는 일단 장숙영의 선물 아닌 선물을 적어도 당시에는 소중하게 받아들였다. 한 마디 묻지도 않은 채.

그는 동양 고전, 특히 공맹孔孟에 조금이라도 관심을 가진 한국 사람이라면 누구나 알고 있는 유명인이다. 최근에는 영상 매체를 통한 그 활약이 더욱 두드러져서 공맹에 관심 없는 일반인들까지 그의 이름, 얼굴과 목소리를 알아볼 정도가 되었다. 그에 관한 평가는 극단으로 갈린다. 그가 국민의 의식을 한 단계 높여 준 ‘국민 스승’이라고 칭송하는 사람이 있는가 하면 그는 과대망상에 사로잡힌 나르시스트에 지나지 않는다고 혹평하는 사람도 있다. 이런 극단의 평가들은 주로 정치적 입장에 따라 엇갈리는 평가들이라 사실 그리 믿을 만한 게 못된다. 최근에도 나는 기록으로 남아 있는 그의 강의나 강연록을 살펴본 적이 있다. 그는 지식인으로는 드물게 용감한 인물이다. 사회 부조리나 부도덕한 정치 풍토에 관한 그의 비판은 거칠 것이 없다. 그 용기와 기개는 아주 오래전 독재자 시절의 함석헌 옹과도 비견될 정도이다. 몇 해 전 금강산에 갔을 때 그 관광을 가능케 만든 어느 기업인의 유덕비에 새겨 놓은 그의 글을 봤던 적이 있다. 잘 쓴 미문은 아니지만 분단에 대한 한 지식인의 탄식과 갈망이 그 짧은 글에 녹아나 있었다. 그의 과장된 제스처, 자신을 지나치게 내세우는 화법 등이 조금 거슬리긴 하지만 나는 사회나 정치 현실의 부조리를 비판하는 그의 목소리에 대체로 공감하는 편이다.

그 편지 묶음을 받아 서울로 돌아온 뒤 15,6년이 흘러갔다. 그런데 앞서도 말했지만 그 서신의 주인공을 알기 위해 비닐봉투를 열어 볼 필요는 없었다. 나는 15,6년 동안 단 한 차례도 그것을 열어 보지 않고 고스란히 그대로 보관해 왔을 뿐이다. 젊은 시절 열정을 담아 써서 보낸 편지란 그 사람의 심장의 떨림을 기록한 것과도 같다. 적어도 그것이 거짓이 아니라면. 나는 남의 은밀한 심장의 떨림을 혼자 몰래 훔쳐보는 그런 악취미는 갖고 있지 않다. 참지 못할 만큼 호기심이나 궁금증이 발동하지도 않았다. 여기에는 서신도 하나의 인격처럼 그것을 존중해 줘야 한다는 생각도 동기로 작용했을 것이다.

오랜 동안 비닐 봉투는 잊혀진 상태로 내 서재의 어느 서랍 속에서 잠자고 있었다. 가끔 서가나 서랍을 정리할 때 그게 눈에 띄었으나 크게 신경을 쓰지는 않았다. 그러다가 장숙영이 내게 던져 준 숙제를 너무 오래 묵혀 두고 게으름을 피운 게 아닌가 하는 생각이 어느 날 문득 들었다. 원망의 목소리가 멀리 타이완으로부터 환청으로 들리는 것 같았다.

장숙영은 그때 내게 이런 말을 하고 싶었을 것이다.

"소설이 될는지 모르겠지만 가능하면 작품으로 만들어 보세요. 선생님이라면 가능할 것 같아요."

장숙영은 본래 말수가 적고 말을 극도로 아끼는 사람이다. 대개의 경우 그녀는 씁쓸한 웃음으로 말을 대신해 버린다. 편지 묶음을 내게 전할 때도 희미한 웃음만 지을 뿐, 다른 설명 따위는 하려고 하지 않았다. 시간이 흐를수록 장숙영이 연문을 내게 전해 준 의도를 분명하게 깨닫게 되었다. 최근에 번거로운 어떤 일로부터 풀려 나 시간과 마음의 여유를 되찾게 된 것도 그 편지에 내가 새삼 관심을 갖게 하는데 계기가 되었다.

그렇다면 그게 한 편의 소설로 가능할까? 그걸 판단하자면 불가불 그 편지 묶음을 열어 보는 길밖에 없다. 나는 16년 만에 그 비닐 봉투를 뜯고 그 편지들을 열람했다. 반 정도는 한

글로 되어 있고 반 정도는 영문으로 되어 있는 이 서간들은 너무 오래되어 종이는 누렇게 변색되었고 글자들은 퇴색해서 눈을 부릅뜨고 살펴봐야 겨우 한 자 한 자 해독이 가능할 정도였다.

중국 고전 연구를 평생의 업으로 삼은 한 젊은 학자와 한국의 문학 연구에 심혈을 기울여 온 중국의 묘령의 여성, 이 둘의 결합은 개인적 취향을 떠나 일단은 아주 이상적인 구도라고 볼 수 있다. 그 좋은 구도의 그림이 완성되지 못한 것은 무엇 때문일까? 한쪽이 모국어인 중국어로 도움을 주고 한쪽은 자기 나라 현대 문학 개요와 한국말의 미묘한 뉘앙스에 관해 세밀한 조언을 해준다면 두 사람의 학업은 날개를 단 마차처럼 날렵하게 앞으로 나아갈 것이다. 실제로 둘이 사귀던 일정 시간 동안 그런 쌍방의 도움이 이루어지고 있었던 걸 서신에서도 확인할 수 있었다. 그러나 오래 지탱하지는 못했다.

나는 장숙영이 일방적 희생자일 거라고 오랫동안 믿고 있었다. 한국 가정의 엄격한 유교적 가풍에 의해 거부된 것이라고 쉽게 생각한 것이다. 지금은 많이 개방되었지만 1970년대만 하더라도 국경을 뛰어넘는 결혼은 아주 특이한 사례였다. 이런 경우 누구나 이처럼 상투적으로 생각하고 결론을 내려버린다.

그런데 서신을 열람하고 이 판단이 완전히 바뀌었다. 둘 사이에는 그런 외부의 개입이 없더라도 둘만의 극복하기 쉽지 않은 갈등 요인이 얼마든지 있었다.

자신을 천재라고 생각하는 한 괴짜 청년과 결코 녹록지 않은 타이완의 후진적 환경 속에서 여성 학자로 자기 입지를 다져 나가야 하는 젊은 여성 사이에는 둘을 가르는 국경 말고도 극복해야 할 갈등 요인들이 거미줄처럼 무수히 게재되어 있다. 목숨을 건 절박함이 편지지의 면면에서 묻어나지만 그럴수록 장애의 벽은 점점 높아진다.

*

이것은 초기의 생각보다 한 편의 소설의 자료로는 훨씬 진일보한 내용이다. 만약 「화롄의 연인」을 진정한 픽션으로 작품으로 써야 한다면 이제부터 새로 시작해야 할 것이다. 따라서 지금까지 써 온 것은 소설 「화롄의 연인」의 프롤로그에 지나지 않는다. 이 프롤로그 이후 이 얘기의 본편을 써야 하는지, 장숙영의 사려 깊은 배려에도 불구하고, 그리고 이십 년 가까이 시간이 지났음에도 불구하고 나는 아직 결심하지 못했다.

여러 가지 고려해야 할 문제들이 남아 있다. 개인적으로는 소재를 바깥에서 얻어 오는 소재주의를 그다지 탐탁지 않게 생각하는 점도 있다. 그러나 이번에 쓴 이 글이 전환점이 되어 가을의 어느 시점이나 혹은 멀지 않아 다가올 어느 계절에 「화롄의 연인」의 본편을 시작할지도 모르겠다. 완성된 그 책을 들고 화롄의 바다를 찾아간다면, 그리고 지금은 은퇴해서 지방도시에서 가족과 함께 지낸다는 장숙영을 만나 그 책을 전하게 된다면 그건 아주 즐거운 세 번째 타이완 여행이 될 것이다.-작가 노트

나는 왜
니나 그리고르브나의
무덤을 찾아갔나

1

통관 절차를 마치고 승객 환송실로 나가자, 작은 팻말을 치켜든 잘생긴 동양 청년이 금방 눈에 띄었다. 그런데 팻말에 한글로 적힌 내 이름이 ㅕ를 ㅑ로 잘못 적혀 있다. 한글을 처음 써 본 사람 글씨처럼 글씨도 서툴렀다. 그래도 식별에는 지장이 없다.

나는 청년에게 다가가 웃으며 손을 들어올렸다. 그도 웃어 보이며 얼른 내가 끌고 있는 크지 않은 여행 가방을 내게서 받아 갔다. 나는 그제야 무사히 도착했다는 안도의 한숨을 쉬었다.

서울—모스크바 간 9시간 5분의 비행, 적지 않게 지루했다. 귀국시 비행 시간은 한 시간 이상 단축되는데 지구의 자전으로 비행 방향이 서로 엇갈려 그런 차이가 난다는 걸 뒤에 민박집 어느 손님에게서 들었다. 다섯 번째 방문인데 처음부터 모르는 민박집에 묵게 된 건 이번이 처음이다. 체류 일정을 짤 때 그것은 내가 원한 것이고 나는 초기 며칠 동안만 민박집에 묵기로 했다.

5일이 지나면 A가 나를 데리러 차를 몰고 민박집으로 찾아올 것이다. 그 뒤에는 A와 함께 A의 다차가 있는 랴잔의 가브리노로 가서 일주일 가량 묵게 된다. 그곳에 니나가 잠들어 있는 그녀의 유택도 있다. 가브리노 다차의 체류가 끝나면 다시 모스크바로 돌아와 근교의 페레델키노 작가촌으로 가서 거기 있는 A의 집에서 며칠 보내고 9월 6일부터 시작되는 러시아 작가 미팅에 참여하기 위해 A와 함께 야스나야 폴랴나로 떠난다. 3주 여행인데 대충 이런 일정이었다. 러시아 작가 미팅은—주최 측은 세계 작가 미팅이란 걸개를 걸어 놓고 있으나 참가자 대부분이 러시아인으로 실질적으로는 국내 행사—2005년에도 러시아 여행 중에 우연찮게 참석했고 좋은 경험을 한 바 있으나 이번에는 나 개인으로는 반드시 참석한다는 생각은 하지 않았다. 이 일정은 A의 희망이고 A가 미리 정한 것이다.

7년 만의 러시아 방문이다. 감회도 새롭지만 낯설기는 초행이나 마찬가지다. 먼저 민박집을 찾은 것은 A와 어울리기 전에 거리를 어슬렁거리면서 이곳 공기와 분위기에 조금이라도 익숙해지겠다는 생각 때문이다. 혼자 낯선 거리를 지향 없이 어슬렁거리는 것은 내가 아주 즐기는 취향이기도 했다.

그러나 첫 걸음부터 나는 암초에 부딪혔다. 공항 밖으로 나가자, 바깥은 완전 초겨울 날씨다. 쌩—하고 칼날 같은 찬바람이 뺨을 스치고 지나간다. 반팔 셔츠를 입은 나는 몸을 잔뜩 움츠린 채 움직일 줄 모르고 서 있다. 서울의 여름은 얼마나 더웠는가.

여름에서 겨울로 갑자기 이동한 셈이다. 경험상 러시아의 8월 하순이 이렇게 추울 수도 있다는 건 상상도 못했다. 무거운 짐 휴대를 극도로 꺼리는 나는 가방 속에 겨우 봄 양복 한 벌을 갖고 있을 뿐이다. 내복도 털외투 같은 것도 없다.

여행을 너무 서둘렀나? 좀 더 침착하게 현지 날씨를 확인하고 세심하게 준비를 했어야 하는데 마치 뭔가에 쫓기듯이 여행을 서두른 건 아닌가. 마중 나온 청년을 따라 차를 세워 둔 곳까지 1백여 미터 가는 중에도 나는 감기의 악신을 피하기 위해 잔뜩 몸을 움츠렸다. 차에 오르자, 그제야 깊은 숨을 몰아쉴 수 있었다.

'노브이 체르무스키'—지하철 황색선의 정거장 이름이다. 민박집은 그 부근에 있다. 차를 모는 청년은 별로 말이 없었다. 그는 중국 가요를 계속 듣고 있었다.

"유 차이니즈?"

"예스."

그래. 예감이 그렇더라니. 담배를 피워도 좋은가, 하고 물었더니 중국 청년이 선선히 고개를 끄덕인다. 비행 시간 9시간 내내 참던 흡연 욕구다. 그런데 라이터가 없다. 차오(중국 청년)가 도중에 차를 세우고 길가에 있는 가판대로 가서 라이터를 사 왔다. 차가 거리에 홍수처럼 밀려오고 밀려간다. 정체도 만만치 않았다. 한 시간 이상 달린 끝에 큰 아파트촌에 있는 민박집에 도착했다.

2

지하철 회색선 정거장으로 툴스카야Tulscaya가 있다. 깔쪼에서 밖으로 두 번째 정거장으로 기억한다. 그만큼 중심가와 가깝다는 얘기다.

깔쪼는 서울의 사대문 안 같은 시내 핵심 지역을 둘러싼 지하철 환상선環狀線인데 모스크바 지하철 약도를 보면 이 환상선을 중심으로 사방 외곽 지역으로 지하철이 뻗어 나간 그림을 선명하게 볼 수가 있다. 툴스카야에서 지하철을 타면 불과 십 분 만에 이르바트나 트베르스카야 같은 시내 중심 지역에 도달할 수가 있다. 그러나 교통이 좋은 데 비하면 툴스카야 역 부근 일대는 그다지 번화하지도 않고 흐루시초프 시절에 날림으로 지었다는 저층의 낡은 소형 아파트들이 여기저기 두서없이 늘어서 있고 그럴듯한 상점 하나도 찾아보기 어렵다. 서민 주거난을 단숨에 해결하기 위해 날림으로 지었다는 이 상자 같은 소형 아파트에는 흐루숍카란 불명예스런 별칭이 붙어 있다.

2005년 여름부터 가을까지 석 달 동안 나는 툴스카야의 흐루숍카를 잠시 빌려 혼자 지냈던 경험이 있다. 그 아파트는 바이올린을 공부하는 학생이 하기 휴가로 서울에 머무는 동안 내가 아주 싼 임대료로 사용하게 된 것이다. 방에는 피아노와 오디오 컴포넌트, 그리고 그 학생이 닮고 싶다고 내게 말했던 바딤 레핀의 음반을 위시해서 하이페츠, 그루미오 등 많은 명인들의 CD 음반들이 그득 쌓여 있었다.

방도 비좁고 4층으로 오르는 구식 엘리베이터는 늘 덜커덩거려서 금방 추락할 것 같았지만 그곳에서 지낸 시간은 내가 정말 오랜만에 누려 보는 즐겁고 행복한 시간이었다. 나는 날마다 툴스카야 역 부근, 그리고 서민들의 아파트 촌 부근을 어슬렁거렸고 오랜만에 바이올린 연주도 실컷 들었다. 그날 이후 툴스카야의 기억들은 내게 그리운 추억이 되었다.

툴스카야로 다시 찾아가 보자. 7년 전 그 거리 모습이 그 사이 어떻게 변했는지 살펴보고, 그 거리 사람들, 1층의 구둣가게 주인장인 젊은 여성, 옆집 할머니, 그리고 과일 노점상을 하던 대머리 아저씨 등 그들이 여전히 그 거리를 지키고 있는지 살펴보자. 무엇보다 유명한 툴스카야의 비둘기들과 만나는 일이 중요했다. 툴스카야에 비둘기가 많다는 건 널리 알려져 있었다. 지하철역 부근 피자 가게 앞마당에는 언제나 수십 마리 비둘기들이 떼 지어 몰려와서 손님들이 먹다 흘린 피자 조각, 빵 조각 등을 부지런히 쪼아 먹는다. 비둘기들은 사람을 전혀 꺼리지 않는다. 인도에도 비둘기들이 사람과 뒤섞여 뒤뚱거리며 걷는 것을 자주 볼 수가 있다. 비둘기는 허공의 전선에도, 나뭇가지에도 진을 치고 앉아 있으며 가끔 나의 초라한 처소에 찾아들기도 했다.

아침에 조반을 마련하러 주방으로 가면 주방 창턱에 비둘기 한 마리가 조용히 앉아 쉬고 있는 걸 볼 수 있다. 나는 이방인을 찾아 준 비둘기에게 너무 고마워서 비둘기와 대화를 몇 차례 시도한 바도 있었다. 국적이 없는 비둘기는 한국말도 이해할 수 있을 거라는 엉뚱한 기대감을 품었다. 그러나 대화 시도는 번번이 실패했다. 인기척을 느낀 비둘기가 허공으로 멀리 날아가 버리곤 했던 것이다.

여행 계획을 세울 때 톨스카야 방문은 당연히 중요한 일정이 되었다. 남쪽의 노브이 체르무스키 역 부근에 민박집을 잡은 것도 그곳이 톨스카야와 가깝다는 게 첫째 이유였다.

"어서 오세요. 환영합니다."

이십대 후반쯤 되어 보이는 젊은 여성이 현관에서 나를 맞았다.

"저희 집에 오셨으니 이제부터 편히 모실게요."

"당신이 이진 씨?"

"네. 제가 이진입니다."

서울에서 통화할 때 나는 그 이름을 기억해 두었다. 그때는 몰랐는데 민박집의 이 젊은 주인은 조선족 출신 여성이다. 조선족?

처음 그 점이 조금 마음에 걸렸지만 이진의 활달한 성격과 싹싹한 말투가 곧 그런 우려를 씻어 주었다. 안내받은 방으로 가서 나는 짐을 내려놓고 차를 마시기 위해 주방으로 나갔다. 주방에는 이미 세 사람의 남자 손님들이 식탁에 둘러앉아 차를 마시고 있다가 나를 보자, 모두 일어나서 가볍게 인사를 했다. 연장자에 대한 한국식 예의였다. 이 사람들은 벌써 저녁 식사를 마치고 자기네끼리 차를 마시며 환담을 나누는 참이었다. 초면의 낯선 사람끼리도 식탁에서 머리를 맞대고 함께 식사도 하고 얘기도 나누는 게 민박집의 풍속이다.

"저희는 여기 르노 자동차 회사에 나가고 있습니다."

셋 중 가운데 앉아 있는 사십대 남자가 내게 자기들 직업을 소개했다.

"세 분이 같은가요?"

"네. 분야는 달라도 회사는 같답니다."

"한국에 있는 르노 차가 여기에도 옵니까?"

"아니, 아직은 안 옵니다. 오더라도 완성차는 안 올 거예요. 그러니까 한국에서 부품을 여기로 보내면 여기서 조립 과정을 거쳐 차를 출시하게 되겠지요. 저희는 지금 조립 공정을 세우느라 파견 나와 있는 겁니다.”

이 세 사람은 장기 숙박 손님들이다. 자연스럽게 사람들 시선이 새 손님인 나에게 쏠렸다. 주인 이진도 조금 떨어진 자리에 의자를 놓고 앉아 나를 물끄러미 지켜봤다. 나이가 마흔은 훌쩍 넘어 보이는, 조금 깐깐한 인상을 주는 르노 차 직원이 내게 불쑥 물었다.

“선생님께서는 무슨 일로 여기 러시아에 오셨는지요?”

“아, 저는…….”

이런 질문을 예상 못한 나는 잠시 말문이 막혔다. 적당히 꾸며 대답하면 그만인데 구태여 거짓말을 한다는 것도 우스웠다.

3

나의 여행 목적을 정직하게 말한다면 첫째가 니나를 찾아가는 일이다. 그런데 내가 가브리노 북망산에 잠들어 있는 니나를 찾아 이 바쁜 세월에 여기까지 왔다고 하면 르노 자동차 회사의 이 엔지니어들은 어떤 반응을 보일까? 나는 왠지 그 말을 꺼내는 게 내키지 않았다. 무엇보다 장황한 해명이 필요할 것이다. 마치 개인의 기호에 따라 불필요한 사치를 감행한 사람처럼 변명해야 한다.

“아, 이곳에 친구가 있어요. 그를 만나 의논할 일도 있고, 그리고 전에 한동안 지내던 마을도 다시 찾아가 보고 싶어서요. 툴스카야라고."

나는 아주 간명한 답변을 쉽게 찾아냈다.

"추억 여행인가요?"

셋 가운데 가장 젊어 보이는 르노 차 직원이 호기심어린 눈빛으로 물었다.

"맞습니다. 결국 그런 셈이 되겠네요."

세 사람의 엔지니어들은 대충 이해하겠다는 표정으로 고개를 끄덕이고 일찍 잠자리에 들기 위해 모두 일어서서 각자 자기 방으로 갔다. 그들은 현지 시간으로 새벽 여섯 시가 되면 출근해야 하는 바쁜 사람들이었다.

여행지의 첫밤을 잘 쉬고 나는 아침 일찍 눈을 떴다. 오늘은 지하철을 타고 툴스카야로 가야 한다. 그 거리와 드디어 재회한다는 기대감으로 가슴이 설레었다. 지하철 약도를 책상 위에 펼쳐 놓고 황색선에서 회색선으로 갈아타는 지점의 역 이름을 눈여겨 봐 두었다. 노브이 체르무스키 역에서 툴스카야 역까지는 이십 분, 좀 여유 있게 잡아도 삼십 분이면 갈 수 있을 것이다.

"선생님. 오늘 날씨 아주 춥습니다. 저어기 바깥을 보세요. 사람들이 두꺼운 옷들을 입고 나온걸요."

조반을 먹으려고 주방으로 나갔는데 주방 아주머니가 몹시 걱정하는 표정으로 말했다. 나는 주방에 붙은 베란다 창을 통해 거리를 내려다보고 가슴이 덜컥 내려앉았다. 출근길을 서두르는 행인들이 모두 두터운 겨울 외투를 입고 있었다.

"아주머니. 어디서 내복을 구할 수 없을까요? 러시아 사람들 내복 입지 않는 걸 알지만."

"근처에는 없을 거예요. 중국 시장에나 가면 모를까. 근데 거긴 멀어요. 가 봐도 내복을 살 수 있을지 장담 못해요."

북국의 변덕스런 날씨는 나를 도와주지 않았다.

"며칠 전까지만 해도 제법 따뜻했는데 갑자기 이리 추워진 거랍니다."

마음씨 착해 보이는 주방 여인이 커피와 식빵 두 조각을 식탁 위에 가져다 놓으며 말했다. 커피와 식빵은 내가 주문한 아침 식단이었다.

"아주머니는 러시아 말을 아주 잘 하시네요."

주방 여인이 아침부터 스마트폰을 들고 러시아 말로 누구와 대화하는 걸 들었다.

"아이, 그냥 필요한 말은 조금 해요. 어려운 말은 못하고요."

"아이구, 부럽습니다. 여기 오신 지 몇 해나 되었는데요?"

"벌써 십 년이네요."

"처음부터 모스크바에?"

"아니에요. 연변에서 나와서 처음 볼가그라드에서 옷 장사를 했어요. 여기 온 건 이제 삼 년, 그쯤 되네요."

"아, 볼가그라드…… 이차 대전 때 격전지로 유명하던 곳이죠. 한때 스탈린그라드로 불리기도 했고."

"거기서 옷 장사를 오래 하다 장사가 잘 안 되어 그만두고 이곳으로 왔지 뭐예요. 장사를 하다 보니 말이 조금씩 늘데요."

조반을 마치고 나는 가을 양복을 꺼내 입고 외출을 서둘렀다. 주방 여인이 걱정스런 얼굴로 나를 지켜봤다. 그녀는 아래층 입구의 출입문을 드나들 때 필요한 절차를 내게 꼼꼼하게 가르쳤다. 출입문에는 비밀 숫자가 있고 별도의 문자 표시가 부착되어 있다.

밖에서 안으로 들어올 때 그것을 차례대로 입력하지 않으면 육중한 문은 결코 열리지 않는다. 이건 한국과 다를 것이 없다.

내가 현관을 나서는데 늦잠에서 방금 깨어난 집 주인 이진이 놀란 얼굴로 뛰어나왔다.

"선생님, 날씨가 너무 추워 안 돼요. 툴스카야는 날씨 좀 풀리면 제가 차로 모실게요. 감기 드시면 여기서는 약 구하기도 어렵다구요."

나를 걱정해 주는 이 조선족 젊은 여성의 마음이 고맙지만 그렇다고 첫날부터 주저앉을 수는 없었다.

"나갔다가 너무 추우면 금방 돌아오겠소. 그래도 여기 땅은

밟아 봐야지."

"그러세요, 그럼. 절대 무리하시면 안 됩니다."

5층에서 엘리베이터를 타고 내려와서 나는 건물 바깥으로 나왔다. 날씨가 어제보다 더 추웠다. 이런 날씨라면 툴스카야에 가더라도 느긋하게 산책을 즐기는 건 불가능할 것이다. 나는 아파트 구역을 벗어나 한길로 나가서 지하철역 방향으로 천천히 걸었다. 사람들이 내 옆을 분주하게 스쳐 지나갔다. 모두들 두터운 외투를 입고 있다. 외출 한 번 하는데 이처럼 비장한 마음을 갖게 된 건 처음이다. 길 한편에 작은 규모의 가판대가 있고 그 건너편에 여러 가지 과일을 잔뜩 쌓아 놓고 손님을 부르는 과일 노점상이 있다. 어느 곳이나 변두리 마을의 풍경은 비슷하다. 여기에도 비둘기가 있었다. 비둘기들과 참새들이 나무숲에서 자리를 옮겨 다니며 풀씨를 쪼아 먹고 있었다. 참새들조차 사람이 다가가도 놀라거나 피하지 않는다는 사실이 신기했다. 나는 잔디밭에서 풀씨를 쪼아 먹고 있는 참새들을 아주 가까이 서서 오래도록 지켜봤다.

지하철역 부근은 언제나 분주히 움직이는 사람들로 붐빈다. 지하철로 들어가는 지하도 양편에는 작고 볼품없는 가게들이 다닥다닥 붙어 있는데 모스크바 서민들은 이 지하도 가게들을 유난히 애용하는 것 같다. 값이 싸기 때문일까? 큰 시장까지 가는 게 번거롭기 때문일까? 이 가게에는 손수건과 양말, 머플러와 질이 낮은 스웨터, 역시 질이 낮은 선글라스와 손톱깎이와 머리빗 등의 잡동사니들이 진열되어 있다. 주로 많은 여성 고객들이 가게 앞에 진을 치고 서서 물건들을 살펴보고 있었다. 나는 일단 지하도를 지나 맞은편 넓은 광장으로 건너갔다. 지하철을 타더라도 현금이 있어야 한다. 광장에는 큰 상가 건물이 있는데 이 건물 2층 한쪽 모퉁이에 환전소가 있었다. 환전소는 어느 곳이나 구조가 비슷하다. 전당포 창구처럼 고객과 주인 사이에 볼펜 굵기의 쇠창살이 가로막고 있으며 돈 거래는 창살 아래쪽에 터널처럼 뚫려 있는 좁은 공간을 통해 이루어지는 것이다. 러시아 남쪽 회교권 출신으로 보이는 두 젊은 남자가 창구 앞에서 서성이고 있다. 잠시 후 그들이 환전을 끝내고 자리를 떠나자, 나는 창구 앞으로 가서 1백 달러 지폐 몇 장을 내밀었다. 사십대 중년 여인이 내 얼굴을 힐끗 한번 쳐다보고 달러를 받아 그 중 한 장을 책상 위에 펼쳐 놓고 현미경으로 꼼꼼하게 살펴봤다. 아마도 그들 나름으로 위폐 여부를 쉽게 식별하는 기준이 있을 것이다. 1백 달러는 대충 3천 2백 루블, 루블의 가치가 한때 폭등했다는 소문을 들었는데 공교롭게도 7년 전과 환율이 크게 다르지 않다. 루블을 건네준 여인은 나를 향해 알 듯 모를 듯한 눈인사를 건넨다.

광장에는 햇빛이 비치고 있지만 여전히 싸늘한 냉기가 감

돌고 있었다. 냉기를 실은 바람도 멈추지 않고 불었다. 바람을 피해 나는 건물 모퉁이로 가서 담배를 꺼내 물었다.

이 추운 날씨에 톨스카야엘 가야 할까? 그 해답을 얻는 데 십 분 이상의 시간이 걸렸다. 나는 톨스카야행을 단념하고 지하도를 다시 건넜다. 민박집 주인 이진의 충고를 따르기로 한 것이다.

4

추운 날씨 때문에 며칠 동안 나는 민박집 근처에서 맴돌았다. 하루 한 차례 외출이라고 했지만 고작해야 첫날 나갔던 지하철역까지 다녀오는 게 전부였다. 만나는 사람도 대화를 나눌 상대도 없다. 굳이 대화 상대라면 풀밭에서 풀씨를 쪼아 먹는 비둘기나 참새들뿐이라고 할 수 있다. 이 이방의 새들과 이른바 '무언의 대화'를 나눈 셈이다. 하긴 서로 몇 마디 얘기를 나눈 유일한 인물이 있다.

조그만 공원 벤치에 앉아 있는데 마흔 안팎으로 보이는 어떤 사내가 맞은편 벤치로 와서 앉아 나를 흘끔흘끔 쳐다봤다. 나쁜 인상은 아닌데 옷차림이 헙수룩하고 얼굴은 술기운으로 발갛게 상기되어 있었다. 그는 서툴지만 영어를 조금 할 줄 알았다. 나는 그 남자와 날씨와 로스트로포비치에 관해 짧은 몇 마디 대화를 나눴다. 왜 갑자기 로스트로포비치가 등장했느냐 하면 그 주정꾼은 나와 자꾸만 대화를 하고 싶어 하는 눈치였고 나는 별로 꺼낼 얘깃거리도 없어서 내가 갑자기 몇 해 전 작고한 첼리스트에 관해 아느냐고 그에게 뚱딴지처럼 물었던 것이다. 러시아 국민 첼리스트인 그 이름을 이 주정꾼도 물론 알고 있었다. 이어서 투르게네프와 체호프의 이름도 나왔고 그는 물론 그 이름들을 잘 알고 있었다. 그들의 작품에 대해 그가 러시아 말로 뭐라고 한참 설명을 했는데, 무슨 얘기인지 대충 추측만 할뿐이었다. 주정꾼과의 대화는 십여 분에 그쳤고 나는 곧 공원을 떠났다.

민박집 방에는 책들이 몇 권 꽂힌 서가가 있다. 그 서가의 책을 통해 나는 방 안에 갇혀 있는 무료한 시간을 아주 유용하게 사용했다.

몇 해 전 국내에서 출간된 아나톨리 리바코프의 『아르바트의 아이들』이란 소설은 이름만 들었지, 읽지는 않았다. 제목만 보면 러시아 젊은이들의 가벼운 연애담 정도로 생각하기 쉬운데 막상 책을 읽어 보니 사회주의 당시의 러시아 젊은 세대들의 수난사를 아주 정밀하게 그려 낸 수작이었다. 김대중 전 대통령의 『새로운 희망을 위하여』라는 에세이집도 그 방에서 읽었다. 이 책은 1992년 그가 대선에 실패하고 영국 체류 기간에 정치에서 손을 뗀 입장에서 씌어진 책이란 특징이 있다. 근엄한 정객이라는 입장에서 벗어나 보다 자유롭고 소박하게 자기 삶을 성찰한 내용들이 흥미를 끌었다. 『부자 아빠 가난한 아빠』라는 책도 이 방에서 읽었다. 평소에는 이런 책에 손이 가지 않는다. 그러나 그 방에서는 선택의 여지가 없다. 책을 세 권쯤 읽고 나자, A를 만날 시간이 다가왔다.

A는 모스크바 근교의 작가촌인 페레델키노에 머물고 있다. 그가 차를 가지고 내게 오기로 되어 있었다. 민박집 여주인 이진이 최신 스마트폰으로 내게서 건네받은 A의 연락처에 신호를 보냈다. A의 까칠한 목소리가 들렸다. 그는 나보다 한 살 많은 이른바 원로급 러시아 작가이다. 이진과 그가 러시아 말로 잠시 통화를 한 뒤 이진이 스마트폰을 내게 건넸다.

"반갑소."

"네. 오랜만이군요. 반갑습니다."

"내일 만납시다. 오늘은 못 가요."

"……?"

"그럼, 내일."

"알겠습니다. 내일 만나죠."

통화는 간단하게 끝났다.

"왜 오늘 못 온다는 거죠?"

내가 이진에게 물었다.

"부인이 팔을 다쳐 병원에 있답니다. 형편이 썩 좋지 않은가 본데요."

"엘레오노라가?"

카자흐스탄 고려인 출신 부인을 나는 잘 알고 있다. 7년 전 가브리노 다차에 머물 때 그녀는 갖은 음식을 만들어 낯선 손님인 나를 융숭하게 대접했다. 이후 그들 부부가 서울에 왔을 때 나는 그 보답으로 후배 사업체인 수입 화장품 회사에서 독일제 유기농 화장품 세트를 가져다가 부인에게 선물하기도 했다. A의 한국말은 다섯 살 혹은 여섯 살 정도 유아 수준이다. 그걸 감안해도 그의 싸늘한 목소리가 마음에 걸렸다. 이때부터 사실상 A에 대한 의구심과 불안감이 꿈틀대기 시작해서 내가 러시아를 떠나는 시간까지 줄곧 나를 괴롭혔다.

오후에 다시 A로부터 연락이 왔다. 오전의 약속을 바꾸어 오늘 내가 자기 처소로 찾아와 주면 좋겠다는 내용이었다. 전화는 이진이 받았다. 페레델키노 작가촌이라면 1990년대 초 러시아 첫 여행 때 파스테르나크 기념관을 찾느라고 일단의 동료 작가들과 함께 그곳에 갔던 경험이 있다. 그렇지만 그 기억은 가물가물하다. 그곳이 어느 방향에 있는지 내가 알 길이 없다. 손님인 내가, 더구나 말도 통하지 않는 내가 그곳으로 찾아와야 한다는 요청은 친구의 예의가 아니지 않나. 나는 떨떠름한 표정으로 이진을 바라봤다.

"다섯 시까지 모시고 오랍니다. 걱정 마세요. 차오하고 제가 모시고 갈 테니."

이진에게 그런 의무 같은 건 없다. 그런데도 그녀는 여전히 친절하고 싹싹했다.

"러시아 오시면 꼭 페레델키노로 오세요. 제가 며칠이고 편히 묵으시도록 해드릴게요."

서울에서 엘레오노라가 내게 들려줬던 말이다. 그들이 서울을 다녀간 게 3년쯤 전인가? 기억이 분명치 않았다. 본래 계획에는 민박집 체류가 끝나는 즉시 랴잔의 가브리노로 떠나야 한다. 페레델키노는 가브리노 이후에 가기로 되어 있었다.

순서를 바꿔 버린 A의 처사가 미심쩍었지만 그가 하자는 대로 따를 수밖에 없었다. 나는 즉시 방으로 가서 꺼내 놓은 몇 가지 의복들을 작은 여행 가방 속에 구겨 넣고 책상 위에 펼쳐 놓은 메모지들을 정리했다. 다시 이 방으로 돌아올 일은 없을 것이다. 며칠 묵었던 방과의 작별! 이런 때는 언제나 그곳에 자기의 지극히 작은 일부나마 남겨 두는 것처럼 허전하다.

"그 할머니의 무덤에 가면 뭐가 있나요?"

"있긴 뭐가 있어요. 아무것도 없지요."

"그렇다면 왜 거기까지…… 구태여, 거기 유족이 있다면 그냥 여기서 전화나 한 통 해주시면 될걸."

그 당돌한 청년은 거침없이 내게 자기 생각을 제시했다.

차오가 운전하는 차를 타고 오후 세 시쯤 페레델키노로 가는 동안에 문득 회현동 지하 상가 '크림트'에서 만났던 자칭

도서 수집가인 청년의 말이 떠올랐다. '크림트'는 본래 LP 전문점인데 최근 경기가 좋지 않은지 주인이 자기가 그동안 모아 두었던 책들을 집에서 가져다가 가게 한쪽에 늘어놓고 묵은 희귀본稀貴本을 찾는 손님을 끌고 있었다.

이 가게 주인 김 씨야말로 숨은 도서 수집가이다. 나는 전에 한번 동대문 밖 회기동 그의 집에 들렀다가 그의 집 거실과 그가 기거하는 방이 온통 책으로 가득 차 있는 걸 보고 깜짝 놀란 적이 있다. 그는 또 엄청난 독서광이기도 했다.

"아, 이 선생님 생각은 우리가 알 수가 없죠. 사람마다 생각하는 가치가 다르니까요."

내가 고객인 청년에게 아무런 대꾸도 하지 않고 잠자코 있자, 가게 주인이 적당한 말로 그 장면을 얼버무렸다.

"그런가요?……그렇군요."

내 반응을 기다리던 호기심 많은 도서 수집가가 조금 실망한 표정으로 말했다.

페레델키노는 생각보다 시내에서 멀지 않았다. 페레델키노란 푯말이 여기저기서 눈에 띄기 시작했다. 그런데 구역이 상상했던 것보다 훨씬 넓다는 걸 알 수 있었다. 도시 외곽 지대는 어디나 숲으로 덮여 있는데 페레델키노는 특히 구역 자체가 거대한 숲이었다. 차오는 내비게이션을 열심히 들여다보며 종이에 적힌 주소지를 찾느라고 애를 먹었다. 차가 숲속으로 들어온 지 이십여 분이 되었지만 그 주소지를 찾지 못했다. 한 중년 남자가 울타리 밖으로 나와서 담배를 피우고 있었다. 이진이 차를 세우게 하고 그 남자에게 A의 집이 어딘지 아느냐고 물었다. 그 남자는 길을 두 번 돌아가면 바로 지척에 A의 집이 있다는 걸 가르쳐 주었다. 우리는 A의 집 둘레를 한참 동안 빙빙 돌고 있었던 셈이다.

5

페레델키노 마을은 러시아 작가촌이다. 언제부터 조성되었는지 알 수 없지만 파스테르나크가 말년을 여기서 지낸 걸 보면 사회주의 초창기부터 작가촌이 있었지 않나 생각된다. 이곳은 러시아 작가 동맹에서 관리하는데 이곳 주택을 배정받으려면 일정한 작가 이력과 작품성을 인정받아야 하는 걸로 알고 있다. A는 이미 충분한 입주 자격을 갖추었지만 그곳에 관심을 두지 않고 지내다가 몇 해 전 입주 신청을 하고 1년쯤 전에 겨우 주택을 배정받았다.

A의 집 앞에 도착해서 이진이 A와 통화를 했고 곧 A가 나와서 차가 진입할 수 있도록 대문을 열어 주었다. 허름한 외투를 걸친 A는 수염도 깎지 않고 안색이 그다지 좋지 않았다. 그는 차에서 내리는 나를 가볍게 두 팔로 안으며 빙긋이 웃는 걸로 반가움을 표시했다. 서울에서 작별한 뒤 3년 만인가? 우

리는 요란한 인사치레 말은 하지 않았다.

이곳 주택은 아주 특이하고 재미있는 구조로 되어 있었다. 2층으로 네 가구가 각기 독립 출입문을 갖고 있는데 단층에 있는 A의 집 앞에서는 다른 세 가구의 출입문이 전혀 보이지 않는 것이다. 그러니까 적어도 기분상으로는 한 건물에 여러 가구가 살고 있다는 느낌이 들지 않으며 실내에서도 다른 가구에서 전해 오는 소음 같은 것은 전혀 느낄 수가 없었다. 집 내부 구조도 별로 넓지 않은 공간을 아주 쓸모 있게 잘 구획을 지어 배치해 놓았다. 침실은 두 칸, 거실과 주방과 화장실이 있는데 소가족이 살기에 적당한 구조였다.

A는 나를 데려온 이진과 차오에게 아주 친절하게 굴었다. 두 사람에게 자기 책을 가져와서 사인을 해서 한 권씩 선물했다. 함께 사진도 몇 장 찍었다. 일정이 바쁜 이진과 차오는 반 시간쯤 거기 머물다가 차를 타고 시내로 돌아갔고 넓지 않은 거실에는 주인인 A와 손님인 나, 둘만 남았다.

"엘레오노라 지금 병실에 있소. 그래서 선생 접대를 못하오. 팔이 몹시 아파 내일 수술할 거요. 내일 엘레오노라 수술 때문에 내일 거기 못 가요."

A가 찌푸린 얼굴로 말했다. '거기'란 니나가 있는 가브리노를 말하는 것이다.

그럼 언제 가브리노에 갈 수 있느냐고 묻고 싶지만 나는 잠자코 있었다. 지금은 그의 결정에 따르는 수밖에 없다.

"가브리노, 모레 갑시다. 나도 허리를 다쳐 운전하기 어렵소. 병원에 가 봐야 하오."

"어떻게 다쳤지요?"

"며칠 전 욕실에서 넘어졌소."

A는 얼굴을 찡그리며 한 손으로 허리 뒤를 몇 번 주물렀다.

"A선생, 무리하실 것 없어요. 내가 꼭 거기에 가야 하는 것은 아닙니다. 내가 여기까지 온 것만으로도 니나는 고맙게 생각할 겁니다. 가브리노 가는 걸 서두르지 마시고 치료나 잘 하세요."

나는 진심으로 A에게 말했다. 살아 있는 사람의 건강이 우선 중요하다. 그러나 A는 이 말이 내 진심이라고 믿지 않는 눈치였다. 그는 고개를 절레절레 흔들었다.

"거기 갈 거요. 내일 수술 끝나고."

A는 탁자 위에 있는 물병을 들고 물을 한 모금 마신 뒤 다시 말했다.

"니나 만나는 것 중요해요. 나도 정신의 가치가 뭣보다 중요하다는 걸 알고 있소. 그걸 아니까 내가 운전하고 같이 가려고 하는 거요."

작가니까 체면치레로 그냥 하는 말이 아닐까? 나도 A의 말을 진심으로 받아들이지 못했다. 나는 A의 이 말에서 도리어

A가 나의 가브리노행을 못마땅하게 여긴다는 느낌을 받았다. 가브리노는 모스크바에서 가까운 곳이 아니다. 경우에 따라 하루 종일 차를 몰고 가야 한다. 날씨도 춥고 자기 몸도 불편한데 나를 차에 태우고 그곳으로 나를 안내한다는 일이 A에게 엄청난 부담이 되는 건 사실이다.

나의 가브리노 방문에 대한 A의 생각이 복잡하게 얽혀 있다는 걸 읽어 내는 건 어렵지 않았다.

—니나는 본래 나의 오랜 친구이고 당신이 니나를 만난 것은 그때 며칠 사이 두세 차례뿐인데 니나가 당신에게 그렇게 소중한 존재라는 게 맞아? 언제부터였지? 나 아니면 당신은 니나란 존재조차 몰랐던 것 아냐.

A가 마음 속으로 이런 생각을 하고 있다는 걸 나는 그 표정에서 읽었다. 그러나 노련한 원로 작가는 자기 생각과는 전혀 다르게 말했다.

"니나가 선생을 참 좋아했던 건 기억이 나오. 아주 좋게 보았던 거지. 본래 마음이 큰 사람이지만 그때만큼 처음 본 사람에게 친절하게 대하는 걸 본 일이 없소. 좋은 땅을 거저 주겠으니 이곳이 맘에 들면 여기 집 짓고 와서 살라고 했지. 기억나오?"

"물론 기억하지요. 그 땅들, 돈 많은 도시 사람들이 욕심낸다던 그 땅들은 지금 어떻게 되었나요?"

"니나 죽고 나자, 동생 발로자가 술 마시느라고 죄다 팔아 치워 버렸어. 집도 팔아 치우고. 남은 게 하나도 없어."

"발로자는 거기 있나요?"

"아직 마을에 있는데 오두막 같은데 거처하오. 보기가 딱할 정도로 망했어."

바깥이 점점 어두워졌다. A는 엘레오노라 대신 자기가 저녁을 마련해야 한다며 주방으로 건너갔다. 그사이 나는 흡연을 위해 좁은 현관을 지나 바깥으로 나왔다. 입구의 계단에서 있는데 바로 지척에 있는 큰 소나무 쪽에서 까악까악 새울음소리가 들렸다. 소리의 크기로 볼 때 굉장히 몸집이 큰 새가 분명했다. 새는 나무 기둥에 붙어서 소나무 껍질을 쉬지 않고 쪼아 대고 있다. 드디어 나무 기둥에서 분리된 큰 나무 껍질이 땅으로 떨어지는 소리가 요란했다. 딱따구리일까? 까마귀일까? 러시아 숲에는 까마귀들이 서식하고 있는 모습을 가끔 보았다. 그러나 숲의 가지들에 가리워져 새의 모습은 보이지 않았다. 나는 피우던 담뱃불을 끄기 위해 땅으로 내려왔다. A는 벌써 두 차례나 불조심을 내게 강조했다. 숲속에서는 더욱 화재에 경각심을 가져야 한다는 정도는 나도 알았다.

나는 손에 든 담배를 땅바닥에 버리고 무심코 그걸 밟아 끄려고 하다가 멈칫했다. 담배가 버려진 곳 주변에서 쉬지 않고 움직이는 생명체가 눈에 띄었다. 수가 많은 생명체였다. 작은 개미 떼들이 모래성을 쌓느라고 행렬을 지어 저녁이 다가오는 이 시간에도 쉬지 않고 움직이고 있었다. 하마터면 나는 담뱃불을 끄려다가 나와 아무런 인연이 없는 그 러시아의 작은 개미 떼들을 지옥으로 보낼 뻔했다. 7년 만에 어렵게 찾아온 러시아 땅에서 비록 하치않은 개미의 생명이지만 나의 러시아 여행이 이들에게 끔찍한 불행으로 연결되는 우연의 도미노를 나는 결코 원하지 않았다.

A는 그 연배의 남자치고 요리 솜씨가 좋은 편이었다. 식탁에는 밥과 국, 술안주로 샐러드와 러시아 소시지 등이 차려져 있고 어디서 선물 받았다는 붉은색 과일주도 한 병 놓여 있었다. 우리는 오랜만의 해후를 자축하며 건배를 했다. 술은 보드카보다 더 독해서 몇 잔 마시자, 금방 취기가 올라왔다. 두 사람 모두 애주가는 아니어서 술병을 서둘러 닫았다.

기분이 고조된 순간에 A와 마주 앉아 있을 때는 언어의 벽이 둘 사이를 더욱 완강하게 가로막고 있는 것을 느낀다. 7년 전 A를 처음 만났을 때보다 이번에는 단절감이 더 심했다. 나는 러시아 말에 먹통이고—러시아를 여행할 때마다 이 점이 늘 너무나 아쉬웠다—고려인 2세인 A는 한국말에 유아 수준을 벗어나지 못한 상태다. 이야기가 조금만 미묘하게 발전해도 거기서 막혀 버린다. 7년 전 A를 따라 가브리노에 갔을 때는 그런 점이 더 편하게 느껴졌다. 자잘한 데 신경 쓸 필요가 없었던 것이다. 그러나 친분이 쌓여진 지금은 대화가 막힐 때마다 짜증이 생긴다.

6

이쯤에서 7년 전 내가 A를 처음 만나던 시간으로 되돌아가 보자.

나는 3개월의 러시아 체재를 계획하고 러시아로 떠났다. 남들에겐 이런저런 러시아 일정을 부풀려 말했지만 실제는 일종의 도피 여행이었다,

서른 살 무렵에 잠시 몸담았던 교직을 그만두고 전업 작가로 나섰을 초기에 생활 자체가 어려웠고 전망도 뚜렷하지 않았다. 갑자기 벽에 부닥친 것이다. 나는 괴로운 청소년기를 보냈던 남쪽 고향 바닷가로 며칠 여행을 떠났다. 도피 여행이었다. 그 이후에도 어떤 딜레마와 마주칠 때마다 고향의 그 바닷가를 찾았다. 작가 생활의 이력도 쌓일 만큼 쌓이고 장년기를 훌쩍 지난 지금 그 방향이 고향의 바닷가에서 러시아로 바뀐 것뿐이다.

그 무렵에 좋지 않은 일 몇 가지가 내 신변에 일어났다. 현실에 환멸을 느끼거나 실망감을 느끼는 건 흔히 있는 일이다. 누군가가 공개 지면에 나에 관한 모함성 글을 게재했는데 흔치 않은, 아주 드문 일이었다. 그 지면은 내가 수년 전 연재 작

품을 쓰던 지면이고 그 글 게재자는 소싯적부터 나와 가장 가깝다고 알려진 동료 작가였다. 작가에게는 이름 몇 자, 그게 자산의 전부이다. 분노로 입술이 부르텄지만 마땅한 대응책도 없었다. 이것이 도피를 충동한 직접 계기가 되었다.

러시아로 가자. 몇 차례 다녀온 인연으로 그나마 조금 낯이 익은 땅이다. 러시아 문학 전공자인 K교수가 이때 고려인 작가인 A와의 만남을 주선했다. A는 당시 카자흐스탄에 머물고 있었는데 그가 모스크바로 돌아오면 나를 데리고 자기 다차가 있는 가브리노로 가는 걸로 일정이 짜여졌다. 대학 후배이기도 한 K교수가 애써 준 결과였다.

톨스카야의 허름한 소형 아파트에 자리를 잡고 나는 무료한 나날을 보내며 A가 카자흐스탄에서 돌아오기를 기다렸다. A는 예정된 날짜가 지나도 좀처럼 나타나지 않았다. A는 어떤 사람일까? 그가 과연 일면식도 없는 나를 맞기 위해 나를 찾아줄까?

K교수의 다짐에도 불구하고 나는 의구심을 떨쳐 내지 못했다. 그때까지 A에 관해 내가 아는 거라곤 오래전 국내 문학지에 게재된 그의 자전 성격의 글을 몇 페이지 읽은 것뿐이다. 거기에 아주 인상적인 장면이 하나 나온다.

아직 작가로 입신하기 전, 청년기에 A는 모스크바 아파트 공사장에서 인부로 일한다. 처음 잡부로 일하다가 뒤에 타워크레인 기사가 되었는데 저녁이 되면 인부들이 모두 퇴근하고 사방이 고요할 때, A는 공중의 크레인 조종석에 홀로 앉아 거기서 바라보이는 모스크바 중산층 아파트의 내실 생활을 몰래 훔쳐보는 취미에 빠졌다.

고독한 이방인 청년인 그는 여인이 옷을 갈아입는 은밀한 장면을 자주 훔쳐보곤 했는데 그는 젊은 날의 이런 자기 행위에 대해 도덕적 자괴감을 느낀다고 자전에 쓰고 있다.

이 장면을 읽고 나는 A라는 인물에 흥미를 느꼈다. 그는 사방이 어두워진 때 타워크레인의 조종석에 홀로 앉아 중산층 생활을 훔쳐보며 신분 상승의 열망을 끊임없이 키웠을 것이다. A에 대한 관심은 그러나 그때뿐으로 그 이후 그를 까맣게 잊고 지냈다. K교수 말에 의하면 A는 고려인이지만 그의 러시아어 문체는 매우 정교하며 특히 러시아 중부 농촌 지역 토속어 구사에도 능하다고 한다. 이런 미덕 때문에 그가 러시아 문단의 인정을 받았을 것이다. 러시아에는 톨스토이, 체호프 등 전통적 리얼리즘 소설이 주류로 되어 있긴 하나 독자적 실험을 추구하는 전위(아방가르드) 계열의 작가들도 적지 않다. 어수선한 정치적 변환기이던 20세기 초에도 공상과 현실이 뒤섞인 환상적 작풍을 구사했던 에브게니 자먀찐 같은 작가가 상당한 활동을 벌인 걸 보면 역시 이 나라의 문학적 잠재력이 큰 것을 알 수 있다. A도 전위 작가 계열의 작품을 주로 써낸 걸로 알고 있다. 나는 A를 알게 된 이후 최근에 우리 말로 번역된 그의 단편 두 편을 겨우 읽었을 뿐이다. 한 편은 실험적 수법의 소설이고 한 편은 평이한 스토리 소설인데 번역상 전달의 난점도 있겠지만 그다지 큰 인상은 받지 못했다.

툴스카야에서 동네 골목길을 어슬렁거리며 거의 한 달 가까이 지났을 때 드디어 A가 카자흐스탄에서 모스크바로 돌아왔다는 연락이 왔다. 그리고 이틀 뒤 A가 차를 가지고 내가 머물고 있는 툴스카야의 아파트 앞에 나타났다. A를 안내한 사람은 K교수 제자인 현지 유학생으로 그는 그동안 A와 나 사이의 연결고리 역할을 했다. 연락을 받고 나는 부랴부랴 가방을 챙기기 시작했다. 가브리노 다차에서 열흘 정도 보낼 거라면 거기 따른 준비물을 챙겨 넣어야 한다. 양말, 내의, 칫솔과 치약, 그리고 무엇보다 환전해 둔 루블화, 읽을 만한 책 한두 권, 한 사람이 움직이는 데 참으로 여러 종류의 물건들이 뒤를 따른다.

"다차가 있는 랴잔의 가브리노는 경관이 뛰어납니다. 모스크바에서 십 년 거주한 사람도 지방의 그런 경관을 구경할 기회가 없어요. 선생님은 운이 좋으십니다."

K교수 제자가 내게 했던 말이다. 그는 한 마디 더 보탰다.

"여기 한국 대사님도 초대받아 가브리노를 다녀오셨는데 A 선생과 함께 버섯도 따고 굉장히 좋아하셨다고 들었습니다."

'A는 아무나 거기 데려가지 않는다. 당신은 선택받은 것이다.' 이런 뜻을 그 말은 은근히 암시했다. 물론 A는 내가 아니라 K교수 체면을 봐서 나를 받아들였을 것이다. 나는 이것저것 챙겨 넣어 꽤 무거워진 가방을 끌고 4층에서 아래로 내려갔다. 1층의 구둣가게 앞에 지프차 형태를 닮은 아주 낡은 '라다' 한 대가 정차해 있었다. '라다'는 오랜 기간 러시아의 보급형 국민차로 그 이름에는 '행운의 여신'이란 뜻이 있다. 몸집이 좋은 유학생이 달려와서 내 가방을 받아 차의 뒤 트렁크에 실었다. 나는 두리번거리며 누군가를 찾았다. 그가 천천히 운전석에서 나와서 내 쪽으로 다가왔다. 키가 좀 작은 편이나 몸집은 단단했고 코밑에는 수염을 기른, 나와 거의 비슷한 또래의 남자였다. 그 얼굴은 전에 사진에서 본 적이 있는데 아주 야무지고 고집이 세 보이는 인상을 풍겼다.

그는 웃지도 않고 한 마디 말도 없이 내 앞에 와서 손을 내밀었다. 그는 드물게도 초면인 내 얼굴을 똑바로 바라보지 않고 시선을 살짝 옆으로 돌린 채 나와 악수를 했다. 이런 경우 보통 거만하다는 말을 듣는다. 그는 분명히 조금 거만한 태도를 취했다. 고려인 신분으로 대 러시아의 일급 작가가 된 자부심을 그가 한순간도 잊지 않고 있는 것을 느낄 수 있었다.

A와 나는 함께 차에 올랐고 밖에서 제자가 손을 흔들었다. 차는 곧 구둣가게 앞에서 떠났다. 나는 뒷날 이 순간을 떠올

리면서 '두 사람의 벙어리가 낙원을 향해 출발했다'는 타이틀을 생각해 냈다. A는 한국말은 겨우 유아 수준을 벗어난 상태이고 나는 러시아 말에 완전 먹통이다. 손짓 발짓, 거기에 약간의 초보적 한국말을 보조로 사용하면 그럭저럭 공동 생활은 가능할 것이다. 그러나 명색이 작가인 두 사람이 만나서 열흘 동안이나 기초 생활 유지에 머문다면 이 만남이 무슨 의미가 있을까? 처음 K교수는 박사 과정인 자기 제자를 통역으로 동행시킨다고 말했다. 그러나 제자는 논문 마감이 임박해서 시간을 낼 수 없다고 말했다. 예비 박사님은 도리어 내게 반문했다.

"두 분 사이에 꼭 대화가 필요할까요? 아마 걱정 안 하셔도 될 거라고 저는 생각하는데요."

차를 타고 가는 동안 거의 한 시간이 지났으나 당연히 둘 사이에 대화는 없었다. 그러나 나는 그다지 걱정하지는 않았다. 아마 상대에 대한 일정한 신뢰감이 내게 있었던 것 같다. 아파트 공사장의 타워크레인 조종석에 앉아 모스크바 중산층의 내밀한 생활을 훔쳐보던 청년을 나는 기억했다. A를 처음 본 순간 그 장면을 떠올린 것이다. 그 자전을 보면 자기 성찰의 솔직하고 진지한 고백들과 자주 마주친다. 그런 기억들이 처음 만난 A와 나 사이의 거리감을 지워 버린 것이다.

두 시간쯤 달린 뒤에 차는 어느 한적한 교외 주택가로 진입했다. 비교적 잘 지어진 큰 규모의 주택들이 모여 있는 부촌이었다. 어느 2층 저택 대문 앞에 차를 세우고 우리는 마당 안으로 들어갔다. 이 집은 건축업으로 재산을 모은 A의 새 처남의 주택인데 이곳에서 A의 새 아내가 된 엘레오노라가 남편을 기다리고 있었다. 엘레오노라는 오십대? 실제는 그보다 젊어 보이는 여성인데 본래 우즈벡에서 성장했고 근래에는 카자흐스탄에서 생활해 온 인텔리 여성이다. 점심을 먹기 위해 식탁에 앉았을 때 엘레오노라가 처음 얼굴을 내밀고 나에게 인사를 했다. 역시 고려인 출신인 엘레오노라는 남편보다 약간 높은 수준의 한국말을 구사했다. A의 새 아내를 만난 뒤에 나는 비로소 A가 왜 카자흐스탄에서 그렇게 오래 머물 수밖에 없었는가를 이해하게 되었다. 내가 러시아 여행을 계획하던 초기만 해도 그의 아내는 젊은 러시아 여성이었다. 그 사이에 그는 러시아 여성과 이혼하고 카자흐스탄으로 가서 고려인 출신의 엘레오노라를 만난 것이다. 이혼과 재혼, A의 경우는 세 번째, 혹은 네 번째 결혼이 된다. 내가 만난 러시아 작가들은 대체로 두 번, 세 번 결혼의 전력자들이었다. 러시아 사람들은 이혼을 우리만큼 큰 사건으로 여기지 않는 경향이 있다. 작가나 예술가들 경우는 더 그런 경향이 강하다. 처음에는 약간 당황스러웠으나 곰곰 생각해 보니 이혼을 죽음처럼 생각하는 우리 풍속보다는 도리어 그쪽이 더 합리적일 수도 있겠다는 생각을 하게 되었다.

A의 처남 집에서 잠시 휴식을 가진 우리가 다시 출발할 때는 일행은 세 사람이 되었다. 엘레오노라가 동행하게 된 것이다. 이번에는 엘레오노라가 조수석에 앉고 나는 뒷자리로 물러났다. 가브리노는 모스크바에서 결코 가까운 곳이 아니었다. 중간에 조금씩 휴식을 취하고 가다 보면 어느덧 밤이 되어 버린다. 다차는 국도에서 벗어나 숲의 사잇길을 한참 달린 뒤에 겨우 나타났다. 그런데 차가 국도를 벗어날 즈음에는 이미 주위가 어두운 밤이 되어 있었다. 게다가 다차로 가는 숲 속 사잇길은 마치 풍랑을 일으킨 물결처럼 노면의 굴곡 상태가 극심했다.

7

굴곡이 심한 숲 사이 길을 차가 널뛰듯 요동치며 천천히 앞으로 나아갔다. 이런 험한 길은 난생 처음이었다. 몸의 중심을 잃지 않으려고 나는 손잡이에 매달렸다.

'낙원으로 가는 길은 역시 쉽지가 않구나.'

나는 혼자 생각했다. A도 좀 민망했던지 뒤를 흘깃 보며 중얼거렸다.

"당신 이젠 집에 못 가요."

엘레오노라가 웃었다. 그 말은 지옥길에 한번 빠졌으니 나는 서울 집에 돌아갈 수도 없게 되었다는 말이었다. 농담이지만 내겐 진담처럼 들렸다.

차는 2~3킬로미터의 지옥길을 겨우 벗어나 조금 평탄한 숲길로 나왔다. 그런데 이번에는 차의 속도가 점점 줄더니 몇 걸음 더 나가지 못하고 차가 그 자리에 서 버렸다. 골골거리던 엔진 소리마저 뚝 멎었다. 19년 된 고물 라다 승용차가 지옥길을 통과하느라고 가진 힘을 모두 소진해 버린 것이다. A가 혀를 끌끌 차며 차 밖으로 나갔다. 바깥을 흘깃 보니 어두워서 아무것도 보이지 않고 차창으로 드리워진 긴 소나무 가지의 형체만 보였다.

엘레오노라가 차 밖으로 나가며 말했다.

"A는 니나에게 갔어요. 나오세요. 곧 올 거예요."

나는 그녀 말대로 차 밖으로 나가서 심호흡을 했다. 니나가 누군가? 그걸 묻고 싶었으나 묻지 않았다. 하늘에 먹구름이 끼어 있는데 그 구름 사이로 달이 움직이고 있었다. 구름이 엷어지면 잠시 시야가 조금 밝아졌다. 큰 호수가 눈앞에 펼쳐졌다.

"저기 이층집 보이세요?"

엘레오노라가 호수 건너편을 손으로 가리켰다. 건물의 희미한 형체가 바라다보였다. 어두워서 실제 거리보다 더 멀게 느껴졌다.

"A의 다차예요. 수세식 화장실도 있어요. A가 니나에게 맡겨 둔 열쇠를 찾으러 갔어요."

차가 멈췄는데 다차까지 갈 수가 있을까? 차를 버려 두고 짐을 들고 걸어서 가나? 앞을 가로막고 있는 호수는 또 어떻게 건너지? 나는 호수를 우회하는 지름길이 있는 걸 몰랐다. 구름이 달을 가리자, 희미한 형체나마 보이던 건너편 다차 건물이 흔적 없이 사라졌다.

나는 자신이 찾아온 성 주변에서 끝없이 배회하는 어느 소설의 주인공을 떠올렸다.

'역시 낙원에 이르는 건 쉽지 않구나.'

이십 분쯤 지난 뒤 A가 돌아왔다. 니나네 마을이 근처에 있는 걸 알 수 있었다. 우선 필요한 짐만 챙겨들고 니나네 집으로 가서 하룻밤 묵는 걸로 결론이 났다. 다차에는 내일 가기로 했다.

니나네 집은 차가 멎은 곳에서 아주 가까웠다. 짐을 들고 밭고랑 사이를 잠시 걸어가자, 통나무 울타리로 바람막이를 한 단층 목조 주택이 나타났다. 경위야 어떻든 러시아 중남부 농가에서 뜻밖에 하룻밤을 묵게 된 건 행운이었다. 고물차 라다 덕분이었다.

좁은 마당 안으로 우리가 들어서자, 마당 한 편의 닭장에서 닭들이 웬 손님들이 찾아왔다고 자기네끼리 수근거렸다. 집

주인 니나가 마루로 나와 환하게 웃으며 우리를 반갑게 맞았다. 니나는 칠순에 이른 노인이지만 평생 땅을 일구며 살아온 농촌 여성답게 얼굴이 구릿빛으로 그을렸으며 내 손을 맞잡은 손에서도 사내 같은 힘이 느껴졌다. 그때 니나가 처음 보는 내 손을 맞잡으며 마치 오랜 친구를 맞아 주듯 살갑게 웃어 주던 모습이 오래도록 기억에 남았다.

니나네 집에 들어설 때 나는 이미 솔제니친의 소설 『마뜨료나의 집』을 떠올렸다. 그 무대가 오카강 근처 농촌인데 니나네 집이 있는 가브리노 마을 역시 근처에 오카강이 흐르고 있다.

우리는 농가의 거실에 앉아 주인이 내온 빵 조각과 우리가 가져온 음료수로 급한 대로 간단한 저녁을 먹었다. 니나는 남동생 발로자 부부와 셋이 함께 살았는데 발로자가 집을 나가 버린 아내를 찾으러 인근 소도시로 나갔기 때문에 지금은 혼자 집을 지키고 있었다.

나는 처음 보는 러시아 농가의 거실 풍경을 흥미롭게 둘러봤다. 거실 안쪽 벽에 성모의 사진 액자와 예수의 사진 액자가 나란히 걸려 있고, 그 아래 제단에는 십자가 목걸이와 예수와 성모의 인형상 등이 가지런히 진열되어 있다. 반대편 거실로 들어오는 입구에는 말로만 듣던 농가의 페치카가 버티고 있는데 장방형의 이 페치카는 일인용 침대만큼 덩치가 커서 그 위에서 사람이 잠을 잘 수도 있다고 A가 말해 줬다.

밤이 깊었고 먼 길 오느라고 지쳤기 때문에 나는 발로자의 빈 침대—사실은 침대라기보다 벽에 붙여 놓은 널빤지—에서 잠을 잤다.

잠을 자다가 누군가가 모포 한 장을 내 몸 위에 덮어 주는 바람에 잠시 잠에서 깨어났는데 아침에 내가 그 얘길 꺼내자, 니나가 나이에 걸맞지 않은 수줍은 웃음을 웃으며 자기가 한 짓이라고 고백했다. 니나는 새벽같이 일어나 손님들의 아침 준비를 했다.

식탁에는 검은 빵은 물론, 우유와 삶은 계란, 채소 샐러드가 나왔는데, 이때 맛본 삶은 계란의 구수한 맛은 두고두고 잊어지지 않았다. 그 맛이란 내가 어릴 때 고향에서 맛보던 그 계란 맛이었다. 수천 마리 닭들을 닭장에 가둬 놓고 집단 사육하는 양계장에서 나오는 계란에는 그런 맛이 없다. 내가 삶은 계란을 맛있게 먹는 걸 곁에서 지켜보던 니나가 주방으로 가더니 삶은 계란 몇 알을 더 가져왔다. 니나는 마치 정 깊은 누나처럼 흐뭇한 표정으로 A와 내가 맛있게 식사하는 모습을 끝까지 지켜봤다.

"니나 남편이 전쟁에서 폭탄 파편을 맞고 거길 다쳐 아이를 못 낳았지. 남편은 일찍 죽었어."

식사 뒤 잠깐 문 밖 배추밭 언저리를 산책할 때 A가 들려준 말이다. '거기'란 생식과 관련된 남자의 신체 기관일 것이다.

A와 니나는 마치 오랜 소꿉친구처럼 스스럼없이 웃고 떠들었다. 두 사람이 즐겁게 얘기하는 모습을 지켜보던 나는 A의 신부가 된 지 얼마 되지도 않은 엘레오노라가 질투할까 봐 마음이 쓰일 정도였다.

니나네 집에서 하룻밤을 묵은 우리는 아침 일찍 차를 놓아두고 걸어서 A의 다차로 갔다. 가브리노는 과연 듣던 대로 풍광이 좋은 마을이었다. 다차가 넓은 호수를 내려다보는 자리에 있어서 다차의 앞뜰에서 보면 마치 넓은 호수가 정원 안에 있는 것 같다. 호수 건너편으로는 니나네 마을이 아련히 바라다 보인다. A의 다차는 그다지 호화 건물은 아니지만 아방가르드 작가답게 적어도 외관만은 주변의 다른 다차들과는 구별되는 독특한 개성을 드러내는 건물이었다. 나는 아래층에 배정받은 방에 짐을 풀어 놓고 먼저 앞뜰로 나가서 그곳에 있는 나무 벤치에 앉았다. 마침 햇빛이 밝게 일대를 비추고 있고 사방은 고요했다. 그곳에서 방금 떠나온 니나네 마을을 바라보고 있노라니 온갖 시름이 다 사라지고 모처럼, 정말 오랜만에 평온한 마음이 되었다.

사람들은 이런 기분을 맛보려고 낙원을 찾아 헤맬 것이다.

내가 앉아 있는 벤치의 바로 옆자리에 딱 한 그루의 그 민들레가 뿌리를 내리고 있었다. 무릎 높이까지 자란 그 민들레가 키가 너무 커서 처음에는 어떤 종류의 식물인지도 몰랐다. 키도 그렇지만 이파리와 꽃수술이 한국에서 보던 보통 흔한 민들레와는 너무 달랐다. A가 이름과 함께 사람이 먹을 경우 정신 착란을 일으키는 독성을 가졌다는 걸 알려 줬다.

나는 틈만 나면 앞뜰의 벤치로 나가서 시간을 보냈고 그때마다 파클론 아드반치쿠라고 불리는 이 민들레와 대화를 나눴다.

'다른 민들레는 보통 무리지어 서식하는데 너는 왜 혼자 여기 서 있나?'

내가 물으면 민들레는 내게 되묻는다.

'당신도 여기 혼자 있지 않나요?'

'그렇군. 그런데 넌 어디서 여기까지 흘러온 거지? 고향이 어디야?'

'고향 같은 건 없어. 여기저기 흘러 다니다가 혼자 씨앗으로 여기 떨어진 거지.'

'하긴 나도 너랑 비슷해. 몇 달 전까지 상상도 못하던 곳에 지금 와서 있는 거야.'

집 밖에 나오면 나는 언제나 이 민들레를 먼저 찾아봤다. 버섯을 따러 A와 숲으로 들어갈 때나 약수를 길러 약수터로 나갈 때도 파클론 아드반치쿠가 잘 있나 반드시 눈여겨보곤 했다. 열흘 가량 그곳에서 머물고 모스크바로 돌아가려고 다차를 떠날 때 나는 그 한 그루의 민들레와 작별하는 게 무척 아쉬웠다.

"잘 있어. 파클론 아드반치쿠!"

8

가브리노 다차에 머무는 동안 시간은 즐겁게 흘러갔다.

과거의 우울한 기억들에 늘 시달리던 나도 이때만은 그것들을 모두 잊고 가벼운 기분으로 즐겁게 지냈다.

가족들은 별 탈 없이 잘 지내고 있을까? 나와 단짝처럼 늘 붙어 지내던 강아지는 여전히 건강하게 뛰놀고 있을까?

문득문득 이런 걱정이 스쳐갔으나 그다지 큰 문제는 아니었다. 내 신상 문제와 관련된 무거운 주제들은 되도록 떠올리지 않으려고 노력했고, 날이 새면 잇달아 흥미로운 일들이 발생했기 때문에 믿기지 않을 정도로 그런 골치 아픈 생각들은 출몰하지 않았다.

내가 즐겁게 지낼 수 있던 것은 물론 전적으로 A의 거의 헌신적인 도움이 있어서 가능했다. 하루의 모든 일정은 손님인 나를 위해 마련된 것이었다. A의 신부인 엘레오노라도 손님이 식사에 불편을 겪거나 부족함을 느끼지 않게 하려고 갖은 정성을 다 기울였다.

우즈벡 출신인 엘레오노라 덕에 나는 우즈벡식의 스프와 크고 딱딱한 빵도 처음 맛볼 수 있었다. 가장 즐겁고 상쾌한 일과는 숲으로 가서 버섯 따는 일이었다. 일대의 숲에는 각종 버섯들이 널려 있다. 버섯들이 겉모양은 비슷하지만 어떤 것은 식용이 가능하고 어떤 것은 독성이 강해서 잘못 채취했다가는 크게 낭패를 볼 수가 있다. A가 몇 차례나 그 식별법을 가르쳐 줬지만 모양이 서로 너무 비슷해서 나는 독버섯을 A에게 내밀다가 몇 차례나 핀잔을 듣기도 했다.

그날 채취한 작고 깨끗한 흰 버섯은 스프의 재료가 되어 식탁에 올랐는데 담백하고 고소한 맛이 일품요리로 쳐 줘도 무리가 없을 것 같았다. 모스크바와 가브리노 사이를 오가는 길목에는 산에서 채취한 흰 버섯을 쌓아 놓고 파는 인근 마을의 여인들을 쉽게 볼 수가 있다. 그 버섯들은 품질이 뛰어난 것들이 있는데 값도 만만치가 않았다.

A는 버섯을 따는 동안 자주 노래를 흥얼거렸는데 소리는 신통치 않았지만 본인은 매우 흥에 겨워 노래를 불렀다. 그가 부른 노래 가운데 〈레비니슈카〉란 노래가 있는데 이 노래는 강을 사이에 두고 서있는 레비냐 나무와 참나무가 서로 사랑하지만 강이 가로막고 있어서 두 나무는 영원히 이별 상태로 지낸다는 그런 내용이다. 레비냐는 앵두 같은 빨간 열매가 포도송이처럼 주렁주렁 열리는 나무로 러시아 어디서나 쉽게 볼 수 있었다. 몇 해 전 모스크바 외곽 지역인 쿤제바(쿤제프스카야)에서 며칠 묵을 때 큰 레비냐 나무의 가지가 아파트 창에

스칠 듯이 가까이 뻗어 있는 걸 봤기 때문에 나도 이 나무를 잘 알고 있었다. 이 노래 외에 A는 〈하늘은 매우 넓어요〉라는 러시아 동요도 흥얼거렸다. 다차의 뒤뜰에서 바라보면 확실히 러시아 하늘이 한국 하늘보다 넓다는 걸 알 수가 있었다. 광활한 평야 지대인 이곳에는 시야를 가로막는 장애물이 전혀 없기 때문이다.

다차의 형태도 주인 성격에 따라 여러 가지가 있다. 전위 작가이자 한때 화가 지망생이던 A의 다차는 그의 취향대로 호수를 바라보는 전망 위주로 지어졌고, 이웃 마을에 다차를 가진 작가 리추찐은 평범한 농부 같은 그 사람의 인상 그대로 전형적인 농가식 다차이다. 햇빛이 아주 밝은 날 정오쯤에 A와 나는 버섯을 따러 숲으로 갔다. 우리는 이날따라 벌에 쏘이는 걸 막기 위해 얼굴에 방충망을 썼다. 날씨가 화창하면 숲에 벌들의 활동이 활발해진다. 그런데 희고 깨끗한 버섯들이 전날 내린 비로 모두 망가져서 수확이 신통치 않았다. A가 혀를 끌끌 차더니 갑자기 버섯 따기를 중단하고 이웃 마을 누구네 집에 마실을 간다고 예고했다. 나는 찾아가는 사람이 누군지도 몰랐다. 숲에서 벗어나 샛길을 한참 걷다 보니 무릎까지 자란 갈대밭이 나타났고, 갈대밭을 지나자 십여 호의 농가들이 사이좋게 모여 있는 작은 마을이 나타났다. 그제야 우리는 그때까지 얼굴에 쓰고 있던 방충망을 벗겨 내 각자 손에 들었다.

하얀 머리에 얼굴에도 흰 수염이 더부룩이 자란 평범한 농부 같은 인상의 남자가 울타리 안에서 우리에게 손짓했다. 나는 그가 진짜 농부인 줄 알았다. 그러나 그는 모스크바에서 역사를 소재로 삼은 작품으로 명성이 높은 작가 리추찐이었다. 그는 휴가철에 아내와 아이 둘을 데리고 다차로 와서 잠시 지내고 있는 것이다. 리추찐의 다차는 에덴이었다. 마당 입구의 사과나무에는 맛이 좋은 푸른 사과들이 주렁주렁 매달려 있고 마당의 밭에서는 각종 채소들이 무성하게 자라고 있었다. 몸집이 큰 개 한 마리가 집을 지키고 있고 마당 끝에는 작은 찜질방 비슷한 목욕 시설도 설치되어 있었다.

그림을 그린다는 리추찐의 아내가 즉시 보드카와 검은 빵과 스마로지나(여기서는 블루베리라고 한다) 열매로 만든 잼을 탁자 위에 늘어놓고 손님을 청했다. 나는 첫 만남이라 집주인이 권하는 보드카도 한 잔 마셨다.

"참, 이곳은 진짜 낙원이네요. 여기에 이런 낙원이 있을 줄이야."

내가 집주인 내외에게 진심으로 했던 말이다. 리추찐 내외가 무슨 말인지 몰라 궁금한 표정으로 A의 해명을 기다렸다. A가 자신은 마치 내가 한 말을 잘 알고 있다는 듯 러시아 말로 뭐라고 짧게 말했다. 그러자, 리추찐과 여주인이 기분 좋게 웃으며 고개를 끄덕였다. A의 한국말이 유아 수준이지만 그는 내가 하는 말을 용케도 잘 이해했다. 그 상황에서 내가 할 수 있는 말은 그것밖에 없다는 걸 A는 직감으로 알았을 것이다.

리추찐은 다차에 와서 머무는 동안에도 노트북을 앞에 놓고 쉬지 않고 작품을 쓰고 있었다. A와 비슷한 연배인데도 여전히 왕성하게 글을 쓰는 그의 근면성이 인상적이었다. 그는 내게 서가에 진열된 자기의 저서들과 사진첩을 보여 줬고, 그의 매력 있는 아내는 거실과 현관에 걸려 있는 자기의 그림 몇 점을 자랑삼아 보여 주기도 했다. 취미삼아 그린 그림인지 풍경을 사실적으로 옮겨 놓은 그림들은 그다지 기억에 남을 정도는 아니었던 것 같다.

"리추찐의 아내, 세 번째일걸."

돌아오는 길에 A가 묻지도 않은 말을 흉보듯 중얼거렸다. 자기의 세 번째 결혼이 뭐 특별할 건 없다는 말로 내겐 들렸다.

다차에서 차를 타고 삼십 분 정도 달려가면 오카강을 끼고 있는 유서 깊은 소도시 카시모프에 이른다. 별다른 산업체가 없어서 지금은 잠자는 도시처럼 조용한 곳이지만 여기에는 타타르와 몽골의 침공이 남긴 흔적들이 고스란히 남아 있고 터키식 회교 사원과 터키풍의 오래된 건물들이 여기저기 눈에 뜨이며 오래된 정교회 건물도 옛 모습 그대로 남아 있다. 아리따운 자매 둘이 시중드는 러시아 식당도 있어서 그곳에 갈 때마다 그 식당을 찾았다. 오카강은 강폭은 그다지 넓지 않으나 수량이 많고 강 양안에 우거진 숲들이 늘어서 있어서 경관이 좋은 편이었다. 가끔 낚시꾼도 잉어를 낚기 위해 오카강을 찾는다고 한다. 『오카강을 지나며』라는 솔제니친의 엽편 소설, 사회주의 몰락기의 농촌 풍경을 적절하게 그려 낸 그 작품을 읽었던 기억이 떠올랐다.

카시모프에서는 그 지방의 작가 시인들을 몇 사람 만나고 그들과 조촐한 보드카 잔치도 가졌다. 무엇보다 사냥꾼 이바노프가 재미있는 인물이었다. 체격이 건장하고 성격이 활달한 남성인데 그는 카시모프의 명물 같은 존재라고 A가 내게 귀띔해 줬다. 이바노프는 사회주의 당시에 당의 고위층이 곰 사냥을 나올 때 전문 사냥꾼 자격으로 그들을 자주 안내해 준 인연으로 한때는 카시모프의 세도가로 행세했다는 말도 들었다. 그러나 이바노프는 놀기 좋아하고 처음 보는 이방의 손님에게 친절을 베풀 줄도 아는 멋진 사내였다. 그는 자청해서 카시모프 도시 안내를 내게 해주었고 몇 가지 짓궂은 농담—이를테면 카시모프가 맘에 들고 여기 오래 머물기를 원한다면 상냥하고 건강한 카시모프 여인을 내게 짝지어 줄 수도 있다는—으로 내게 친밀감을 보여 주기도 했다. 헤어질 때도 이바노프는 '우리는 이곳에서 반드시 재회해야 한다'는 말을 강조했다. 그는 카시모프를 사랑하는 사내였다.

니나네 집에는 틈이 나면 들르곤 했다. 어느 날 마침 집에 있는 남동생 발로자도 만났다. 그도 중년은 훌쩍 지난 사람인데 술만 마시지 않으면 색시처럼 수줍어 하는, 아주 순박하고 착한 농사꾼의 전형이었다. 그런 사람이 술에 취하면 사나운 짐승처럼 돌변한다고 니나가 탄식했다. 오죽하면 아내가 집을 뛰쳐나갔으랴. 그 아내는 끝내 돌아오지 않았다고 한다.

누나의 탄식과 질책을 들으며 발로자는 부끄러운 듯 눈길을 내리깔고 잠자코 앉아 있었다. 그러나 누나가 자리를 피하자, 금방 명랑하고 쾌활한 사나이로 변해서 A와 껄껄대며 갖은 농담을 주고받았다.

"이봐요. 니나가 당신 좋아하는 것 같아."

거실에서 차를 마시는데 A가 눈웃음을 보이며 불쑥 내게 말했다. A는 장소를 가리지 않고 농담을 잘한다. 니나도 맞은편에 앉아 차를 마시다가 분위기가 심상치 않다고 느꼈는지 눈을 크게 뜨고 친구인 A의 표정을 살핀다. 내가 반응을 보이지 않자, A가 다시 말했다.

"니나 땅이 아주 많다. 여기 땅 모스크바 부자들 갖고 싶어 하지. 그래도 니나 팔지 않았어. 당신이 여기 와서 살 거라면 니나 당신에게 땅을 줄 거래. 니나, 내 말이 맞지?"

A가 궁금해하는 니나에게 다시 러시아 말로 방금 내게 한

말을 그대로 옮긴다. 니나가 나이에 걸맞지 않게 얼굴이 불그레해지면서 수긍도 부정도 하지 않는다.

"니나, 이 친구에게 땅 준다 했잖아."

니나가 뭐라뭐라 A에게 말해 주고 A가 내게 그 말을 옮겨 준다.

"그렇다고 했소. 당신 여기 살 거면 땅을 주겠다고 했소."

니나가 스스로 어색한지 부엌으로 나가 버렸다. 물론 니나 말은 다른 뜻은 아니고 잠깐 사귄 친구지만 친구로서 이곳이 정말 맘에 들면 땅을 줄 수도 있다는 단순한 친애감의 표시일 것이다.

상상이나 공상으론 가능하지 않은 일이 없다. 러시아 중남부 가브리노에 다차를 짓고 조용한 이국 생활을 즐기는 것도 상상에선 얼마든지 가능하다. 그렇지만 현실성은 하나도 없다. 상상 자체만으로도 잠시 즐거웠을 뿐이다. 무엇보다 니나의 우정을 얻었다는 것이 기분 좋은 일이었다.

가브리노 체재를 끝내고 모스크바 툴스카야 숙소로 돌아온 나는 맨 먼저 전자 상가에 가서 우랄 합창단이 부른 〈레비냐의 노래〉 음반을 구했다. 전자 상가에는 서울에서 온 B교수도 동행했다. B교수는 얼마 뒤 야스나야 폴랴나에서 열리는 작가 미팅에 참여할 목적으로 날짜에 맞춰 러시아에 온 것이다.

9

가브리노에 가기 전 툴스카야에 머물 때 B교수가 메일을 보내 왔다. 내가 작가 미팅에서 낭독할 내용을 작성해 보내 주면 러시아 말로 번역해서 가져오겠다는 것이다. 그 미팅 참가는 본래 내 예정에는 없던 것인데 가브리노에서 A도 내게 참가를 권했다. 여행지에서는 현지인이 권하는 대로 따르는 게 상식이다. 나는 교수의 제안대로 십여 매 정도 원고를 써서 메일로 보냈다. 노트북 컴퓨터를 앞에 놓고 가벼운 마음으로 마치 친구에게 문안 편지 쓰듯 원고를 금방 작성했다. 글 제목은 「나의 톨스토이」인데 이것도 B교수 제안이었다.

이 일 때문에 미팅 현장에 갔을 때 나는 한바탕 큰 곤욕을 치렀는데 원고를 보낼 때는 전혀 상상도 못하던 일이었다.

전자 상가에서 나는 우랄 합창단이 부른 〈레비냐의 노래〉 외에 트럼펫의 명인인 티모페이 독시체르Timofei Dokshitser의 음반 한 장을 샀다. 어느 도시나 그렇지만 대형 전자 상가라는 곳은 소음과 북적대는 인파로 잠시 한숨 돌리기도 쉽지 않다. 가만히 서 있으면 자꾸 떠밀려서 엉뚱한 장소에 서 있는 자신을 보게 된다. 그 바람에 나는 이 트럼펫 음반의 내용도 미처 살피지 않고 다만 독시체르라는 연주자 이름만 보고 음반을 구입한 것이다. 명성이 높은 우크라이나 태생의 이 트럼펫 연주가를 나는 조금 일찍 알게 되었다. 1990년대 초, 상트페테르부르크의 네브스키 사원 앞에 진을 치고 있는 음반 노점상에게서 '로라의 추억'이란 부제에 끌려 우연히 그의 음반을 구입한 것이다. 숙소로 돌아와 뒤늦게 트럼펫 음반을 살펴본 나는 그 제명에 적지 않게 실망했다.

'재패니즈 멜로디스JAPANESE MELODIES'……, 이 제명을 그제야 발견한 것이다. 만약 상가에서 그걸 보았다면 아마 구입하지 않았을 것이다. 다른 이유보다 좋은 트럼펫 곡이나 다른 기악곡 연주를 기대하고 음반을 구입한 것이다. 동양의 민속적 가락을 구태여 트럼펫으로 듣고 싶은 생각은 없었다. 독시체르는 일본 연주를 왔다가 일본적 서정이 물씬 드러나는 이 노래들에 끌려 음반을 낸 것 같다. 나는 흥미를 잃고 음반을 한 구석에 치워 놓았다.

며칠 뒤 좀 한가할 때 슬며시 호기심이 생겼다. 어떤 노래들일까? 독시체르가 음반까지 낼 정도라면 뭔가 있지 않을까? 나는 그 음반을 컴포넌트에 올리고 볼륨을 작게 조절한 뒤 듣기 시작했다. 여남은 곡의 일본 노래들인데 작곡가가 각기 다르고 〈사쿠라〉처럼 작곡가 없는 전래 민속곡도 있다. 첫 곡 〈꽃들〉을 듣고 두 번째 곡이 시작될 때 나는 갑자기 몸이 얼어붙은 듯 긴장했다.

〈이른 봄의 노래〉……. 이 노래 선율은 내가 알고 기억하는 선율이었다. 나는 그 노래의 가사까지도 한 줄 빠트리지 않고 잘 기억해 냈다.

봄이란 이름뿐
바람은 차고 차다.
산골에 꾀꼬리는
옛 노래 생각나도
때 아닌 노래라고
부르지도 않고
때 아닌 하얀 눈만
쓸쓸히 내리네.

약간 쓸쓸하고 처연한 느낌을 주는 멜로디가 트럼펫의 금속성 음향에 실려 좁은 거실 안을 가득 채웠다. 노랫말까지 기억하는 걸 보면 한때 나는 이 노래를 무던히도 열심히 불렀던 것 같다. 나는 광복 이듬해에 초등학교에 입학했기 때문에 학교에서 이런 노래를 배우지는 않았다. 이 노래를 내게 가르쳐 준 사람은 나와 일곱 살 터울인 나의 셋째형이었다. 형은 오르간도 잘 치고 피아노도 다룰 줄 알았던 음악 지향의 소년이었다. 그런데 재능이 출중하면 질투의 악신이 따르는지 그는 17세로 생을 마감했다. 그것도 병사나 단순 사고사가 아닌 참혹한 학살의 희생물로 짧은 생을 끝냈다. 내 기억으로는 그가 떠난 이후 나는 〈이른 봄……〉을 한 차례도 불러본 적이 없다. 그러니까 거의 60년 만에 모스크바 변두리의 허름한 아파트 거실에서 그 노래와 다시 만난 셈이다.

우연이 겹친 것은 내가 러시아 여행을 떠나기 직전까지 형의 죽음을 다룬 작품을 쓰고 있었다는 사실이다. 이 작품은 조급증으로 너무 서두르는 바람에 부실한 점이 많이 드러나 일단 출간을 보류하고 여행길에 오른 것이다.

6·25가 나기 바로 한 해 전에 그 불행한 사건은 발생했다. 내가 10세 때, 초등학교 4학년 때다. 7월 여름 한낮인데 내가 학교에서 돌아왔을 때 어머니가 홀로 옆뜰 배추밭 사이 고랑에서 서성이며 뭐라고 중얼거리고 계셨다.

표정이 불안으로 가득했다.

무슨 일이야? 어머니.

네 형이 타고 가던 버스가 고갯길에서 공비(빨치산으로도 불렸다)에게 습격당해 몇 사람이 산으로 끌려 갔단다.

이것밖에 다른 말은 떠오르지 않는다. 형은 연습하던 바이올린 줄이 끊어져 그걸 사기 위해 아침 일찍 광주행 버스에 올랐다.

17세 소년이 시골 작은 읍에서 처음으로 읍의 경계선을 벗어나 바깥세상으로 나가는 여행길에 오른 것이다.

형이 정류장으로 가기 위해 조반을 서둘러 먹고 깨끗이 세탁된 옷으로 갈아입고 있을 때 나는 형 옆에 붙어 앉아 나도 형을 따라 광주라는 도시에 가겠다고 마구 떼를 썼다. 다른 동생들도 있는데 유독 나만 형에게 매달렸다. 옳지 않은 행동에는 불같이 화를 내는 형이지만 이유가 정당하면 늘 관대하고 너그럽던 형이었다.

—네가 광주에 가려는 이유가 뭐야?

—좋은 공책(노트)도 사고 연필도 사려고 그래. 여긴 그런 게 없어.

—그럼 이렇게 하자. 내가 네 공책이랑 연필이랑 아주 좋은 걸로 사다 주기로 하면 어떠냐? 약속할게.

—정말이야, 형?

—약속한다니까. 이렇게.

형이 새끼손가락을 내밀었고 우리는 서로 손가락을 걸고 굳게 약속했다.

그 약속은 지켜지지 않았다.

어머니의 불안한 표정, 몇 마디 말에서 나는 이미 뭔가 크고 무거운 쇠망치 같은 것이 가족과 나의 정수리를 세게 내리친 듯한 절망의 기운을 느꼈다. 세상에 대한 전망, 이웃들에 대한 친애감이 내 머리와 가슴에서 그때부터 서서히 무너지기 시작했을 것이다.(*차례가 되면 여기 처음 공개할 예정인 야스나야 폴랴나 낭독 글에 이 부분이 직접적으로 다뤄지고 있으니 참고 바람.)

그 작품을 쓰기 전 취재를 위해 당시 버스에 동승했던 형의 동기생을 수소문 끝에 광주에서 만났다. 은퇴를 앞둔 은행의 임원으로 있던 그를 찻집에서 만나자 말자, 나는 대뜸 물었다.

"같은 또래인데 ㅇㅇ님은 살아남고 형은 그렇게 되었는데 그 기준이 뭐라 생각하십니까?"

"나도 일단 버스 바깥으로 끌려 나갔다가 대장 지시로 풀려났네. 자네 형제 중에 잠시지만 경찰관 옷을 입은 형이 있지. 원인은 그거라고 봐. 자네 부친은 덕망 있는 교육자인데 이유가 될 수가 없지."

은행 임원은 마치 오래전 우화를 설명하듯 담담한 표정으로 말했다. 그는 한 마디 더 보탰다.

"참, 그 사람들이 내 숙부님이 진짜 고참 경찰관이었던 걸 알았다면 어땠을까, 가끔 그 생각하면 머리끝이 오싹하지."

내 위로 형들이 몇 사람 더 있다. 우리 집엔 형제들이 누이 셋을 포함하면 축구팀 하나를 만들 정도로 많았다. 형들 가운데 드미트리, 이반, 알료샤가 있다. 모두 그 배역에 썩 잘 어울리는 인물들이다. 성격상 다소 미약하고 애매한 배역이지만 스메르자코프도 있다. 알료샤는 셋째형이고 그는 비록 소년으로 삶을 끝냈지만 누구보다 이 배역에 걸맞는 인물로 기억된다.

둘째인 이반은 목포에서 가족들의 희생을 바탕으로 당시로는 도시 유학에 해당되는 학창 시절을 보냈지만 이렇다 내세울 취미도 지향점도 없는 무성격의 인물로 성장했다. 그는 향리에서 부친의 도움으로 잠시 초등학교 교사 생활을 하다 그만두고 드미트리가 있는 서울로 갔다. 서울에서 초등 교사로 있던 드미트리 옆에서 식객으로 머물던 그는 어느 날 경찰 간부가 되겠다고 선언했다. 전시가 되어 진급이 빠르고 출세의 지름길이 될 거라는 것이다. 가족들이, 내 기억으로는 특히 부친과 알료사가, 맹렬히 반대했지만 이반은 6개월의 경찰 간부 교육을 마치고 어느 날 금빛 견장이 번쩍이는 제복을 입고 가족 앞에 나타났다. 그는 장성의 지서장으로 부임했으나 산손님들의 출몰이 빈번했던 당시 상황을 더 버텨 내지 못하고 불과 3개월 만에 사표를 내던지고 도망치듯 집으로 돌아왔다. 이반은 그 이후 다시는 경찰 근처에도 얼씬대지 않았다.

이반은 알료사의 죽음에 어떤 자책감을 갖고 있었을까? 누구도 그에게 그것을 따져 묻거나 그를 탓하지 않았다. 망각이라는 좋은 치료제가 없다면, 비록 완전한 치료제는 아니지만, 우리 모두는 미쳐 버렸을 것이다. 성격이 쾌활하고 특히 사교성이 좋은 이반은 친척들로부터 언제나 가장 좋은 평판을 받았다. 형제인 나조차 광주에서 은행 임원을 만나 보기 전까지 그 오랜 기간 동안 알료사의 비극의 직접 원인에 대해 깊이 생각해 본 일조차 없었다.

톨스토이 영지인 야스나야 폴랴나는 모스크바에서 차로 4~5시간 걸리는 꽤 먼 거리에 있다. 웬만큼 지극한 열정이 없다면 외국 여행자가 일부러 찾아가기가 쉽지 않은 것이다. 가는 길목 끝 무렵에 큰 도시인 툴라가 있는데 이곳에 톨스토이 재단 사무국과 출판국이 자리잡고 있다. 작가 미팅이 시작되는 하루 전날 영지로 가기 위해 A와 엘레오노라, 그리고 나와 B교수는 모스크바에서 합류해 전세 버스가 출발하는 교외 지역으로 갔다.

10

툴라의 재단 사무국에서 일행들은 점심을 제공받았다. 햄버거 종류의 간단한 요깃거리였다. 참가자가 목에 걸고 다니는 등록 명찰도 거기서 받았던 걸로 기억한다. 1백여 명이 조금 넘을까? 혹은 그에 못 미칠까? 버스를 타지 않고 개인 차편으로 현지로 찾아오는 사람도 적지 않을 거란 말을 들었다. 그날 오후 늦게 야스나야 폴랴나 영지에 도착한 뒤 각자 숙소를 배정받았는데 나는 B교수와 같은 방을 배정받았고 A부부는 다른 층의 방을 배정받았다.

그 숲속에 그처럼 아담한 호텔 시설이 설비되어 있다는 걸 처음 알았다. 영지 바깥의 러시아 식당에서 그날 저녁을 먹었는데 아주 푸짐하고도 맛이 있는 성찬이었던 것 같다. 식사 후에 카페 같은 곳으로 자리를 옮겨 보드카도 한 잔씩 마셨는데 어디나 그렇듯 끼리끼리 둘러앉아 담소를 나누며 술잔을 기울였다. A와 B 교수가 다른 곳에 가 있어서 잠시 나는 혼자 그들 사이에 끼어 있었는데 아무도 카레이에서 온 나를 거들떠보지도 않았고 그들끼리만 대화를 나눴다. 물론 내게 말을 걸어봤자, 내가 러시아 말을 할 수 있는 처지도 아니었지만 그래도 외톨이의 소외감을 느끼지 않을 수 없었다.

다시 숙소로 돌아왔을 때 A가 이르쿠츠크에서 온 부일로프라는 동년배 작가를 우리 방으로 데려왔다. 러시아는 땅이 넓어서 작가들의 거주 지역, 출신 지역도 매우 다양했다. 참가자 가운데는 이르쿠츠크 말고 우랄 기슭의 카프카스 지역에서 혼자 외롭게 글을 쓴다는 작가도 있었다. A가 유독 부일로프를 우리에게 데려온 것은 그가 흥미 만점의 인물이었기 때문이다. 그는 시베리아 호랑이 사냥꾼이었다. 그는 호랑이 사냥을 소재삼은 장편 소설 책을 몇 권 가져와서 우리에게 선물했고 사냥에 직접 참여한 자기의 생생한 사진도 몇 장 가져와서 우리에게 보여 주었다. 호랑이 사냥꾼 작가라니! 아무리 드넓은 러시아 땅이고 수많은 종족들이 거주하는 땅이지만 내겐 신기하기 그지없었다. 얼굴이 길쭉하고 몸이 건장해서 매우 정력적인 인물로 보이는 부일로프의 놀라운 점은 그

것만은 아니었다. 그는 시베리아 자연 보호 운동가이며 현지의 풍광을 렌즈에 담아 외부에 알리는 사진작가이고 자기가 살고 있는 집을 직접 지어 낸 건축 기사이자 카자크 기병대의 퇴직 대령에다 시베리아 소수 민족 보호 운동 단체의 리더였다. 부일로프는 시베리아 자연 풍광을 찍은 사진들을 우리에게 선물하기도 했는데 그 솜씨가 만만치 않았다. A에 의하면 부일로프의 호랑이 소설은 수십만 권이 팔려 나간 화제작이었다 한다. 한 사람에게 이렇게 많은 능력과 재능을 주어도 되는 것인지, 부일로프란 인물을 보면 세상이 참 불공평하다는 걸 느끼게 된다.

이 작가 미팅 참여자는 대부분 러시아 작가·시인들이지만 해외 참가자도 '세계 대회'라는 걸개의 명칭에 그런대로 구색을 맞추고 있었다. 스페인에서 온 한 원로 시인은 전문 통역사까지 대동하고 있는데 그쪽에서 명성이 높은지 그 위세가 당당했다. 멀리 멕시코에서 건너온 평론가란 사람, 베이징대학교 사범대학장이라는 러시아 문학 전공자, 이탈리아에서 온 작가 한 사람, 그리고 카레이에서 온 B교수와 나, 대충 이런 면면이 떠오른다.

몇 가지 행사가 있지만 핵심은 매일 오전과 오후로 나뉘어 개최되는 세션이었다. 실내에서 거행할 때도 있지만 대개는 바깥 잔디밭에서 세션을 갖는데, 참가자들 누구나 차례로 나와서 문학에 관해 혹은 사회에 관해 자기 생각과 의견을 활발하게 개진하는 시간이었다. 특별히 사양하는 사람도 있겠지만 내가 보기에 참여자 거의 대부분이 자기 차례를 활용했던 것으로 기억된다. 여기에 시간이 가장 많이 소요되었다. 시간제한 같은 것이 엄격하게 적용되는 것 같지 않고 어떤 사람은 좀 지루할 정도로 혼자 오랜 시간 동안 마이크를 손에서 놓지 않았다. 신진이나 원로나 차별 없이 자유롭게 자기 의견을 내세우는 모습이 인상적이었다. 그리고 일주일씩 계속되는 이 지루한 세션에 싫증을 내지 않고 끝까지 진지하고 열정적인 자세로 참여하는 모습도 내게 적지 않은 교훈을 주었다.

친절한 B교수가 중요한 의견이 나올 때마다 내게 간명한 통역을 해주었기 때문에 나는 토론의 대강의 흐름 정도는 파악할 수가 있었다. 어떤 원로 작가는 근래 러시아 서점가를 점령하다시피 한 일본 유행 소설, 특히 판타지 소설 범람에 대해 깊은 우려를 표현했고, 어떤 신예 작가는 최근 중견이나 원로급 작가들이 러시아 사회 정치 현실을 외면하고 비판의 붓을 꺾어 버린 바람에 러시아 문학의 오랜 전통을 배반하고 있다고 아주 신랄하게 선배들을 비판했다. 그 신예 작가의 주장과 패기가 무척 인상이 깊었다. 원로들도 별다른 불쾌한 반응 없이 이 젊은 작가의 열띤 주장을 끝까지 주의깊게 들었다.

세션이 끝나기 하루 전엔가, 거의 끝 무렵에 드디어 내 차례가 다가왔다. 오후 두 시쯤, 발표가 진행 중인데 A가 다가와서 곧 내 차례가 된다고 귀띔을 해줬다. 너무 오래 세션이 진행되었고 또 너무 지루했기 때문에 나는 내게까지 그런 기회가 올 거란 걸 까맣게 잊고 있었다. A가 잊지 않고 내 차례를 체크하고 있었다는 것은 그도 내가 어떻게 대처할지 걱정하고 있었다는 증거였다. 이때 내가 전혀 상상조차 못했던 신체적 이상 증상이 나타나기 시작했다. 패닉이란 걸 처음 경험한 것이다. 머리는 하얗게 비어 버리고 가슴은 호흡이 곤란할 정도로 쿵쾅거리며 마구 뛰었다.

나는 카레이에서 온 촌뜨기이다. 카레이의 문학적 위상이야 모스크바의 몇 군데 주요 서점에 가서 보면 단박에 알 수가 있다. 아예 존재감이란 게 없는 것이다. 처음 와서 시내 몇 군데 서점 구경을 했는데 일본 작가들, 유행 작가, 문제 작가 할 것 없이 그들의 번역 저서들이 러시아 작가들과 거의 비슷한 비중으로 진열장을 장식하고 있는데 충격(?)을 받았다. 카레이 책은 한 권도 발견하지 못했다. 미팅에 참여한 러시아 작가들과 해외 작가들 역시 카레이에 관해 아는 게 거의 없을 것이다. 카레이의 문학은 국내에서야 분파도 있고 몇몇 유명 작가들의 위세도 있지만 외국에서 보면 현재로는 거의 존재감이 없는 게 현실이다.

게다가 나는 또 카레이를 대표할 입장도 아니고 자격도 없다. 분파의 멤버로 여기저기 얼굴을 내밀어 본 경험도 없고 국내에서도 남 앞에서 자기 일가견을 피력해 본 경험조차 전혀 없다.

나는 외톨이고 어느 젊은 평가의 글을 보니 초기부터 낯선 작품으로 일관한, 주류 밖의 인물로 그려 놓고 있다. 러시아까지 와서 엉뚱한 일로 자기의 초라한 존재를 확인하는 것은 즐거운 일이 아니었다. 이곳 작가들이 내게 보인 그간의 무관심도 나의 패닉을 조장하는 데 한몫 거들었다.

패닉에 시달리던 나는 어이없게도 도망갈 궁리를 했다. 잠시 현장을 피해 버린다면 나를 찾다가 곧 다음 순서로 넘어갈 것이다. 초등학생 수준의 단순한 작문을 발표라고 해놓고 웃음거리가 되느니 차라리 현장을 피해 버리는 게 나을 것 같았다. 나는 잔디밭 아래쪽으로 한참 내려갔다. 가다가 생각해 보니 서울에서 본문 번역을 해서 여기까지 가져온 B교수와 그리고 내 차례를 확인해 준 A, 그의 신부 엘레오노라 얼굴이 차례로 떠올랐다. 그들 모두 세션 현장에서 기대와 호기심, 약간의 우려감을 갖고 나의 등장을 기다리고 있다. 나는 B교수에게 돌아와서 넌지시 말했다.

"B교수, 이걸 생략하면 안 될까요? 처음 예정에 없던 것이고 별로 내키지도 않는데요."

"무슨 말씀이세요? 하셔야죠. 주최 측도 기대하고 있는데."

B교수는 단호했다.

결국 나와 통역자인 B교수는 호명을 받고 마이크가 있는 연단으로 나갔다. 나는 먼저 우리말로 '러시아 여행 중에 이 미팅에 참가하게 된 간단한 내역, 그리고 내가 발표할 내용은 친구인 프로페서가 러시아 말로 여러분에게 전할 거란 사실 등을 인사말 대신 말했고, 그 내용을 B교수가 즉석 통역했다. B교수는 미국에서 러시아 문학을 공부했는데—당시 러시아는 아직 개방 전이고 우리와 교류가 없던 시절—자기에게 러시아 말을 가르친 교수가 망명 러시아인으로 매우 고급스런 러시아 표준어를 구사하던 분이었고, 그 바람에 아주 품질 좋은 러시아 말과 발음을 습득하게 되었노라고 내게 말했던 일이 있다. 그래서 그런지 내 작문을 읽어 내려가는 B교수의 러시아 말이 옆에서 내가 듣기에도 아주 그럴싸하게 들렸다.

(다음은 당시 발표 전문으로 여기서 처음 공개되는 셈이다.)

나의 톨스토이

이번에 나는 두 번째 이곳에 왔다. 꼭 십 년 전인 1995년 이맘때쯤 나는 모스크바에 왔던 길에 스승에게 첫인사를 드리기 위해 이곳에 찾아왔다. 오는 길에 스승의 유택에 꽃을 바치기 위해 투라에서 장미 한 송이를 샀는데 꽃값이 매우 비싸서 놀랐던 기억이 있다. 내가 톨스토이를 스승이라고 말하면 사람들은 대개 의아한 눈길로 나를 쳐다본다. 그래서 이런 말을 나는 쉽게 하지 않으며 아주 은밀한 장소에서 가끔 이 말을 한다. 이제 내가 그를 감히 스승으로 부르는 이유를 간략하게 말하겠다.

대학 1학년 때 나는 거리를 지나다가 우연히 노점에서 싸구려 책 한 권을 샀다. 책값이 1달러도 되지 않는 이 책은 출처도 분명하지 않았고 종이 질이나 활자도 엉망이었다. 그 때문인지 지금 그 책 제목이 기억나지 않는다. 아마 『참회록』이나 『인생 독본』 둘 중 하나일 것이다. 결국 이 책은 내 삶의 방향을 완전히 바꾸어 버렸다.

나는 강의실 뒤 구석에 앉아 이 책을 읽으며 너무나 많은 눈물을 흘렸다. 손수건으로 흘러내리는 눈물을 닦다가 그것으로 안 되어 소매 끝으로 눈물을 닦아 내고 또 옆친구의 손수건을 빌려 눈물을 닦아 냈다. 지금까지 그렇게 한꺼번에 많은 눈물을 흘려 본 적이 없다.

왜 나는 그때 그토록 많은 눈물을 흘렸을까? 거의 반세기가 지난 지금까지 그 일을 생생히 기억한다. 나는 그때 글쓰기와 손을 잡는 언약의 의식을 치르고 있었던 것 같다.

전쟁, 가난, 폭력으로 죽어간 형제 등 20세 청년으로는 감당하기 힘든 고통스런 기억에 허덕이던 나를 그 글은 구해 주었다. 깊은 상처를 어루만지고 인간의 위엄과 고결한 정신을 어떻게 지켜내야 하는가를 그 글이 내게 가르쳐 주었다. 그 글은 마치 활자 하나하나가 강철로 만든 화살촉이 되어 내 심장에 박히는 것처럼 내게 충격과 감동을 안겨 줬다. 기독교에서 성령을 받았다고 하듯 나도 그때 고결한 정신을 담은 글의 힘이 주는 성령을 받은 셈이다. 몇 달 동안 길을 걸을 때나 다른 사람과 얘기를 나눌 때도 오직 나는 그 글의 성령에 넋을 빼앗겨 그 글만을 되뇌었다. 그의 몇 줄의 글은 마치 뇌성처럼 내 청각을 울렸다.

삶에 대해 진지하고 또 진지한 성찰을 가능케 하는 이 글의 힘이란 어디서 오는가? 그때 이전에 나는 글을 쓴다는 건 다만 재능으로 흥미로운 얘기를 전개하거나 자기 경험담을 멋지게 펼쳐 놓는 일로만 생각했지, 그것이 삶의 자세를 성찰하고 의미를 규명하는 아주 심각한 작업이 될 수도 있다고는 미처 생각하지 못했다. 그것을 그 책은 내게 명백하게 일깨워 준 것이다.

당시 아직 경제 개발이 시작되기 이전의 한국에서 글쓰기에 투신하는 것은 밥을 굶는 것을 의미했다. 그때 내 희망은 외국어를 잘 공부해서 장차 경제 개발 시기에 유능한 활동가가 되는 것이었고 가족들의 기대감도 컸다. 나는 자신이나 가족의 이 기대감을 저버렸다.

—그렇다. 만약 이런 글을 몇 줄이라도 쓸 수만 있다면 한

번 생을 걸어 보는 것도 좋다.

한 번 세례를 받은 나는 '굶어도 좋다' 고 생각했다. 그런데 다행히도 지금까지 굶지 않고 여기까지 왔다.

사실 그의 많은 소설 작품들 가운데 내가 읽은 것은 몇 편에 지나지 않는다. 나는 그로부터 소설 기법이나 스타일을 배운 것이 아니고 백지 위에 글을 쓰는 행위의 엄숙한 의미와 가치를 배운 것이다. 처음에는 소설을 쓰지 않고 그 글과 유사한, 산문을 흉내 내다가 결국 특정한 장르가 필요해서 소설 쓰기로 글의 형식을 바꿨다.

그는 분명히 나를 글 쓰는 사람으로 이끈 단 한 사람의 스승이다. 마치 마술사가 최면을 걸어 비록 잠시지만 한 사람의 사고를 바꾸어 놓듯이 그는 높은 덕성, 강렬한 호소력으로 나를 이쪽으로 잡아끌어 준 것이다.

나는 오래전 무슨 이유로 잠시 감옥 생활을 경험한 일이 있는데 그때 옆에는 사형수나 이른바 흉악범도 있었다. 나는 그들과 가깝게 지내려고 애썼고 결국 그렇게 되었다. 이런 일은 작가의 본질적 기능은 아니지만 상대가 사기꾼이건 악인이건 그와 벗이 되겠다는 욕구와 충동이 내게 있다. 사람들이 모두 겁내는 그들에게 내가 자연스럽게 다가간 것을 보면 이런 충동을 지식인의 가벼운 허영이라고 볼 수는 없으며 나의 이런 기질은 톨스토이가 내게 가르쳐 준 것이다. 그 죄수들 얘기를 실제로 몇 편 쓰기도 했다.

최근에 나는 오래전 살해된 형과 살해자의 얘기를 쓰기 위해 가해자가 태어나고 유년기와 청년기를 보낸 마을을 몇 차례 찾은 일이 있다. 그도 오래전 이미 고인이 되었지만 그의 행적을 뒤지고 그 사람 옆으로 다가갈수록 그의 체온이 느껴지고 호흡 소리까지 들렸다. 나는 살해자 이전의 인간으로 그의 혼을 껴안아야 하는가, 이 문제로 갈등을 겪었고 지금도 이 갈등은 진행 중이다.

톨스토이라면 이런 경우 어떻게 대응할까? 그것을 상정하기는 어렵지 않다. 그러나 나는 역시 쉽게 결론에 이르지 못했다. 끊임없이 그가 간섭하고 내 행동에 제약을 가하는 것을 느낀다. 때로는 불편하고 귀찮고 고통스럽기도 하다. 이번 경우는 좀 특수 상황이긴 하지만 작가에겐 이것과 비슷한 상황이 드물지 않게 생긴다. 물론 작품의 객관성을 확보하기 위해 개인적 감정을 억제해야 하는 것이지만 증오의 대상인 인물의 영혼을 껴안는다는 것은 그것과는 별개의 문제이다. 기독교도도 불교도도 아닌 보통 인간인 내가 그에 대한 증오와 연민이 교차하는 갈등에 시달린다는 것은 내 안에 톨스토이가 여전히 살아 있다는 증거라고 나는 믿고 있다. 그는 가해자와 피해자가 서로 용서하고 화해하는 것이 가장 고결한 인간 정신의 길이라고 가르쳤던 것이다.

위대한 스승에게 이런 자리에서 경의를 표할 수 있게 해준 데 대해 감사한다.

2005. 9

11

B교수가 글을 낭독하는 동안 청중석이 뜻밖에도 아주 조용했다. 평소에는 연사가 나와서 열변을 토해도 한쪽에서는 사담을 나누는 웅성거림이 으레 있었던 것이다. 그런데 교수 옆에 우두커니 앉아 있는 나는 이런저런 복잡한 상념에 얽혀 있느라고 분위기가 그렇게 조용하고 차분했다는 것도 낭독이 끝난 뒤에 알았다. 드디어 낭독이 끝났는데 어떤 여성 참가자가 사회를 보던 집사장에게 자기가 방금 뭔가 질문을 했는데 왜 대답이 없느냐고 투덜거렸다. 그러자, 콧수염에 풍채가 좋은 집사장이 여성에게 말했다.

"난 지금 낭독에 정신이 팔려 당신 질문을 미처 못 들었소."

그 집사장은 다시 혼잣말로 중얼거렸다.

"나는 카레이가 왜 선진국 반열에 올라섰는지 그 이유를 이제 알았소."

카레이를 선진국으로 비유한 것은 좀 과장된 느낌이 들었으나 집사장이 낭독 내용에 대해 아주 후한 평가를 내린 것은 분명했다. 집사장은 세션은 물론 모든 행사를 주관했으며 재단 내에서 실질적 권한을 갖고 있는 인물이었다. 뒤에 A가 내게 다가와 내 글이 재단 공식 자료로 등재되었다고 알려 줬다. 러시아 작가들의 반응은 겁을 집어먹던 내 예상과는 전혀 다른 것이었다. 어떤 원로 작가는 내게 다가와 나를 가볍게 포옹하고 한 손으로 자기 가슴과 내 가슴을 잇달아 짚어 보이며 "당신 가슴에도 톨스토이, 내 가슴에도 톨스토이, 그러니까 우리는 같은 스승을 둔 친구요."라고 말했다. 참가자 가운데 제일 젊어 보이는 작가가 내게 다가와 의자에 앉아 있던 내 앞에서 한쪽 무릎을 꺾고 앉더니 자기 작품이 게재된 잡지에 사인을 해서 내게 선물한 뒤 물었다.

"모스크바 서점에 가면 당신 작품을 볼 수가 있나요?"

이런 때는 정말 곤혹스러웠다. 나는 고개를 흔들었다. (지금이라면 러시아어로 된 단편 한 편 정도는 알려 줄 수가 있다. 박노자 교수가 이태 전 상트페테르부르크의 문학지 《네바》에 한러 수교 20주년 기념 한국 작품 특집란에 번역 소개한 단편이다. 그나마 내가 선택한 게 아니고 박노자 교수가 자기 취향대로 '군대 감방' 소재 작품을 고른 것이다.)

이 신예 작가에게 그가 기대한 답변을 주지 못한 게 못내 아쉬웠다. 안톤이란 이름의 이 신예 작가는 지금 한창 촉망받는 신예라고 누군가가 곁에서 일러 줬다. 조촐한 낭독글에 대한 호평은 이어졌다. 중년 여성 시인이 내게 일부러 다가와 한마디 던지고 지나갔다.

"당신이 이 세션에서 가장 멋진 내용을 가장 멋진 형식으로 발표했어요."

B교수가 방금 그 말을 한 여성이 작가동맹의 사무총장이라고 알려 줬다. 북경에서 온 중국인 러시아 문학 연구자도 내게 다가와 동양의 이웃으로서 친밀감을 표시했다. 그밖에도 내게 다가와 손을 내민 사람이 몇 사람 더 있었다.

그 시간 이후 나는 무명에서 저명인사가 되었다. 전에는 거들떠보지도 않던 사람들이 오다가다 마주치면 웃으며 아는 체 했고 식사 시간에 잔을 권하는 손들도 늘어났다.

"아, 나는 아무래도 러시아 체질인가? 이 사람들과 코드가 맞는 것 같지 않나요?"

잠시 우쭐해서 B교수에게 이런 농담까지 했다. 러시아 작가들은 이방인이 거만하다고 여길 정도로 자부심들이 대단하다. 그들이 문학에 관해서는 세계의 중심이라고 생각하는 것 같다. 그 대신 자기 감정이나 생각을 솔직하게 직설적으로 표현했다. 그것도 자신감에서 나오는 행동일 것이다.

기분 전환이 된 나는 그 행사가 끝날 때까지 거기 묵고 싶었다. 그런데 B교수 귀국 일정이 당겨져서 그와 나는 행사 종료를 며칠 앞두고 먼저 야스나야 폴랴나에서 나와야 했다. 내가 작가들이 모인 자리로 가서 먼저 떠나게 되었다는 하직 인사를 했을 때 어떤 작가가 내게 말했다.

"당신이 가 버리면 여기가 재미없어질 텐데."

물론 짓궂은 농담이지만 그런 농담조차 싫지는 않았다. 나는 작가들 한 사람 한 사람과 악수를 나눈 뒤 맨 마지막으로 스승에게 하직 인사를 하기 위해 어디서 꽃 한 송이를 구해 들고 가까운 스승의 유택으로 갔다. 건물들이 모여 있는 데서 아주 가까운 자시에카 숲속에 그의 유택이 있는데 그것은 사연을 모르는 사람이 보면 마치 아기 무덤이나 작은 동물의 무덤으로 볼 정도로 평지에 볼록 솟아 있는 작은 규모의 무덤이었다. 이 무덤 곁에 있는 나무에는 다음 글이 새겨진 팻말이 걸려 있다.

—내 무덤을 만들기 위해 인부들(농노들)에게 어떤 사역도 시키지 말라.

물론 이건 이곳에 묻힌 사람이 남긴 유언이다. 그 팻말은 여전히 거기 걸려 있었다.

언제 다시 이곳에 오게 될까? 나는 그의 유택 앞에서 잠시 생각에 잠긴 뒤 뒤에서 재촉하는 B교수와 함께 버스가 대기하는 영지 입구로 나왔다.

모스크바로 가는 귀로는 이번에는 철도를 이용하기로 했다. 재단에서 내어 준 버스는 영지에서 가까운 간이역까지만 우리를 데려다주었다. 간이역은 영지에서 차로 이십 분 정도 걸리는 가까운 곳에 있었는데 이 역은 러시아 정부에서 톨스토이 영지를 위해 새로 만들어 준 역이라는 말을 들었다. 역 이름이 기억나지 않는데 그렇다면 이 역은 톨스토이가 만년에 부인 소피아 안드레예브나를 피해서 지향점이 모호한 방랑의 길을 떠날 때 출발 지점이던 야센키 역은 아닌 것이다. 아마 야센키 역도 이 신설된 간이역 부근에 있을 것이다.

간이역은 외부와 따로 경계선을 그어 놓지도 않은, 열린 공간에 사무실로 보이는 작은 벽돌 건물 하나만 세워진 초라한 모습이었다. 철도 직원 복장을 한 사람 모습조차 보이지 않는 걸로 보아 평소에는 관리를 하지 않고 영지에서 필요할 때만 열차를 보내 주는 그런 사설역(?) 정도로 보였다. 9월이면 러시아는 벌써 겨울 찬 공기가 느껴지는데 이날따라 날씨는 따뜻하고 쾌청했다. 버스를 타고 온 일행들이 삼삼오오 짝지어 둘러서서 담소를 나누고 있는 사이 나는 플랫폼에 마련된 나무 벤치에 혼자 앉아 오랜만에 담배를 꺼내 피웠다. 영지에서는 숲이 많아서 불조심 하느라고 참여자들이 스스로 끽연을 자제했던 것 같다.

"당신은 감옥 생활을 했다는데 죄목이 무엇이었소?"

영지에서 간이역으로 오는 도중 버스 바로 뒷좌석에 앉아 있던 러시아 작가, 사십대, 많아도 오십 세 이전으로 보이는 작가가 불쑥 내게 물었다. 내가 뭐라 하기 전에 옆에 있던 B 교수가 간명하게 대답했다.

"군대에서 군법을 어겨 잠시 군의 감옥 생활을 한 겁니다."

그러자, 질문을 했던 작가가 조금 실망한 듯 고개를 주억거리며 씁쓸하게 웃었다. 그 사람은 내가 대단한 정치범이나 사상범으로 오랜 기간 감옥 생활을 했다는 답변을 기대한 것 같다. 사회주의 때나 제정 시대 때나 러시아에는 유독 그런 인물들이 많다. 그 사십대 작가의 얄궂은 질문은 잠시 내 수치심을 유발했다. 언제 어디서나 나는 그 문제가 화제에 등장하는 걸 애써 피해 왔다. 도망병? 도망 장교? 엄밀히 말하면 도망 장교 후보생이다. 한국에서는 옛날이나 지금이나 도망병은 아주 저급의 파렴치범으로 취급한다. 나는 장교 후보로 입대한 뒤 훈련 과정에서 무단이탈하여 다시 그곳에 돌아가지 않았다.

그리고 7년 만에 체포되어 특수 군대인 그곳 사령부 교도소에 수감되었다. 그 7년은 내 삶의 가장 어두운 부분이기도 하다.

대학 졸업 직후 시작된 긴 도피 생활은 내 삶의 설계도를 무의미하게 만들어 버렸다. 나는 한때 이탈리아의 시인 살바토레 콰시모도나 프랑스 시인 생 종 페르스처럼 글을 쓰는 외교관을 꿈꾸기도 했다. 그런 꿈이 불가능해 보이지는 않았다.

그러나 어슴푸레한 겨울 새벽 진해의 경화 정거장에서 기차를 타는 순간, 모든 꿈은 수포로 돌아가 버렸다.

그때는 그런 줄도 몰랐다. 왜냐하면 장교 후보생은 주마다 치르는 영어, 논문 시험에서 낙제점만 받아도 그날로 퇴소시키곤 했던 것이다. 낙제점을 받고 눈물을 흘리며 집으로 돌아가는 동료 후보들도 많이 보았다. 만약 내가 특수 군대의 장교가 되는 걸 원치 않는다면 주마다 치르는 시험지를 백지로 제출하면 그만이다. 그런데 나는 그렇게 하지 않고 이 특수 군대의 오랜 전통인 폭력과 구타에 대해 상급자들에게 항의하고 심지어 별을 단 부대의 최고 지휘자 방에 뛰어 들어가 훈련 과정의 구타를 비판하고 시정을 요구했다. 나의 무모한 행동은 곧 집단 체벌과 구타의 응답으로 돌아왔다. 나는 모두가 잠든 시간에 바다로 뛰어들었다.

바다 쪽에 제방이 설치되어 있어서 수심이 그다지 깊지 않을 거라는 믿음은 있었다. 그러나 막상 바다로 뛰어들었을 때 물이 목에까지 차올랐다. 헤엄도 칠 줄 모르는 내가 어떻게 그 제방을 건너서 서치라이트를 피해 육지에 다다랐는지 그 과정을 나는 세밀하게 기억하지 못한다. 거기서 십 리 길을 걸어서 경화 정거장에 도착한 뒤 나는 새벽 상경 열차에 오를 수 있었다.

대전에 공군에 근무하는 남편을 둔 누이가 살고 있었다. 물에 젖은 옷을 갈아입기 위해 잠시 누이 집에 들렀는데 내가 옷을 갈아입을 때 얼핏 내 엉덩이와 허벅지를 엿본 누이가

"악!" 하고 비명을 질렀다. 몸의 하반신이 온통 시커멓게 멍들어 있었던 것이다. 강군 육성을 구실로 매일 밤 자행되는 몽둥이찜질의 흔적이었다. 흔히 '빳다'라고 하는 이 체벌은 제2차 세계대전 때 일본군이 남겨 준 관행으로 보여진다. 나에게는 이 맹목의 체벌이 물리적 고통보다 정신이 파괴되는 것 같은, 인간으로 최소한의 자존감조차 유지하기 힘든 모욕감을 안겨 주는 고통이 더 컸다. 절박한 위기감이 나를 엄습했다.

뒷날 대령으로 예편한 당시의 동료가 나를 찾아와서 말했다.

"우리 동기들은 모두 자네를 만나 보길 원해. 자네가 가고 난 뒤 확실히 체벌은 많이 줄었거든. 그들도 충격을 받은 것 같았어."

대령 예편자는 동기들 모임에 나를 몇 차례나 초대했다. 그러나 낙오자인 나는 거기에 나가지 않았다.

12

순응하라. 잠시의 굴욕을 견디고 순응하면 복이 돌아올 것이다.

저항하라. 굴욕을 뿌리치고 저항하면 크고 무거운 재앙이 다가올 것이다.

7년의 어이없는 도피 생활에서 내가 배운 교훈이다. 이 7년 동안 나와 대학 동기이자, 사관 후보 동기였던 한 친구는 대

위로 의무연한을 무사히 마치고 미국으로 건너가 학위를 받고 돌아와서 대학의 교수가 되었다. 대학은 다르지만 어떤 친구는 비슷한 과정을 밟고 뒷날 국내 굴지의 대학의 총장도 되었다. 총장이 된 그 친구는 나와 신장이 비슷해서 훈련받을 때 언제나 내 곁에 있었기 때문에 얼굴도 목소리도 잘 기억할 수 있었다. 그 7년 동안 나는 여관의 조바 생활, 짜장면 한 그릇 값의 시급을 받는 변두리 아동 미술원의 동화 강사, 역시 변두리 아이들 몇을 모아 가르치는 싸구려 가정교사 등을 전전했다. 그나마 할일이 있으면 다행이었다. 훨씬 더 많은 시간을 할 일 없이 거리를 배회했다.

복개 공사가 시행되기 이전의 청계천 6가, 영미교가 있던 부근의 바라크—물 위에 기둥을 세우고 거기에 방을 만든 수상水上의 집—에서 한 해 봄과 여름, 가을을 살았던 경험도 있다. 거기서는 굶주리는 날이 많았다. 결국 길가에서 파는 싸구려 음식을 허겁지겁 과식하다 급성위염에 걸려 반년 가까이 고생을 했다. 마지막 직업이 고양의 신설 공립중학의 영어 교사였다. 시급제 동화 강사에 비하면 크게 출세한 셈이다. 그러나 주민등록제가 시행되면서 신분이 탄로나 수업 중인 교실에서 체포되었다. 헌병대가 소재를 알고 학교까지 찾아온 것이다. 그날로 동물원 우리를 닮은 사령부 교도소의 독방 하나가 내 차지가 되었다. 만원 사례였던 그곳에서 다만 초기 며칠 동안만 나는 독방에 격리 수용되었다가 며칠 뒤 동료들이 가득 찬 일반 감방으로 옮겨졌다.

독방에 있는 동안 나는 지금도 믿어지지 않는 재미있는 경험을 했다. 밤인데 환청으로 바흐의 〈첼로 무반주 모음곡 6번〉 전곡을, 프렐류드Prelude에서 지그Gigue까지 멈추지 않고 들었다. 처음엔 환청인 줄 모르고 구내 천장 같은데 매달린 라디오에서 들리는 소리인 줄 알았다. 관망대 위에 감시 헌병이 앉아 졸고 있었는데 아무리 둘러봐도 라디오 같은 건 없었다. 전곡은 23~24분이나 걸리는 곡인데 시작부터 종료까지 완벽하게 들었다고 볼 수는 없고, 아마 곡의 흐름을 따라 대충의 윤곽을 들었을 것이다. 그때 내가 아는 것은 이 모음곡의 6번뿐이었다. 그나마 단 한 차례, 그것도 음악실의 문 밖에 서서 들은 것이다. 구금되기 바로 며칠 전 나는 명동 성당 입구에 있는 작은 음악실 '크로이첼'에 갔다가 미처 입장하기 전에 문 밖으로 흘러나오는 그 음악을 들었다. 파블로 카잘스 연주인데 난생 처음 듣는 음악이었다. 그 음악실에도 오직 6번만을 수록한 낡은 음반 한 장이 있을 뿐이었다. 그 음악을 듣고 적지 않은 충격을 받은 나는 음악실에 입장하지 않고 거리로 나와서 한동안 길을 걸으며 방금 들은 음악을 한없이 반추하고 또 반추했다. 그런데 한 차례 들었을 뿐인 이 음악이 독방에 앉아 있는 시간에 거의 전체의 윤곽으로 환청을 통해 나를 다시 찾아온 것이다.

음악적 감수성과 기억력이 뛰어나서……? 그런 것은 아니다. 나는 스스로 보통 수준이라고 생각한다. 그런 일은 그 이전에도 이후에도 두 번 다시 발생하지 않았다. 이유는 다른 데 있을 것이다. 자신이 절실하게 원하고 갈구하면 그것을 누군가가 슬쩍 손에 쥐어 준다. 그게 신의 소행이라고 할 수도 있고 사람의 뇌파가 지닌 특수 능력이라고 할 수도 있을 것이다. 그 순간에 왜 그 음악을 갈구했나? 나는 위안과 비참한 자기 존재의 고양高揚을 간절하게 원했을 게 틀림없다. 위안과 자기 존재의 고양은 그 음악의 으뜸가는 미덕들이다.

그곳, 동물원의 우리를 닮은 그 사령부 교도소에 갇혀 있는 동안 나는 두 가지 소망을 품고 있었다. 첫째는 내가 가르치던 아이들에게 돌아가 내가 파렴치범이 아닌 걸 입증하는 것, 두 번째는 가급적 가까운 장래에 '크로이첼'로 찾아가서 이번에는 돈을 낸 당당한 손님으로 실내에 입장하여 느긋하게 그 음악을 감상하는 것이다. 나는 이 두 가지 소망을 완전하게 이루었다. 그것은 7년의 고행 끝에 내가 얻어 낸 적지 않은 행운이었다.

A는 너무 많이 변해 버렸다. 적어도 7년 전 내가 만났던 그 사람은 아니다. 그 사이 A가 서울에 두어 차례 다녀갔지만 손

님으로 왔기에 그런 내색은 전혀 보이지 않았다. 변화무쌍한 것은 예술가의 특권인가? 나는 작가가 예술가 범주에 들지 않는다고 생각한다. A는 그림을 그리는 화가이기도 하니까 다소 변덕을 부려도 용인되는 것일까.

"나와 엘레오노라, 곧 헤어질 거요. 우리가 함께 있는 걸 보는 건 이번이 마지막일 거요."

식사를 끝낸 뒤 거실에서 차를 마실 때 A가 냉랭한 표정으로 말했다. 두 사람 사이에 문제가 있다는 얘기는 서울에서도 들은 바가 있다. 엘레오노라는 카자흐스탄에 근거가 있고 전 남편과 사이에 낳은 자녀들이 그곳에 있기 때문에 카자흐스탄으로 돌아가 살기를 원한다. 친구들도 모두 그곳에 있을 것이다. 엘레오노라에겐 러시아가 낯선 외국이다.

"두 분이서 카자흐스탄를 자주 방문하면 엘레오노라에게 위안이 되지 않을까요?"

"흠, 엘레오노라, 여기도 싫다 하고 가브리노 다차도 관심 없어. 우린 같이 살 수 없어. 나는 가브리노에서 살 생각인데 엘레오노라는 거기 아주 싫어해."

가브리노를 싫어하는 엘레오노라의 심정을 알 것도 같다. A에게 그곳은 한 시절 칩거하며 러시아 중남부 지방의 토속어를 익히고 창작의 꿈을 키우던 추억의 땅이지만 엘레오노라에겐 벗할 만한 친구 하나 없는 황량한 촌락일 뿐이다. 서로 눈이 맞아 열정이 뜨겁게 달아오를 때는 각자 지역에 매여 있는 자기의 기반을 따져 볼 겨를도 없었을 것이다. 그렇더라도 중년을 훌쩍 넘긴 나이인데 처음부터 너무 무모한 결합이 아니었나. 내가 그 점을 지적하자, A도 할 말이 없다는 듯 히죽거리며 웃기만 했다.

다음 날 엘레오노라가 A 혼자 나를 접대하는 일이 아무래도 마음이 놓이지 않았던지 입원해 있는 병원을 나와 잠시 집에 들렀다. 그녀 입장에서는 내게 인사라도 하는 게 예의라고 생각했을 것이다. 수술을 할 정도로 한쪽 팔을 많이 다쳤다는데 겉으로는 크게 아픈 사람처럼 보이지 않았다.

"선생님. 제가 수술 마치고 내일, 아니 모레는 집에 옵니다. 그때 잘 모실게요. 여기 파스테르나크 기념관, 아주 가까워요. 엡투센코 기념관은 더 가깝고요. 제가 천천히 안내해 드릴게요. 여기 머무시는 동안 마음 푸욱 놓으세요."

"가브리노에 먼저 갈 건데……?"

A가 쌀쌀맞은 눈길로 아내를 바라보며 말했다.

"아, 가브리노 가셔야죠. 그럼 가브리노 다녀오신 다음에 여기로 또 오세요. 참, 니나. 니나가 선생님 많이 기다리겠어요. 저는 선생님 이해합니다. 충분히 이해합니다."

엘레오노라가 상대를 배려하는 너그러운 웃음을 입가에 흘렸다.

"아, 저는 아무래도 괜찮아요. 팔부터 먼저 치료하셔야죠. A가 요리를 잘 해서 아주 잘 먹고 있습니다."

"낼모레 수술 끝내고 퇴원하면 더 잘 해드릴 수 있어요."

엘레오노라는 내게 미안한 감정을 표현하느라고 애썼다. A는 약간 화난 듯한 생뚱한 표정으로 엘레오노라와 나의 대화를 듣기만 했다. 엘레오노라는 국수를 삶고 새로 가져온 채소로 그날 점심 식탁을 마련해 주고 병원으로 다시 돌아갔다.

엘레오노라가 내게 큰 빚을 진 듯, 유독 잘 대해 주려고 애쓰는 데는 이유가 있다. 2008년 그들 부부가 서울에 왔을 때 나는 가브리노에서 그들 부부가 내게 베풀어 준 친절에 다소나마 보답하려고 최대한 노력했다. 나 자신은 그때나 지금이나 별다른 능력이 없다. 나는 마침 정치적으로 딜레마에 빠져 곤욕을 치르고 있던 M에게 도움을 청했고 M은 기꺼이 내 청에 응했다. 2007년 대선에 나와 세상에 이름이 널리 알려진 M은 비록 대선에는 실패했지만 당시 아직 현역 의원 신분은 유지하고 있었다. M은 A부부를 저녁 만찬에 초대했다. 그 자리에는 수입 화장품 회사를 운영하는 후배 작가 J도 엘레오노라에게 선물로 전할 독일 유기농 화장품 한 세트를 휴대하고 참석했다. 대학 시절 시를 써서 상을 받기도 했다는 M은 A부부를 극진히 예우했다. 이 자리가 계기가 되어 M은 한국의 자연을 화폭에 담아 보고 싶다고 늘 말하던 A가 천리포 수목원에 한 달여간 머물며 주변 바다 풍경을 스케치 할 수 있도록 배려해 주기도 했다.

이때 그린 그림들을 가지고 A는 지난해 화집도 내고 모스크바에서 전시회도 개최했다. 페레델키노 A의 서재에서 나는 A가 보여 주는 전시회 관련 사진들을 여러 장 구경하기도 했다.

이렇게 따져 보면 정작 내게 고마워해야 할 사람은 엘레오노라가 아니라 A 자신이다. 그런데 A의 얼굴에서 그런 기색은 보이지 않는다. 남편의 변덕을 잘 아는 엘레오노라는 그게 몹시 불안한 것이다.

13

페레델키노 작가촌에서 이틀을 묵었지만 A는 좀처럼 가브리노에 갈 기미를 보이지 않았다. 아침에 눈을 뜨자마자, 그는 냉랭한 표정으로 내게 말했다.

"오늘 가브리노 못 간다. 허리가 아파서……."

A는 소파에 앉은 채 자기 허리를 손으로 잇달아 주물렀다.

"병원에 가서 진단을 받아 봐야겠어."

나는 여러 가지로 운이 좋지 않은 편이었다. 손님으로 왔는데 주부는 팔을 다쳐 병원에 입원해 있고 A는 허리가 아프고 갈비뼈가 이상해서 숨쉬기조차 힘들다고 말하고 있다. 갑자기 추워진 날씨도 내 예상을 완전히 빗나갔다. 가브리노는 경우에 따라 종일 달려가야 하는 먼 길이다. 이런 상황에서 과연 가브리노에 갈 수가 있을까?

그러나 한편으로 A의 증상에는 뭔가 애매한 구석이 있었다.

A는 기분에 따라 아주 건강하고 활달한 사람처럼 행동하기도 하고 갑자기 병약한 노인으로 변해서 신음 소릴 토해 내기도 한다. 나를 대하는 표정이나 말씨에도 변화가 잦았다. 기분이 좋을 때 그는 말했다.

"고리키 문학대학 제자 한 사람 내일 오라고 했어. 내가 운전 힘드니까 그가 운전하고 가브리노 함께 갈 거요."

A는 젊었을 때 미술대학을 그만두고 고리키 문학대학에 다녔고 훗날 거기서 강의를 맡기도 했다.

"그 친구 감각이 예민해. 나중에 당신 작품 러시아어로 번역할 때 그 친구 도움이 될 거요."

그러나 몇 분 지나지 않아 A는 말을 바꾸었다. 그는 호흡이 어렵다는 듯 가쁜 숨을 몇 차례 몰아쉰 뒤 잔뜩 찌푸린 표정으로 말했다.

"그 친구 내일 오지 말라고 그랬어. 아무래도 내가 병원에 먼저 가 봐야겠어."

크세니아 카스파로바Ksenia Kasparova—멋진 이름을 가진 이 젊은 아가씨는 자기 이름이 주는 느낌만큼이나 마음이 순수하고 용모도 단정했다. 눈은 마음의 창이라고 했던가. 대상을 물끄러미 바라보는 이 러시아 규수의 눈빛은 맑고 은근했다. 신장은 170센티 정도, 거기에 알맞은 체형을 가진 여성이었다. 페레델키노에 머물던 며칠의 기억 가운데 유일하게 즐거웠던 시간을 내게 베풀어 준 이름이다. 둘째 날 아침부터 A는 서재를 정리하고 현관을 청소하느라고 부산을 떨었다.

코밑의 수염도 가지런히 정리하고 셔츠도 새 걸로 갈아입었다. 예술 계통의 잡지사 여기자가 얼마 전 모스크바에서 개최된 한국 풍경 스케치 전시회와 관련된 인터뷰를 하려고 이곳을 방문한다는 것이다. A는 새로 구입한 일본제 지프형 승용차를 타고 기차역으로 여기자를 데리러 갔다.

잠시 후 키가 늘씬하고 인상이 깨끗한 여기자와 함께 그가 돌아왔는데 A의 밝은 표정과 활달한 동작을 보면 그는 호흡곤란을 느낄 정도로 아픈 사람 같지는 않았다. 두 사람이 서재에서 인터뷰를 하는 동안 나는 A의 권유에 따라 바깥 차도로 나가서 혼자 산책을 했다. 두 시간 가까이 걷던 길을 다시 걷고 또 걸으며 시간을 때운 뒤 처소로 돌아왔는데 인터뷰는 여전히 진행 중이었다. 거실에 앉아 있는데 A의 말소리가 쩌렁쩌렁 울렸다. A는 자기 작업에 관해서는 무섭도록 철저한 집념을 보여 줬는데 그런 점은 배울 점이라고 생각되었다.

인터뷰가 끝나고 두 사람이 거실로 나왔고 A가 여기자를 내게 소개했다. 탁자를 가운데 두고 둘러앉아 잠시 차를 마시는데 여기자가 조그만 카메라로 갑자기 나를 몇 컷 찍었다. 크세니아는 양해를 구하는 대신 호의가 담긴 밝은 미소를 내게 보냈다. 받은 명함을 보니 크세니아의 능력이 만만치 않았다. 미술 비평가, 사진작가, 패션 디자이너, 이 세 가지 명칭이 나란히 표시되어 있다. 크세니아는 틈만 나면 나를 여러 각도에서 카메라에 담았다. 이런 때는 당황스럽긴 하지만 기분이 언짢지는 않았다. 도리어 신경이 날카로운 A가 기분을 상하지나 않을까 걱정되었다.

"선생님 작품, 러시아어로 번역된 걸 구할 수 있을까요?"

여기자가 짧은 영어로 내게 물었다.

"아, 네바…… 페테르부르크에서 나오는 《네바》라는 문학지에 짧은 단편 하나 소개된 것 있습니다."

나는 이 답변을 하면서 조금은 마음이 내키지 않았다. 번역된 그 단편이 썩 내세우고 싶은 작품이 아닌 것이다. 리얼리즘이라는, 낡고 퇴색된 용어를 좋아하는 사람은 그 '감방 소설'을 좋아할 수도 있다. 그런데 이 단편은 2007년 미국에서 출간된 내 단편집에는 끼지도 못했다. 번역자가 아예 젖혀 놓은 것이다. 이 번역자는 이 번역으로 2004년 미국 펜클럽에서 우수 번역상을 받은, 문학적 안목으로도, 번역 능력으로도 출중한 인물이었다.

"메일로 그 작품이 게재된 잡지 호수를 저에게 보내 주실 수 있을까요?"

"아, 가능합니다. 제가 한국에 돌아가면 메일로 곧 보내 드리죠."

"꼭 보고 싶군요. 그 작품."

크세니아는 조용히 미소 지었다. 그녀는 나와 더 많은 대화를 하고 싶어 하는 표정이었다. 그 눈이 계속 나를 관찰했다.

그런데 이 여기자는 뜨내기인 내게 왜 그런 관심을 보였을까. 아마 A가 내가 없는 사이 니나 얘기를 들려줬기 때문일 것이다. 그것 말고는 다른 이유가 없다.

'글쎄, 저 카레이 작가가 니나를 찾아서 이 바쁜 세월에 서울에서 여기까지 왔지 뭡니까?'

A의 이 한 마디에 크세니아는 기자 본능으로 이방인 작가에 대한 호기심이 부쩍 솟구쳤을 것이다. 그녀는 내게 관심을 보이면서도 A를 충분히 배려했다. 만약 A가 없는 자리라면 그녀는 이렇게 묻지 않았을까?

"선생님에게 니나는 어떤 존재였죠?" 혹은 "이 먼 길을 니나의 무덤을 찾아오신 이유가 뭐지요?"

보기에 따라 무례한 질문이지만 기자라면 가능할 수 있다.

그런데 이날 인터뷰의 주인공은 내가 아니고 A이기 때문에 차마 거기까지 나가지 못한 것이다. 크세니아의 조심성과 밝은 품성이 그런 무례를 억제한 것이다. 크세니아는 앞뜰로 나와 헤어질 때까지 계속 내게서 눈길을 떼지 않았다. A는 그녀를 다시 차에 태우고 기차역까지 데려다주었다.

크세니아가 내 프로필을 여러 차례 카메라에 담은 것, 그리고 러시아 말로 옮겨진 유일한 단편 하나를 꼭 봐야겠다고 하는 것은 그녀에게 어떤 의미와 용도가 있는지 알 수가 없다. A로부터 니나 얘길 듣는 순간 예술 잡지 기자인 그녀 머리에 내가 미처 생각도 못한 기발한 발상이 떠올랐을 수도 있다. 아무튼 크세니아와 마주했던 길지 않은 그 시간은 잠시 가브리노행에 대한 시름을 잊고 유쾌하게 지냈던 시간이었다.

오후에 A는 자기 몸 상태를 진단받기 위해 나와 함께 차를 타고 가까운 병원을 찾아갔다. A는 갈비뼈 상태를 보기 위해 아무래도 X-Ray를 찍어 봐야겠다고 말했다. 병원은 엘레오노라가 입원해 있는 곳과는 다른 곳으로 한국의 지방 보건소를 연상시키는 작고 허름한 단층 건물이었다. 그래도 마당이나 건물 복도는 진료를 위해 찾아온 환자들로 북적거렸다. 옷차림이나 행색이 대부분 변두리 빈곤층으로 보였다. 병원 복도는 사람이 많은 데다 휠체어에 앉아 길을 막고 있는 환자도 있어서 통행이 불편할 정도였다. A가 현관 접수구에서 표를 받고 어떤 방으로 들어간 뒤 나는 건물 밖으로 나와서 기다렸다. 비가 추적추적 내리는데 비를 피할 만한 마땅한 장소도 없었다. 마당에는 벤치 하나도 없었다. 나는 비를 조금씩 맞으면서 처마 밑에 웅크리고 서서 A를 기다렸다. 한 시간이 지났는데 A는 좀처럼 나오지 않았다.

'제발 A의 가슴뼈에 이상이 없어야 할 텐데.'

지루한 기다림 끝에 A가 현관 밖으로 나왔다. 나는 그의 입을 쳐다봤다. 그가 손을 저으며 말했다.

"사람이 너무 많아 차례가 오자면 저녁까지 기다려야겠어. 오늘은 안 돼."

'그럼 내일 다시 이곳에 와야 되나?' 이런 말이 저절로 떠올랐으나 나는 A에게 묻지는 않았다. 우리는 차를 타고 시내 쪽으로 나갔다. 가는 길목에 아주 큰 정교회 건물이 있었다. 그 교회당을 지나칠 때 A는 재빨리 오른손으로 성호를 그었다. 처소에서 차를 타고 출발할 때도 A는 잊지 않고 성호를 그었다. 2005년 내가 A를 처음 만났을 때는 하지 않던 몸짓이다. 나는 그렇게 기억하고 있다. 그는 그때 다차에서 내게 신앙을 물었다. 내가 무종교라고 말하자, 그는 매우 실망한 표정으로 반문했다.

"그럼 우리가 이렇게 만나게 된 게 누구 조화라고 생각하오?"

그 말에 나는 웃음만 지었다. 내가 이런 생각을 하고 있다는 걸 마치 알기라도 한듯 정교회 건물을 지나 1백 미터쯤 달렸을 때 A가 자기의 신앙 자세가 근래 더욱 돈독하게 변했다는 취지의 얘길 들려줬다. 교회의 기도회나 강습회 같은데 최근 참여했는데 그것이 계기가 되었다는 얘기였다.

서울에서 누군가가 '자기 믿음이 더욱 굳어졌다'고 말하면 나는 그 사람과 나 사이의 벽이 더욱 높아졌다고 본능적으로 느낀다. A의 얘길 듣고 난 기분도 그와 다르지 않았다.

14

숨을 쉬고 생명을 유지해도 믿음이 없는 존재는 돌멩이와 같다. 영혼이 없기 때문이다. 구원받은 영혼. 강아지는 영혼이 없다고, 전에 어느 친구가 하던 말이 떠오른다. 영화감독인 그 친구는 열렬한 기독교 신자로 마주칠 때마다 내게 신앙을 권했다. 내가 농담으로 '우리 집 강아지와 함께 교회당에 가도 되느냐'고 물었을 때 그가 그 말을 했다. 신앙인들이 보통 드러내는 불신자에 대한 강한 배타적 태도는 상대방을 영혼 없는 돌멩이로 보기 때문이 아닌가.

강아지와 함께 오래 살아온 나는 강아지와 인간이 크게 다르다고 생각하지 않는다. 강아지도 생각하고 맛이 좋은 먹거리를 탐하고 즐거운 놀이를 시시때때로 시도한다.

나무나 풀은 어떤가? 그들도 숨을 쉬는 생명이다. 다만 움직임이 없을 뿐. 가브리노의 다차 뒤뜰에서 자생하고 있던 러시아 민들레, 파클론 아드반치쿠와 거기 머무는 동안 나는 친구처럼 지냈다.

따로 일정이 없을 때 나는 그 옆에 앉아 적지 않은 시간을 함께 보냈다. 대화가 없어도 친밀감을 느끼는 데는 별다른 지장이 없었다. 하긴 그때 한국말이 서투른 A와 나 사이에도 대화는 거의 없었다. 다차에서 떠날 때가 되어 뒤뜰의 파클론 아드반치쿠에게 달려가 작별 인사를 할 때 그 한 그루 식물이 정말 그동안 나의 다정한 친구였다는 걸 절감했다. 그 작별이 그만큼 아쉬웠던 것이다.

A는 많이 변해 버렸다. 내가 알고 있던 그 사람이 아니다. 나를 대하는 그의 표정과 말씨는 나를 자주 당황하게 만들었다.

그것이 그의 더욱 독실해진 신앙과 관련 있지 않을까? 그는 나를 먼 조상의 땅에서 힘들게 찾아온 친구라기보다 단순히 영혼 없는 한 개 돌멩이로 보는 건 아닌가. 조상의 땅이니 친구니 하는 건 믿음의 관점에서 보면 별다른 의미 없는 현세적 수사에 지나지 않는다. 그는 내게 친절과 예의를 베풀어야 할 이유를 상실한 것이다. 이런 생각이 나의 아둔한 망상이길 나는 바란다.

병원에서 나온 우리는 시내 변두리에 있는 일본 식당에 가서 저녁을 먹었다. 키르기스스탄에서 온 건장한 젊은이가 요란한 일본식 기모노를 입고 호텔의 도어맨처럼 요란한 제스처를 하면서 입구에서 손님을 맞았다. 그가 키르기스스탄 출신이란 건 A가 일부러 다가가서 그와 몇 마디 얘길 주고받은 뒤 내게 알려 줘서 알게 되었다. 일본 식당은 러시아 시민들 구미에 맞게 음식을 기름지고 달콤하게 만들어 손님을 끌고 있었다. 초밥과 몇 가지 생선 요리로 그런대로 저녁을 맛있게 먹었다. A는 우리가 먹은 음식 1인분을 따로 포장해 달라고 종업원에게 부탁했다.

"엘레오노라가 이 집 음식 좋아하오. 우리 이 집에 자주 왔었지."

맛있는 음식을 보고 아내를 잊지 않는 걸 보면 A는 자상하고 충실한 보통 남편이었다. 숙소로 돌아오는 길에 그는 아내가 입원해 있는 병원에 들러 그 음식을 전했다.

이른 저녁을 먹은 탓으로 그날 저녁 늦은 시간에 주방에서 가벼운 간식 시간을 가졌는데 보드카를 한 잔 마신 A가 내게 불쑥 물었다.

"서울에 친구 몇 명 있소? 친구가 누구요?"

전혀 예상하지 못한 질문이었다.

"친구라면……."

나는 질문의 의도를 몰라 뒷말을 잇지 못했다.

"아, 그냥 만나는 친구 말이오."

"아, 저는 친구 없어요. 서울에 한 사람도 없어요."

나는 그 질문이 거슬려서 민감하게 반응했다. 왜 갑자기 A는 나를 만난 지 7년 만에 이런 엉뚱한 질문을 던진 걸까?

'넌 친구도 없는 외톨이 아니냐. 그래서 여기까지 나를 찾아 온 것 아닌가.'

A가 이런 생각을 했다면 반은 맞고 반은 틀렸다. 친구는 사방에 널려 있다. 그러나 근래에는 거의 혼자 외톨이로 지낸다. A는 혹시 유명인 작가 친구를 말한 것인가? 그런 친구들도 한둘은 아니다. 그러나 근래에는 친교가 거의 없다.

작가들 사이의 우정이란 부질없는 것이다. 상대방에 관대하지 못한 내 성격에도 문제는 있을 것이다.

"그런데 A 당신은 친구 있소? 정말로 가까운 친구 말입니다."

"아, 나도 친구 없소. 친구 갖기가 어렵지. 별 뜻 없이 물은 거요."

친구 논쟁은 여기서 싱겁게 끝났지만 서로 얼굴을 붉힌 건 처음이었다. A가 엉뚱한 질문을 던진 진짜 의도는 여전히 알 길이 없었다. 그러나 기분이 좋지는 않았다.

"오늘 가브리노 못 가오. 내가 너무 아파서."

넷째 날 아침 조금 늦게 침실에서 나온 A의 첫마디였다. 그는 가슴이 몹시 아픈 듯 손으로 옆가슴을 어루만지며 얼굴을 찌푸렸다. 나는 그의 얼굴 표정에서 그가 나를 지금은 몹시 귀찮은 존재로 여기고 있다는 느낌을 받았다. 그에게 나를 가브리노로 데려갈 책임 같은 건 조금도 없다. 그런데 내가 마치

빚쟁이처럼 그에게 굴고 있다고 그는 느끼고 있을지 모른다.

"저, 가브리노 가지 않을 겁니다."

나는 빨리 생각을 정리했다.

"여기까지 왔으니 니나도 내 마음은 알아주겠지요. 체르무스키 민박집으로 일단 가겠어요."

A가 흠칫 놀라 나를 흘깃 한번 쳐다보고 말없이 자기 침실로 들어갔다. 그도 자기 생각을 정리하려는 것 같았다.

잠시 후 A가 나와서 말했다.

"그럼, 아침 식사 하고 내가 체르무스키까지 차로 데려다주겠소."

결론은 빨리 나왔다. A의 표정은 담담했다. A 입장에서는 차라리 후련했을지 모른다. A가 나를 극구 만류하지 않았다고 해서 그를 원망하고 싶은 마음은 조금도 없었다. 그는 환자니까. 그리고 무엇보다 A는 내가 왜 니나를 찾아왔는지 그 이유를 이해하지 못한다.

나는 그에게 그 문제에 관해 한 마디도 해명하지 않았다. 사실 해명할 내용도 자신도 없었다. 적어도 거기 머물던 시간에는 나 자신도 자기에게 명확하게 해명할 수가 없었다. 내가 왜 만사 젖혀 놓고 서울에서 여기까지 달려왔는지, 그렇게 하고 싶었고 해야겠다는 필연의 욕구는 자제하기 어려울 만큼 강했다. 그러나 무슨 비지니스처럼 뚜렷한 명목은 손에 잡히

지도 않았다. 정신의 가치가 무엇보다 중요하다는 걸 나도 알고 있소. A가 수차례 이런 말을 했으나 그건 겉치레 인사말에 불과했다. 그가 그런 말을 하면 나는 수긍하는 듯 잠자코 고개를 끄덕였지만 그가 무슨 말을 하는지 나도 알 수 없었다. 나의 성묘 여행에 정말 심각한 동기가 있고 거기에 두 사람의 합의가 있었다면 가브리노행을 이렇게 가볍게 포기하지는 않았을 것이다. A를 충분히 설득하지 못한 내게 책임이 더 있다. 충분한 소통이 어려운 언어 문제도 있었다.

늦은 아침 식사를 마치고 거실에서 잠시 휴식을 가진 뒤 A와 나는 차를 타고 체르무스키로 향했다. 페레델키노에서는 사흘을 묵은 셈인데 다시 그곳에 돌아가지는 않았다. 작가의 기념관을 보겠다던 계획도 없던 일이 되었다. 작가촌을 떠나기 전 A가 내게 물었다.

"야스나야 폴랴나는 어찌 하오?"

며칠 뒤 개막한다는 작가 미팅 참여를 묻는 말이었다. 나는 참여하지 않겠다고 짧게 대답했고 그 문제는 그걸로 끝이었다. 7년 전 야스나야 폴랴나 작가 미팅의 기억은 유쾌하고 즐거운 것이었다. 그러나 이번에는 내 머릿속이 가브리노의 니나로만 가득 찼다.

민박집의 주인 이진과 주방 아줌마는 되돌아온 나를 가까운 친척처럼 반갑게 맞아 주었다. 주방 아줌마는 새로 김치를 맛있게 담갔다면서 서둘러 점심 식탁을 마련했다. 그 식탁에 A도 자리를 함께 했다. A는 민박집 여인들과 아주 쾌활하게 얘기를 나누고 표정도 둘이 있을 때보다 훨씬 밝았다.

"아, 이 맛있는 김치. A선생에게 조금 드릴 수 있을까요?"

A가 김치를 맛있게 먹는 걸 보고 내가 주방 아줌마에게 말했다. 주방 아줌마가 내 제안을 기꺼이 받아 주었다.

그녀는 비닐봉지에 따로 김치를 재빨리 포장했다. A가 만족스런 얼굴로 말했다.

"엘레오노라가 아주 좋아하겠어. 이렇게 맛있는 건 처음이오."

식사를 마치고 나는 A를 배웅하기 위해 그와 함께 아래층 현관으로 내려왔다. 현관문을 막 열려고 하는데 A가 돌연 팔 하나로 내 허리를 감싸안으며—한 손에 김치 포장을 들고 있었다—마치 톨스토이 단편 소설에 등장하는 어떤 인물처럼 약간 떨리는 목소리로 말했다.

"나를 용서하오……."

얼떨결에 나도 그의 허리를 팔로 감싸안고 더듬거리는 말투로 말했다.

"난 A 당신을…… 좋아합니다."

우리는 일단 이렇게 헤어졌다.

15

내 방이 바뀌었다. 펠레델키노에 사흘 머무는 사이 민박집에 새 손님이 들어온 것이다. 전에 쓰던 앞쪽 방은 중국에서 온 여성 안마사가 차지했고 반대편인 후면의 모퉁이방이 내게 배정되었다. 내가 짐을 들고 그 방으로 들어갔을 때 처음 보는 어떤 청년이 침대 위에 길게 누워 늘어지게 낮잠을 자고 있다가 벌떡 일어나 내게 고개를 까딱해 보이고 어슬렁어슬렁 복도로 나갔다. 나는 가방을 내려놓고 먼저 후면 전망이 있는 창 앞으로 다가갔다.

아파트 뒷마당에서 도로를 건너면 넓은 구역을 차지한 주유소 건물이 있고 주유소 뒤쪽으로 길다란 숲이 이어지고 있다. 그 숲을 지나면 하늘 높이 치솟은 고층의 아파트 단지들이 눈길이 미치는 끝까지 이어지고 있다. 체르무스키 지역이 모스크바 중심에서는 한참 벗어난 외곽 지역이란 점을 감안하면 대체 이 도시는 얼마나 빠른 속도로 확장되고 있는가?

주유소 앞 횡단보도를 건너는 사람들이 우산을 쓰거나 우비를 입고 있다. 오전에는 날씨가 맑았는데 잠깐 사이에 하늘에 먹구름이 잔뜩 끼고 비가 주룩주룩 내리고 있다. 기온도 갑자기 내려간 듯하다. 두터운 외투로 몸을 감싼 행인들이 점점 늘어갔다.

"이 방이 젤 조용한데, 방이 맘에 드세요?"

이진이 문을 살짝 열고 방을 기웃거렸다.

"전망이 시원해서 좋아요. 또 추워진 것 같은데."

"따뜻한 차를 준비했으니 거실로 나오세요."

거실 탁자 주위에 중국 여인 안마사와 방금 방에서 나간 낯선 청년이 앉아 차를 마시고 있었다.

"이쪽은 슈메이, 이쪽은, 박 군, 박 군이 직접 인사 드려."

이진의 짤막한 소개가 끝나자, 서른 안팎으로 보이는 중국 여인이 활짝 웃어 보였다.

"저는 박강수라 합니다. 많이 가르쳐 주십시요."

청년이 이번엔 정중하게 고개를 숙였다.

"박 군은 블라디보스토크에서 온 지 얼마 안 돼요."

"그러면 한국인?"

"아버지께서 블라디보스토크에서 사업하시는 바람에 거기서 대학을 나왔구요. 물론 저는 한국 사람입니다."

박이 웃었다.

"박 군은 지금 잠시 저를 도와주러 왔어요. 어떤 허가 신청을 하는데 러시아 행정 실무를 제가 잘 몰라서 박 군이 도와주고 있습니다."

해외 생활을 오래한 탓인지 박강수는 그 또래 청년치고는 성숙하고 당돌한 인상을 주었다. 차를 마시는 중에도 그는 앞에 노트북을 펼쳐 놓고 서류 작성을 하느라고 바쁘게 손을 움직였다.

"선생님을 거기 모셔다 드리고 돌아올 때 차오한테 제가 뭐라 한 줄 아세요? 틀림없이 사흘 이상 못 견디고 저희 집으로 오실 거라고 했지요."

이진의 눈썰미는 무섭도록 정확했다. 그녀의 말에 나는 한마디 대꾸도 못했다. A와 나 사이에 러시아 땅에서 이루어진 7년 만의 해후, 그 전후 과정에 관해 이진은 전혀 모르는 입장이지만, 도리어 그 때문에 그녀의 관찰과 판단은 더욱 정확할 것이다. 손님을 맞은 그곳 분위기가 그만큼 싸늘했단 얘기다. A를 믿고 기대를 놓지 않았던 나는 그런 분위기에 둔감할 수밖에 없었다.

"그 할머니에게 가시는 건 어찌 되었죠?"

"A가 도와주지 않으면 힘들어요. 날씨도 너무 춥고. 이번엔 여기까지 온 걸로 만족해야겠어요. 니나도 내 마음을 이해할 거요."

"포기하지 마세요. 가브리노라고 하셨죠? 제가 모시고 갈게요. 차도 있고 운전할 사람도 있는데 뭐가 걱정이에요?"

"고맙지만, 길을 찾을 수가 없을 거요. 나는 여기서 그쪽이 어느 방향인지도 모르는걸. 가다가 차도에서 숲길로 접어드는데 그런 진입로가 수십 개도 더 돼요. 하루 종일 헤매다가 돌아올 거요."

"박 군, 지도 사다가 가브리노 찾아봐요. 할 수 있죠?"

"그건 어렵지 않아요. 제가 거기 위치를 찾아낼게요."

블라디보스토크에서 온 박 군이 자신 있다는 표정으로 말했다.

"저는 그때 그 음악 듣고, 음악은 잘 모르지만, 선생님은 거기 꼭 가셔야겠다고 생각했어요."

이진이 이렇게까지 가브리노행에 마음을 써주는 건 칼 다비도프Karl Davidof의 그 짧은 곡 때문인가. 페레델키노로 가기 전 나는 거실 탁자 위에 있는 노트북에서 다비도프의 짧은 첼로곡 〈무언의 로망스〉를 찾아냈다. 이 음악은 이번 여행 초기에 내 마음을 잘 대변하는, 게다가 가브리노 일대의 풍경과도 잘 어울리는 곡이라고 생각되었다. 나는 이진을 불러 놓고 말했다.

"이것 좀 들어봐요. 이 음악이 이번 내 여행의 주제곡이랍니다."

여행의 주제곡? 그런 것도 있었나? 엉뚱한 손님의 권유에 마지못해 옆에 앉아 음악을 듣는 척했으나 바쁜 여주인의 눈길은 다른 곳에 가 있었다. 그런데 지금 그녀는 그 음악을 떠올리고 있다. 그때는 관심을 보이지 않았지만 그 음악의 잔상이 그녀의 마음 한 구석에 남아 있는 것은 분명했다.

다음 날 오전 우리는 차를 타고 중국 시장으로 나갔다. 차오가 차를 몰았고 중국 여인 슈메이도 함께 갔다. 중국 화폐를 많이 가지고 있다는 슈메이가 환전하는 게 가장 큰 목적이고 나는 겨울용 내복을 구하는 게 당장 급한 일이었다. 추운 날씨에도 불구하고 러시아 사람들은 내복을 입지 않는다. 대신 겉옷을 두터운 겹옷으로 입고 추위를 견뎌 낸다. 중국 시장은 아주 넓은 지역을 차지하고 있는 규모가 큰 시장이었다. 중국인들이 여기에도 그만큼 다수가 진출해 있다는 증거였다. 가게 주인 가운데는 중국 출신 조선족도 가끔 보였다. 중국에서 생산된 각종 의류들, 간단한 생활용품들이 이 시장에서 팔리는 주력 품목이었다. 이진은 조선족 가게 주인을 만날 때마다 반갑게 손을 잡고 인사를 나눴다. 조선족들 사이에 이진은 얼굴이 많이 알려진 유명 인사(?)인 셈이었다. 이진은 슈메이를 환전하는 사람에게 데리고 가서 소개해 주고 혼자 돌아왔다.

"이제 선생님 내복이 어디 있는지 찾아봐야겠어요."

이진과 나는 오누이처럼 나란히 서서 옷가게 앞을 걸어 다녔다. 이곳저곳 옷가게를 기웃거렸으나 내복은 볼 수가 없었다. 우리는 2층으로 올라가서 다시 한 바퀴 돌았다. 역시 내복은 구경할 수 없었다.

"여기도 없고 저기도 없네요. 그냥 내려가지요."

다시 1층으로 내려왔는데 슈메이가 나타나지 않았다.

"우리가 여기서 기다린다고 했는데 이 여자 어디서 뭘 하지?"

조선족 가게 앞에서 이진이 걱정하는 얼굴로 말했다.

환전을 소개해 준 사람에게 전화를 걸었는데 슈메이가 벌써 떠난 지 오래라는 대답을 들었다.

"돈도 자그만치 몇만 달러나 갖고 있던데 참 맹랑한 여자네요. 이 넓은 시장을 다 찾아볼 수도 없고."

"호기심이 많아서 이것저것 구경하고 다니는 건 아닐까요?"

나이답지 않은 슈메이의 천진난만한 얼굴 표정을 떠올리며 내가 말했다.

"선생님은 차오한테 가서 기다리세요. 제가 좀 찾아볼게요."

이진은 빠르게 어디론가 사라졌다. 나는 긴 회랑을 지나 바깥으로 나왔다. 차오는 차 안에 앉아 귀에 리시버를 꽂은 채 졸고 있었다. 그와 나는 짧은 영어로만 대화가 가능했다. 나는 슈메이가 여기 오지 않았느냐고 물었고 차오가 머리를 흔들었다.

운전석 옆자리에 앉아 나는 차오와 잠시 대화를 나눴다. 잘생겼고 예의가 바른 이 중국 청년에게 나는 궁금한 게 많았다.

"러시아엔 뭘 공부하러 왔나?"

"테니스를 배우러 왔는데 이젠 방향을 바꿔야겠어요."

"어떤 쪽으로?"

"이것저것 생각 중인데 아직 결정하지 못했어요. 너무 힘들어요."

"여자 친구는 있는가? 미남이라 따르는 여성이 많을 것 같은데."

내 말에 차오는 큰 소리로 웃었다. 그는 이미 결혼했고 딸도 있으며 변두리 아파트에서 가족과 함께 살고 있노라고 말했다. 점심 시간이 훌쩍 지나갔다. 이진이 나타나지 않아 걱정도 되었지만 나는 슈메이란 철없는 중국 여성이 몹시 원망스러웠다. 중국 시장에서 일을 마치면 바로 툴스카야로 함께 가는 걸로 이진과 약속했던 것이다. 이진의 바쁜 일정을 볼 때 너무 늦어지면 모처럼 기회를 얻은 툴스카야행이 틀어질 수도 있었다.

툴스카야, 내 마음은 이미 7년 만에 찾아가는 그곳에 가 있었다. 마침 그때 이진이 슈메이를 데리고 나타났다. 야단을 맞았는지 슈메이는 풀이 잔뜩 죽은 얼굴이었다.

16

"슈메이, 이 여자 큰일내겠어요."

차에 오르면서 이진이 아직 화가 덜 풀린 얼굴로 말했다.

"만 달러짜리 밍크코트를 사겠다고 스무 벌도 더 되는 옷을 입어 보느라고 시간을 끌고 있지 뭐예요. 어쩐지 밍크 옷 가게에 갔을 것 같다는 예감이 들었죠."

"그래, 밍크를 샀습니까?"

차 뒷좌석에 앉아 있는 슈메이를 바라보며 내가 물었다. 이진이 펄쩍 뛰었다.

"만약 샀다면 저하곤 끝이에요. 그렇게 철없는 여자하고 저는 같이 일 못해요."

슈메이가 언니, 언니 하면서 이진을 따르고 이진은 그녀가 모스크바에서 업소를 차리고 자립할 때까지 도와주기로 서로 언약이 되어 있었다. 언니의 핀잔을 듣고 슈메이는 혼자 빙긋이 웃었다. 이 중국 여인의 천진한 표정에는 상대의 경계심을 해체해 버리는 마력 같은 것이 있었다.

"차오, 툴스카야로 가요. 툴스카야 지하철역 부근이라고 하셨죠?"

나는 이진에게 고개를 끄덕였다.

"슈메이 때문에 점심도 못 먹었네. 거기 가면 식사할 데가 있을까요?"

"좋은 곳이 있어요, 내가 안내할게요."

나는 자신 있게 말했다. 차가 중국 시장 주차 구역을 벗어나 큰길로 나왔다.

독일어 교사 출신이라는 그 여성 종업원은 아직 그 식당에 있을까? 툴스카야를 다시 방문하면 맛있는 연어 스테이크를 제공하는 그 지하 식당을 틀림없이 찾으리라고 늘 생각했다. 그 식당은 내게 아파트를 빌려 준 바이올린 전공의 음악원생 안내로 알게 되었다. 그가 여름 휴가를 보내려고 한국으로 떠나기 전날 나는 그 학생에게 간단한 작별의 회식을 제안했다. 아파트를 헐값으로 빌려 줬고 동네 지리에 관해 이것저것 꼼꼼하게 가르쳐 준 친절에 대한 보답이었다. 식당은 숙소에서 도보로 불과 삼사 분 거리에 있었다.

"이 일대 서민 아파트 주민들이 고객인데 음식이 깔끔하고 값도 크게 부담되는 곳이 아닙니다. 앞으로 자주 들르세요."

식당에서 유창한 러시아 말로 주문을 끝낸 그 학생이 내게 말했다. 그 식당의 으뜸 요리라는 연어 스테이크를 시켰는데 과연 그 맛이 어느 일류 호텔 식당 못하지 않게 훌륭했다.

그런데 불행히도 나는 그 학생의 조언을 실행하지 못했다. 언어 때문이었다. 3개월 동안 나는 몇 차례나 그 지하 식당으로 찾아갔다. 그러나 지하로 내려가는 계단 앞에서 언제나 몸이 굳어 버린다. 나는 연어 스테이크의 러시아 이름을 적어 두었는데 그것마저 잊어버렸다. 손짓 발짓으로 음식 이름을 설명하는 나의 우스꽝스런 행동은 식당 안에 있는 사람들의 웃음거리가 될 거다.

마음이 약해진 나는 언제나 지하로 가는 계단 앞에서 발걸음을 돌리곤 했다. 그러나 딱 한 차례 용기를 내어 그 식당에 들어갔다. 내일이면 서울로 떠나는 날이다. 망신을 당해도 추억거리가 될 것이다. 손님 몇이 띄엄띄엄 앉아 있다. 중년 여성이 다가와 상냥한 말투로 주문을 요청했다. 나는 얼떨결에 '피쉬, 피쉬'라고 말했다. 그녀는 영어를 이해했다. 내가 영어를 할 줄 아느냐고 묻자, 그녀는 검지와 엄지손가락으로 '아주 조금'이란 표시를 보여 줬다. 그런 뒤 자기는 소비에트 시기에 독일어 교사로 근무해서 독일어는 이해할 수 있다고 말했다. 소비에트 시기에 주요 외국어이던 독일어는 연방 해체 이후 교육 과정에서 폐지되었다. 그래서 파출부나 식당 종업원 가운데 아주 가끔 독일 유학까지 다녀온 독일어 교사 출신을 만날 수도 있었다. 독일어 덕분에 마지막 날 나는 훌륭한 저녁 식사를 할 수 있었다. 내일이면 다시 올 수 없다는 것이 아쉬웠다.

툴스카야 역 주변의 어수선한 풍경이 눈에 들어왔다. 역에서 조금 떨어진 곳에 있는 화폐제조창貨幣製造廠 부근의 도로가에 차를 세웠다. 차오는 혼자 차에 남기로 하고 이진과 슈메이가 내 뒤를 따랐다. 우리는 지하철역으로 통하는 지하 건널목을 지나 아파트와 상가들이 늘어선 마을로 들어갔다. 두 여인이 동행하는 이 산책이 나는 마음에 들지 않았다. 그들도 바쁜 일정을 희생하고 어쩔 수 없이 나와 함께 움직이고 있다. 본래는 체르무스키 역에서 지하철을 타고 혼자 이곳으로 찾아올 생각이었다. 그런데 갑자기 추워진 날씨, 허술한 옷차림이 그것을 허용하지 않았다. 시간의 제약을 받지 않고 혼자 멋대로 툴스카야의 골목골목을 거니는 것이 목적이었다. 지금은 일정이 바쁜 두 여인이 느린 걸음을 허용하지 않았다. 내가 조금만 늦게 움직이면 한참 앞서 가던 이진이 조금 짜증 난 얼굴로 뒤를 돌아보곤 했다. 그들에겐 이 거리에 아무런 기억이 없다. 나는 먼저 숙소이던 아파트를 찾아갔다. 인도에는 어김없이 비둘기 몇 마리가 행인들 틈에 끼어 뒤뚱뒤뚱 걷고 있다.

그 유명한 툴스카야 비둘기들이다.

"안녕, 비둘기야!"

비둘기 한 마리가 나를 흘끔 돌아보고 별 말 없이 가던 길을 가 버린다. 7년 만의 해후邂逅란 걸 아쉽게도 비둘기는 모르는 모양이다. 아파트는 상가 건물 4층에 있다. 잠수용 도구들과 잠수복潛水服을 진열해 놓은 해양상점海洋商店을 지나 드디어 구둣가게 앞에 도착했다. 구둣가게 옆문이 아파트로 들어가는 입구이다. 그 문 바로 앞에 사람이 쉴 수 있는 공간이 있는데 구둣가게 젊은 여주인은 손님이 뜸할 때면 혼자 그곳에 나와 담배를 피우곤 했다. 구둣가게 안에는 남성 손님들 몇이 구두를 고르고 있다. 나는 애연가인 젊은 여주인을 찾았으나 보이지 않았다. 주인이 바뀌었거나 잠시 자리를 비웠는지도 모른다.

"식당이 어디예요?"

아파트 문 앞에서 머뭇거리는 내게 이진이 재촉했다. 동행자가 없다면 나는 굳게 닫힌 문을 열고 4층까지 어둑신한 계단을 마치 지금도 이곳에 거주하는 사람처럼 시치미를 떼고 천천히 올라갔을 것이다. 운이 좋다면 옆집의 그 고독한 할머니와 마주칠지도 모른다. 그 할머니는 계단 중간에 있는 쓰레기 홈통에 쓰레기를 버리러 나올 때마다 일을 마친 뒤 홈통 옆에 서서 담배를 피우곤 했다. 좁은 실내에서는 다른 가족 때문에 끽연이 자유롭지 않을 것이다.

그런데 그 할머니는 지금 살아 있기는 할까?

바깥 입구에서 아파트 실내까지 가는데는 네 개의 문을 통과해야 한다. 우선 대문 격인 철문이 있고 그 문을 지나면 계단으로 진입하는 작은 문이 있다. 그 문은 늘 열려 있다. 열 개의 계단을 올라가면 2층부터 시작되는 엘리베이터 앞에 서게 된다. 마음이 급해진 나는 서둘러 네 개의 문을 통과해서 내가 묵었던 방 한 칸짜리 아파트 실내로 들어간다. 매트가 꺼져 버린 2인용 침대와 컴퓨터를 놓은 작은 책상, 그리고 피아노 한 대가 방을 가득 차지하고 있다. 피아노 옆에는 꼬마 스피커를 양편에 거느린 컴포넌트가 놓여 있고 그 옆 진열장에는 바딤 레핀Vadim Repin, 야사 하이페츠Jascha Heifetz 등 바이올린 주자들의 CD 음반이 가득 쌓여 있다.

"저는 막심 벤게로프보다는 바딤 레핀이 더 맘에 들어요.

바딤 레핀을 닮고 싶어요.”

방 주인이 처음 만났을 때 묻지도 않았는데 스스로 말했다. 그는 12년째 이 추운 나라에서 바이올린에 매달려 온, 잘생긴 한국 청년이었다. 제발 바딤 레핀을 닮아서 훌륭한 연주가가 되어 다오. 그래야 삶의 전부를 자식에게 걸고 있는 부모님에게 보답이 되겠지. 그의 연주를 들어보진 않았지만 나는 그 말을 들었을 때 혼자 이런 생각을 했다.

아무도 연주하는 사람이 없지만 피아노 건반은 늘 열려 있다. 악보가 놓여야 할 자리에는 엽서 크기만 한 사진 한 장이 놓여 있다. 내가 가져다 놓은 우리 집 강아지 사진이다. 하얀 털을 가진 작은 강아지가 여름 풀밭에서 지금 막 달리기를 하려고 앞을 응시하고 있는 모습이다. 강아지의 큰 눈이 참 맑고 시원했다. 서울을 떠날 때 나는 누구의 사진도 휴대하지 않고 오직 강아지 사진 한 장만 가져왔다. 외출할 때 그리고 외출에서 돌아올 때마다 나는 피아노 건반 위에 세워진 그 사진을 바라보곤 했다. 최근 몇 년 동안 강아지는 나와 가장 친한 친구이자, 말벗이었다.

어떤 인간보다 강아지와 함께 보낸 시간이 많았다. 강아지와 함께 아파트 주변을 산책하는 것이 적지 않은 즐거움이었다. 거실에서 음악을 들을 때도 강아지는 무릎 위에 자리 잡고 앉아 있곤 했다. 강아지는 모차르트보다 바흐 음악을 더욱 선호하는 것으로 느낄 때가 있다. 바흐 음악을 들을 때 강아지가 더욱 집중하고 수선을 떨지도 않고 조용한 자세를 취하곤 한 것이다.

이 강아지의 명민함과 다정한 마음은 자주 나를 놀라게 만든다. 러시아 체류를 끝내고 내가 귀국했을 때, 아들이 차를 몰고 공항 버스 정류장이 있는 분당 서현역으로 나왔다. 당연히 강아지도 차에 동승하고 나를 맞으러 나왔다. 9월 초순인데 비가 부슬부슬 내리고 있었다. 정류장 부근은 오가는 차들로 언제나 붐볐다. 내가 길가에서 짐을 들고 기다리고 있는데 아들의 차가 내 앞으로 다가왔다. 그때 하마터면 큰 재앙을 맞을 뻔했다.

누구보다 나를 먼저 발견한 강아지가 너무나 반가운 나머지 마침 열린 차창 밖으로 뛰어내리려고 한 것이다. 많은 승용차들이 빠른 속도로 눈앞에서 질주하고 있었다.

"안 돼! 강아지 붙잡아!"

내가 소리치는 순간 아들이 차창에 매달린 강아지를 끌어내렸다. 집에 도착 이후 이 작은 강아지가 내게 베풀어 주는 환영의 세리머니는 눈물겨운 것이었다. 강아지는 내 바지자락을 붙들고 반 시간 이상이나 끙끙거리며 내 주변에서 떠나지 않았다.

'당신은 어디 있다가 이제 온 거야? 왜 갑자기 말도 없이 사

라졌지? 난 당신이 영영 돌아오지 않을 줄만 알았지 뭐야.'

"식당이 어디 있죠?"

이진이 기다리다 지쳐 다시 재촉했다. 슈메이가 갑자기 내게 다가와 자기 팔을 내 허리 사이로 들이밀었다. 연인처럼 팔짱을 낀 것이다. 그녀는 경계심을 무너뜨리는 천진한 웃음을 보이며 나를 한길 쪽으로 끌어당겼다.

평소 이 상가 건물 부근은 행인이 드문 편이었다. 지금도 여전했다.

'식당은 여전히 문을 열고 있겠지.'

나는 기대감을 갖고 식당 쪽으로 천천히 걸어갔다. 지하로 내려가는 계단 입구에는 그날의 메뉴가 적힌 작은 입간판을 늘 세워 두고 있었다. 그런데 그 입간판이 보이지 않았다. 계단 입구는 막혀 버렸다. 식당이 사라진 것이다. 그 독일어 교사 출신 여성과 재회의 기대감도 사라져 버렸다.

17

폐업한 식당 앞을 떠나 구둣가게 쪽으로 걸어오는데 조그만 케이크 가게가 문을 열고 있다. 방금 지나갈 때는 식당에만 정신이 팔려 못 보고 지나간 것이다.

'그 사이에 식당은 사라지고 대신 이 케이크 가게가 생긴 거로군.'

빵을 좋아하는 나는 빵 가게를 보면 무조건 반가웠다. 더구나 툴스카야, 내가 자주 지나다니던 거리에 이런 아담한 가게가 생기다니.

내가 케이크 가게를 손짓하자, 이진이 할 수 없다는 듯 고개를 끄덕였다. 정말 작고 아담한 가게였다. 그러나 내용은 충실했다. 유리 진열장에 품질 좋은 마실 것, 먹을 것 등이 가득 진열되어 있다. 피부결이 아주 고운 중년 여성이 우리를 맞았다. 애플파이, 크로와상, 기름기가 있는 케이크 몇 조각, 그리고 주스를 시켰다. 옆자리에 어느 동네 젊은 부인이 어린 딸아이와 함께 앉아 빵을 먹고 있다. 엄마는 커피를 마시고 딸은 노란 주스를 마시고 있다.

피부결이 좋고 선량한 인상을 지닌 가게 여주인이 빵을 나눠 먹고 있는 세 사람의 동양인을 진열장 안쪽에서 물끄러미 바라보고 있다.

나는 이 작은 가게 풍경이 마음에 들었다. 만약 그 당시 이 가게가 이 자리에 있었다면 아마 하루 한 번씩은 이 가게로 와서 커피와 빵으로 한 끼를 해결했을 것 같다. 창가의 자리에 앉아 잠시 생각에 잠기기도 하면서.

빵 가게를 끝으로 우리는 툴스카야를 떠났다. 엄밀히 말하면 나의 툴스카야 산책은 실패로 끝난 것이다. 앞뒤 여건이 맞지 않아 어쩔 수 없었다. 여행의 신은 이번에도 나를 돕지 않았다. 날씨가 좋았거나 의복 준비가 되었더라면 나는 혼자 지하철을 타고 이 곳에 와서 툴스카야 골목골목을 천천히 거닐며 7년 전의 시간을 되새김질 했을 것이다. 이번에는 다만 그곳을 다녀갔다는 기록만 남기는 걸로 그쳤다. 나는 '나만의 툴스카야 산책'을 다음 기회로 미루었다. 그때가 언제가 될지 모르지만.

이날 저녁은 북한 식당에 가서 먹기로 했다. 내가 처음 민박집에 들어온 날 이진은 고맙게도 틈을 내서 나를 북한 식당으로 안내하겠다고 약속했다. 바로 이틀 뒤, 그러니까 내가 페레델키노의 A에게 가기 며칠 전에 이진은 나를 데리고 북한 식당으로 찾아갔다. 그곳은 숙소에서 차로 불과 십여 분 거리에 있었는데 공교롭게 러시아 사람들이 홀을 온통 전세 내어 결혼 피로연을 베풀고 있었다. 하는 수 없이 우리는 그 일정을 뒤로 미루고 발길을 돌렸는데 이진은 그 약속을 잊지 않고 있었던 것이다. 이번에는 슈메이는 빠지고 대신 블라디보스토크에서 온 박강수가 일행에 끼었다. 차오가 차로 우리를 식당 앞까지 데려다주었는데 그는 식당에는 들어가지 않고 자기 가족에게 돌아갔다. 이진은 고용인을 차별하거나 가볍게 대하지는 않았으나 장소에 따르는 사람 구분은 엄격하게 하는 편이었다.

식당은 입구에 'KORE'라고 적힌 간판을 내걸었는데 '고려'

의 러시아식 표기인지 단순히 영자英字의 약식 표기인지 알 수 없었다. 계단을 내려가자, 지하 1층에 제법 넓은 홀이 나타났다. 한복을 곱게 입은 봉사원이 우리를 자리로 안내했다. 이미 몇 차례 이곳에 다녀갔다는 이진은 봉사원들과도 가벼운 안부安否 인사를 교환했다. 손님이 자리를 반쯤 채우고 있었는데 이날은 저녁 식사 시간인 걸 감안하면 손님이 적은 편이라고 이진이 말했다. 남인지 북인지 알 수 없으나 나와 혈통이 같은 사람들이 대부분이고 그들과 동행한 일부 러시아인들이 가끔씩 눈에 띄었다. 손님이 많은 날은 북쪽 특유의 춤과 노래가 혼합된 민속 공연이 베풀어진다는데 이날은 공연이 없었다. 무희들이 입는 진한 원색의 한복 몇 가지가 한쪽 벽을 장식하고 있었는데 그것이 이 식당의 소속과 성격을 알리는 유일한 표시였다. 그 밖에는 별다른 장식이 보이지 않았다.

"여기 음식이 아주 상급이에요. 드시고 싶은 걸 뭐든 고르세요."

메뉴 책자를 내 앞에 놓으며 이진이 말했다. 책자에 적힌 음식 종류가 백 가지도 넘었다. 물김치, 장국, 오징어 찜, 비교적 낯익은 이런 이름들만 눈에 들어왔고 다른 이름은 알 수가 없다. 물론 그 맛도 알 수가 없다. 나는 메뉴 책자를 이진에게 돌려주며 말했다.

"난 여기 음식 맛을 모르니 아는 사람이 고르세요. 뭐 저녁 식사니까 너무 여러 가지 시킬 건 없고."

"그럴까요? 그럼 제가 골라 보죠."

이진이 박강수와 메뉴 책자를 놓고 주문할 음식에 관해 의논을 시작했는데 결론이 쉽게 나지 않았다. 이진이 상급의 음식이라고 표현한 북쪽 음식에 관한 기대감이 너무 큰 탓일까. 박강수도 쉽게 선택을 못하고 메뉴 목록만 열심히 들여다보고 있다.

두 사람이 의논하는 사이에 나는 2009년 초봄, 평양의 양각도 호텔 식당에서 첫 저녁 식사를 했던 때를 떠올렸다. 북에서 갖는 첫 번째 식사였다. 우리 일행은 나를 포함, 당黨 쪽에서 세 명, 남의 천도교 쪽에서 세 명, 모두 여섯 사람이었다. 천도교 측에는 대학 교수라는 삼십대 초반 여성이 한 사람 포함되어 있었다. 여섯 사람이 호텔 1층 식당의 식탁에 서로 마주 보고 앉아 음식이 나오기를 기다렸다. 북의 음식과의 첫 대면, 나는 마치 오래 잊었던 연인의 출현을 기다리는 사람처럼 설레는 마음으로 음식이 오기를 기다렸다. 음식 문화라는 말이 있지만 음식에는 혼과 땀과 마음의 흔적이 깃들어 있다. 그 혼의 모습을 보고 싶었던 것이다. 양각도 호텔 식단은 기본 식단 외에 숭어 요리, 몇 가지 육류 요리, 나물 요리 등 다양하고 풍성했다. 그런데 제일 관심을 끈 것은 후식용으로 보이는 빵 접시였다. 작은 접시에 평범해 보이는 빵 몇 개가 놓여 있는데 얼핏 보기에는 그다지 맛있을 것 같지 않았다. 남측의 빵 가게에 가면 다양한 형태와 색채를 뽐내는 빵들이 사람들의 눈길을 유혹하고 있다. 양각도 호텔의 그 빵은 정말 겉모습은 볼품이 없었다. 아무도 거들떠보지 않을 것만 같았다. 그러나 내가 빵 하나를 시식한 뒤 다시 빵 접시에 눈길을 돌렸을 때 이미 접시는 비워져 있었다. 거듭 말하지만 나는 빵에 관심이 많고 오랜 기간 하루 두 끼는 빵으로 해결해 왔다. 빵에 관해서는 체계적인 지식은 아니지만 겉모양만 봐도 그 품질과 맛을 대강 알아 낼 수가 있다. 한 마디로 나는 처음 맛본 북의 빵에 매료되고 말았다. 미각을 자극하는 서양식 향료 같은 것은 흔적도 없으나 그 작은 빵은 부드럽고 담백하며 곡물 자체가 지닌 은근한 자연의 향취를 고스란히 느낄 수 있는 그런 빵이었다.

"그 빵 맛이 참 희한하네. 첨가물이 아무것도 없는데도 맛은 아주 좋은데. 어디서 수입한 것인가?"

"의장님. 빵을 더 가져오라 할까요?"

옆자리에 앉아 있는 사무총장이 내 의사를 물었다. 나는 그만두라는 뜻으로 손을 흔들었다.

"맛이 좋긴 하지만 식량이 모자란다는데 우리가 식탐 부리면 안 되지요."

"그 빵, 여기서 나온 밀로 여기서 만든 빵입니다. 항상 남측 손님에게 인기지요."

오십대로 접어든 사무총장은 이미 두어 차례 북을 다녀간 경험이 있었다.

당黨이니 의장이니, 이런 난데없이 튀어나온 용어, 그리고 방북 경위 등에 의아심을 갖는 이가 있을 거다. 여기 관해서는 해명할 차례가 곧 다가올 것이다.

드디어 이진과 박강수가 메뉴를 결정했고 음식은 시간을 끌지 않고 금방 나왔다. 식사 위주로 음식을 시켰기 때문에 가짓수는 많지 않았다. 여기서 장국이라고 말하는 것과 맛이 비슷한 된장국, 오징어를 둥글게 말아 놓은 오징어 찜, 돼지고기 볶음, 김치와 물김치, 그리고 콩나물 등이 식탁 위에 놓였다. 그밖에 두어 가지 음식이 더 나왔는데 지금 기억이 분명하지가 않다. 김치는 내가 어릴 때 고향에서 맛보던 그 김치 맛을 연상시켜 줬다. 제조 과정을 알 수 없으나 아마 남쪽에서 사용하는 흔한 조미료가 배제되고 옛날 방식을 고스란히 지켜온 게 원인이 아닌가 생각되었다. 이날 메뉴에서 내가 가장 끌린 것은 남의 장국 비슷한 된장국이었다. 국물을 가득 담은 큰 뚝배기를 각자 한 그릇씩 배당했는데 평소 국을 잘 먹지 않는 내가 그 큰 뚝배기를 완전히 비워 냈다. 내가 음식에 취해 한참 식사에 열중하고 있을 때 지나가던 여성 봉사원이 우리 앞에 와서 내게 음식이 어떠냐고 물었다. 아마 처음 찾아온 연장자에 대한 예의 삼아 말을 건넨 것이다. 나는 대답 대신 엉뚱하게 내가 입고 있는 양복 외투 한 자락을 열고 안주머니 위에 부착된 상호 표지를 슬쩍 보여 줬다. 거기에 '평양 양복점'이란 상호가 또렷하게 박혀 있었다. 이 옷은 방북 시기에 양각도 호텔 의상실에서 맞춰 입은 것이다.

"어머!"

여성 봉사원이 짧게 소리 내고 뒤로 한 발 물러났다. 그것으로 나는 동포 여성의 친절에 대해 내 나름의 친밀감을 표현한 셈이다. 우리가 식당에서 나올 때 둘 혹은 세 명의 봉사원이 입구까지 따라 나와서 "다음에도 꼭 다시 오시라요." 하고 공손하게 절하며 하직의 말을 한 것은 내가 보여 준 친밀감에 대한 보답일 것이다.

2009년의 평양 방문은 내겐 아주 드문 행운이었다. 시기는 썩 좋지 않았다. 이 씨가 새로 집권자가 되어 남북 분위기가 냉각기로 접어들었고, 북에서 미사일을 발사하여 북에 대한 제재 논의가 미국 중심으로 논의되기도 했다. 개성공단이 무슨 이유인지 위기를 맞아 공단 운영자 몇 사람이 북을 설득하고 북에 호소하기 위해 방북했는데 호텔 로비나 복도에서 그들과 몇 차례 마주쳤던 일도 떠오른다. 당에서 세 사람이 가는데 의회 의원인 사람과 이미 방북 경험이 있는 사무총장은 통일부 심사에 문제가 없었으나 초행인 나는 일단 거부되었다. 특별한 이유는 없으나 글쟁이라면 관리들은 일단 조금 신경이 쓰이는 것 같았다. 당 대표인 M이 아직 의원 신분을 유지하고 있던 때여서 그가 내 문제로 관리를 설득하느라고 노력을 많이 해줬다.

북의 청우당은 남의 천도교와 혈통이 비슷한, 민족 종교를 배경으로 한 단체인데 노동당의 자매당, 혹은 위성정당衛星政黨쯤으로 알고 있다. 그러나 1기 김 주석의 가계家系와 특별한 연고가 있어서 밖에서 보기보다는 실질적 힘을 가지고 있다는 말을 들었다. 실제로 청우당의 위원장이 김 주석의 과거 사저(대지 1800평이 넘는 대저택)를 물려받아 거처로 사용하고 있다. 청우당이 혈통이 같은 남의 천도교와 교류의 맥을 끊지 않는 것은 자연스럽다. 당은 천도교가 매개가 되어 청우당의 초청을 받았는데 천도교 소속 인사이기도 한 사무총장이 그 연결고리 역할을 했다.

18

블라디보스토크에서 온 청년 박강수는 거실 탁자 위에 지도를 펼쳐 놓고 가브리노 가는 길을 찾느라고 여념이 없다. 그는 주인 이진에게 그 길은 쉽게 찾을 수 있다고 장담한 바가 있다. 나는 그가 길을 찾을 거라고 믿지 않았다. 국도를 한

참 달리다 보면 좌우편에 숲속으로 진입하는 샛길이 수도 없이 나타난다. 샛길 형태는 서로 비슷해서 초행자가 가브리노로 통하는 길을 찾는 것은 거의 불가능하다.

"걱정 마세요. 곧 떠날 거예요."

박강수를 굳게 믿는 이진은 나와 얼굴이 마주칠 때마다 버릇처럼 말했다. 이진의 그 마음이 고맙지만 나는 가브리노를 더 이상 생각하지 않았다. 작가촌 페레델키노에서 나올 때 마음은 이미 정해진 것이다,

자, 그렇다면 톨스카야 방문도 끝난 지금 러시아에 내가 하루라도 더 머물러야 할 이유는 없지 않은가? 당장 서울로 돌아가도 급하게 기다리는 일정 같은 건 없다. 당도 이미 해체되어 그런 점은 자유로운 편이다. 그렇지만 달러 몇 푼을 들고 하릴 없이 모스크바 뒷골목을 어슬렁거리는 건 부질없는 일이다. 나는 잠시 고민 끝에 박강수를 내 방으로 불렀다.

"티켓 일정을 일주일 정도 당기고 싶은데 나를 도와줄 수 있겠소?"

"물론이죠. 잘 생각하셨어요. 여기 민박집도 호텔과 경비가 크게 차이 나지 않아요. 근처 아에로플로트 항공사에 당장 전화해 볼게요. 가브리노는 물론 다녀오실 거죠? 날짜 당겨도 거기 다녀올 시간은 충분해요."

나는 겉치레로 고개만 끄덕였다.

블라디보스토크에서 대학을 나온 박강수는 러시아 말도 능통하고 어떤 일도 해낼 듯 자신감에 차 있었다. 첫 취업을 위해 모스크바로 온 그는 이미 한 작은 회사에 입사가 결정되었고 며칠 지나면 샐러리맨 생활이 시작되는 신분이었다. 박강수는 여기저기 전화를 걸어 보고 한 시간쯤 지나 내게 와서 말했다.

"여기 아에로플로트에서 한국 여행사로 연락해 보라고 해서 서울과 어렵게 통화했습니다. 좌석은 있고 티켓 날짜 변경에 이백 달러 추가 요금을 당장 자기네 쪽에 보내 달랍니다."

"서울로 어떻게 보내죠?"

"제 계좌에서 보내면 됩니다. 송금 이후엔 변경이 어려우니 다시 한 번 신중하게 생각해 보십시오."

"생각할 것 없소. 그대로 송금해 주세요."

나는 그 자리에서 2백 달러를 꺼내 박강수에게 건넸다.

이제 밤이 세 번 지나면 나는 이 도시를 떠난다. 다시 일정을 바꿀 일은 없었다.

니나에게 가는 길은 멀기만 하다. 지금은 그 길이 한없이 멀게만 느껴진다. 니나를 찾는 것은 내게 사치일까? 전혀 예상치도 못하던 난관이 두 번씩이나 앞을 가로막는 걸 보면 그럴 수도 있겠다. 실패가 이번이 처음은 아니다. 지난해에도 나는 니나를 찾기 위해 러시아행을 준비했다가 마지막 순간에 짐을 다시 풀었다.

러시아는 7월과 8월이 여행의 성수기이다. 지난해에는 모든 여건이 더욱 좋았다. 당의 관련 당직자들도 하나같이 '그동안 수고가 많았으니 잘 다녀오시라'고 격려해 주었다. 나는 백화점에 가서 신상품 여행 가방과 여행길에 편히 입을 수 있는 바지도 구입했다. B교수가 이번에도 현지에서 나를 도와줄 안내자를 소개해 주었는데 그는 모스크바 연극대학에서 연극을 공부하는 학생이었다. 마침 서울에 와 있던 그 학생은 내게 전화를 해서 내가 모스크바에 오면 자기네 학교에서 교내행사로 준비한 체호프의 연극 공연에 나를 초대하겠다고 말했다. 연극 공연이 끝나면 연극에 참여한 학생들과 대화의 시간도 내게 마련해 주겠다고 약속했다. 나는 러시아 학생들과 갖게 되는 그 시간이 마음에 들었고 기대감을 가졌다. 체호프라면 나도 얼마간 대화에 참여할 수 있을 것이다. 숙소는 그 학생의 제안으로 교통이 좋은 중심가의 트베르스카야로 정하고 예약도 마쳤다. 그곳에서 일주일 정도 머문 뒤 A를 만나서 가브리노로 떠나는 일정이었다.

트베르스카야 거리 이름을 내가 알게 된 건 꽤 오래전이다. 『의사 지바고』에는 이 거리에서 라라의 어머니가 양장점을 운영하고 있고 난봉꾼 꼬마 로프스키가 이런저런 구실로 그 가게를 자주 드나든다는 얘기가 나온다. 라라와 꼬마 로프스키의 운명적 만남이 이루어진 곳도 바로 그 가게였다. 실제와 얼마나 맞는지 모르나 그건 별로 중요하지 않다. 개방 초기에는 트베르스카야 거리는 낡은 건물들만 즐비해서 우중충한 풍경이었는데 근래 건물을 개조하고 채색을 새로 해서 과거와는 전혀 다른, 아주 화사한 거리로 면목을 바꾸었다. 큰길에서 살짝 뒤로 돌아가면 파라솔이 즐비한 노천 카페 골목이 나온다. 차량 통행금지라 이곳은 조용하고 아늑하다. 찻값은 다른 곳에 비해 조금 비싼 듯하지만 이곳 파라솔 아래 앉아 있을 때는 무슨 큰 호사를 누리는 것 같은 기분에 젖는다. 거기 머무는 동안 나는 시간이 나면 그 노천 카페를 찾을 것이다.

갖가지 생각들이 꼬리를 물고 이어진다. 지난 7년간 내가 시간을 어떻게 보냈는지 생각하면 고통스럽다. 그러나 고통스런 생각이라 해서 반드시 어둡고 칙칙한 장소에서 그 시간을 되씹어야 한다는 법은 없다. 음악도 한 구절의 시도 고통스런 것들을 즐거운 방식으로 소화하는 경우가 많다. 이런 이유로 그 노천 카페의 시간이 내게 작은 축제처럼 기대감을 갖게 해줬다. 여행을 준비하는 동안 나는 파가니니의 〈베니스의 축제〉와 그 곡을 피아노곡으로 바꾼 쇼팽의 〈파가니니의 추억〉을 자주 찾아 들었다. 특히 쇼팽 피아노곡이 마음에 물처럼 스며들었다. 그 곡의 다소 선정적인 선율이 트베르스카야 뒷골목의 이국 풍경과 묘하게 잘 어울렸다. 나는 아마 열

차례도 더 그 곡들을 되풀이해서 들었을 것이다.

출발을 이틀 앞두었을 때 당 정책연구소장이 나를 찾아왔다. 테헤란로의 작은 찻집에서 그와 만났다. 표정이 아주 어두웠다. 정책연구소는 내 여행에 여러 가지 도움을 주던 곳이다.

"여행을 다음으로 미루셔야겠는데요. 당이 뒤집히겠어요."

"누가 당을 뒤집나요?"

"누군 누구겠어요. 의원 나리님이죠. 의장님 자리 비운 사이 중앙위를 열어서 당을 넘길 계획을 꾸미고 있답니다."

"에이, 누가 또 헛소문 퍼뜨렸나 보군. 당이 그리 쉽게 넘어가나요? 난 우리 중앙위원들 믿어요. 어떻게 유지해 온 당인데……."

거대 야당에서 꼬마 당을 흡수하고 싶어 한다는 것은 이미 알려진 비밀이다. 당 대표의 의원직 상실 이후 그런 징후들이 여기저기 나타났다. 그러나 당은 흔들리지 않고 용케 버티어왔다. 반대파의 선두에 당을 넘겨 주고 반대 급부를 얻고자 하는 의원이 있긴 하다. 그러나 중앙위의 대부분 위원들은 당을 지킨다는 확고한 의지를 갖고 있다.

그렇지만 유혹에 넘어갈 가능성은 있다. 사람들은 도덕이 아니라 작은 이익에 따라 움직인다. 현실적으로 정당과 당원의 생리가 그렇다는 걸 나도 지난 몇 년 사이에 배웠다. 지금 그가 선량한 표정으로 웃고 있어도 그때그때 달라지는 그 마음의 흐름은 아마 자신도 알 수 없을 것이다. 연구소장의 만류에도 불구하고 나는 여행의 뜻을 바꾸지 않았다. 이미 내 마음이 너무 깊이 가브리노의 니나에게, 그리고 트베르스카야 거리 생각에 젖어 있었다.

연구소장이 전화기를 꺼내 들고 잠시 밖에 나갔다가 곧 돌아왔다. 그리고 불과 몇 분 뒤에 당 대표이던 M이 찻집에 불쑥 나타났다. 연구소장이 응원을 요청한 것이다. M의 자택이 마침 부근에 있었다.

"선생님. 다음에 가셔야겠어요. 많이 기대하신 줄로 아는데 어쩔 수가 없네요."

M의 말을 듣고 나는 한동안 잠자코 있었다. 가슴속에서 뭔가 무너지는 소리가 들렸다. 권력에 의해 의원직을 빼앗기고 당 대표직마저 내어놓고도 밝은 표정으로 버티는 M 앞에서 그래도 기어코 니나에게 가겠다는 말은 나오지 않았다. M이 정치인으로 다소 유약한 결함은 있지만 뭔가 사회를 위해 기여하겠다는 돈키호테 같은 열정은 내가 잘 이해하고 있었다.

"그 트베르스카야라고 했던가요? 거기 커피가 그렇게 맛있던가요? 값이 비싸다고 하셔서."

"값이야 머 조금 비싼 편이지만 맛이야 어디나 비슷하죠. 조용해서 앉아 있기 편하지요."

며칠 전 지나가는 말로 했던 우스갯소리를 M이 기억해 냈다. 그는 니나도 알고 있었다.

"여행은 마음이 편할 때 다녀오셔야죠. 지금 상태로 떠나도 맘이 편하시겠어요?"

그들과 헤어져 집으로 돌아온 나는 밤늦은 시간에 파가니니의 〈베니스의 축제〉와 쇼팽의 〈파가니니의 추억〉을 다시 들었다.

여행길을 막아 버린 그 정보는 불과 며칠 뒤에 누구의 착각으로 꾸며진 잘못된 정보라는 것이 밝혀졌다. 그러나 사태를 되돌릴 수는 없었다.

오후 잠시 해가 비치는 시간에 나는 노브이 체르무스키 역 쪽으로 산책을 나갔다. 그 길을 걷다 보면 길 옆에 있는 낮은 숲에서 비둘기와 참새들이 모여 놀고 있는 걸 자주 볼 수가 있다. 가끔 도보로 튀어나와 행인과 보조를 맞춰 껑충껑충 뜀뛰기를 하는 새들도 있다. 사람을 피하지 않는 이방의 새들이 참 신기했다. 나는 짧은 산책을 끝내고 숙소로 돌아왔는데 주방 여인이 달려 나와 내게 말했다.

"A선생이 전화했어요. 오시는 대로 연락 해달랍니다."

"A가……, 무슨 일이지?"

그 전화는 뜻밖이었다.

*중편 소설「나는 왜 니나 그리고르브나의 무덤을 찾아갔나」는 작가가 여기까지 쓴 채 집필이 중단되었다. 작품 완결을 앞두고 작가는 '그간 폭염, 치과 질환 등으로「나는 왜 니나……」후반을 잇지 못했는데「금강산 가는 길」을 끝내고 바로「나는 왜 니나……」의 후속을 잇도록 할 예정입니다'라고 서두에 써 놓았다. '남북 교류 복원 시점에 맞추기 위해' 서둘러 쓴 글이「금강산 가는 길」이다. 그러나 작가의 뜻대로 얼마 남지 않은「나는 왜 니나……」의 완결은 아깝게도 이루지 못했다.-편집자 주

라면 열 봉지와 50달러

1

4월 7일, 살펴보니 오늘로 내가 아크로 회원이 된 지 꼭 1년째다. 그간 많은 글로 참여하진 못했으나 드문드문 시간 나는 대로 그치지 않고 글을 써왔다. 정치 관련 견해는 피해 왔고 음악이나 그저 그런 일상사만 다뤘기 때문에 주류 필진에는 합류하지 못했으나 그래도 아크로를 통해 적지 않은 정보를 얻었고 보람도 있었다.

오랫동안 종이 잡지에 글을 써 왔으나 근래에는 거의 절필하다시피 하고 있다. 그래서 여기 글을 쓰는 것은 손가락이 굳어지는 걸 예방하는 의미도 있다. 피아니스트도 하루 연습을 거르면 그만큼 손의 감각이 무뎌진다 하지 않은가. 글쓰기도 같다고 생각한다.

아크로에 이런저런 비판도 들리지만 그래도 비위가 약한 내가 1년씩 버틴 걸 보면 아크로는 상대적으로 우량한 곳이고 회원들 성향을 볼 때 앞으로도 더 나은 곳으로 발전할 소지가 충분히 있다고 생각된다.

이번 글은 1년을 자축하는 의미에서 쓰는 글이고 1992년 내가 러시아를 처음 방문했던 얘기가 주 내용이 된다. 쓰다 보면 몇 사람 지명 인사가 등장할 수도 있는데 종이 잡지에서 하듯 실명을 쓸 것이며 거기에 대한 배려는 필자의 몫이므로 미리 양해를 구해 둔다.

전두환 이전만 해도 일반 시민은 물론 작가들도 해외 여행을 한다는 것은 바늘구멍이었다. 문인 중에도 부유층이거나 재간이 좋은 사람이면 몰라도 보통 사람은 김포공항과는 아예 담을 쌓고 살아 왔다. 잘 알려지지 않은 단체로 '소설가협회'라는 것이 있다. 평소에는 어떻게 돌아가는지 관심도 두지 않고 지내는데 이곳에서 이따금 염가 해외 여행의 프로그램을 마련해서 사람을 불러 모은다. 행선지가 러시아로 밝혀지자, 나는 두 번 생각하지 않고 바로 참여 신청을 했다. 이렇게 해서 서른 명 가까운 남과 여 문인들—그 가운데 영화감독, 무슨 평론가, 시인 너댓 명이 끼었다—이 모두 비행기를 타고 난생 처음 철의 장막이 이제 막 걷혔다는 러시아를 향해 날아갔다.

한국의 문인들 치고 러시아 문학의 신세를 지지 않았다면 거짓말이다. 정도의 차이는 있겠지만 특히 소설가의 경우는 더욱 그렇다. 요즘 신세대 작가들은 조금 다른 것 같지만 1960~1970년대 작가들은 도도한 러시아 산문의 세례를 누구나 다 받아 왔다. 조금 심한 경우는 도스토옙스키의 도박벽을 흉내 내느라고 밤에 어느 아지트에 몇 사람이 모여서 푼돈을 늘어놓고 눈이 벌게지는 새벽녘까지 포커 게임에 몰두하는 장면도 목격한 바가 있다. 이제 얘기지만 1970~1980년대 광풍처럼 불어온 이른바 민중 문학이란 것도 그 흐름을 보면 다분히 러시아의 고골리, 고리키, 예세닌과 맥이 통하는 것을 느낄 수가 있다.

사정이 이렇다 보니 일행 모두 첫 러시아 여행에 대한 기대감으로 몹시 들떠 있었다. 일행 가운데 작고한 유현목 영화감독이 최고령자로 참여했던 것이 떠오른다.

일행이 처음 묵게 된 숙소는 모스크바 중심가에 있는 이류급 호텔, 아니 삼류급인 인투어리스트 호텔로 규모는 큰 편이나 시설은 아주 낡았고 로비나 복도 분위기는 마치 시장 어귀처럼 어수선했다. 서로 몸이 부딪힐 정도로 정체 모를 사람들이 그곳에 북적거렸다. 호텔이 대로변에 있었는데 거리에는 크고 작은 휴지 조각들이 널브러져 있고 낡은 승용차들이 이따금 생각난 듯 한두 대씩 빠른 속도로 지나다녔다.

인투어리스트 호텔이 삼류라는 것은 그 호텔 로비에 북적거리는 모스크바의 그 이름난 유녀들 때문이다. 일류나 이류 정도 호텔이라면 아무리 경제가 불황이고 치안 상태가 엉망이더라도 그 유녀들이 호텔 안팎을 자유롭게 넘나들게 방치하진 않았을 것이다. 여자들은 로비에서 마주치기만 하면 아무나 소매를 붙잡고 거래를 시도하곤 했다. 그 바람에 점잖은(?) 한국의 작가들은 그녀들을 피해 방과 로비를 오가느라고 곤욕을 치러야 했다.

도착 첫날 저녁 시간에 호텔 대식당에는 그럴듯한 만찬 자리가 준비되고 있었다. 인솔 주무의 말을 들어보니 그날 저녁 러시아 작가협회 회원들과 그곳에서 상견례의 만찬이 약속되어 있다는 것이었다. 우리 모두는 가슴을 설레며 이 소식을 반겼고 큰 기대감을 갖고 그 시간을 기다렸다. 사실 얼떨결에 러시아로 날아오긴 했지만 그곳 대표 작가들과 서로 만나 우의를 다진다는 것은 우리가 상상도 하지 않았던 멋진 기획이었다.

2

러시아 작가들과의 상견례 만찬, 왠지 처음부터 반신반의하긴 했다. 출발 전 그런 얘긴 듣도 보도 못했고 그 협회라는 곳이 그런 프로그램을 준비해 낼 만큼 힘이 있는 곳도 아니다. 그래도 곧 현지 작가들이 찾아온다니 일행들은 방과 만찬장을 왔다 갔다 하면서 초조한 마음으로 귀한 손님들을 기다렸다. 아마 오후 7시부터 9시가 훌쩍 넘을 때까지 배가 고픈데 저녁도 먹지 않고 진객들을 기다렸을 것이다.

서울이라면 이름께나 알아주는 작가들이 수두룩했다. 최인

훈도 있고, 『무진기행』으로 나중에 영화의 메가폰까지 잡았던 김승옥도 있고, 충청도 사투리의 도사라고 할 이문구도 있고, 젊은이들에게 한창 인기를 끌던 박범신도 있고, 그밖에도 이름 있는 중견 시인과 도도한 자존심의 여성 작가 등 면면들이 결코 만만치 않았으나 넓으나 넓은 러시아 땅에 초면으로 와서는 마치 비 맞은 장닭들처럼 초라하고 초췌한 얼굴로 고명하신 러시아 작가들을 하염없이 기다렸다.

그들은 오지 않았다. 9시 반을 지나 작가들을 대신해서 러시아 작가협회에서 나이 지긋한 장년 남자 한 사람이 만찬장에 오긴 했는데 그의 말인즉 "작가들이 여러 가지 일로 분주해서 올 수 없다."는 말을 대신 전하러 왔다는 것이었다. 내가 보기에 그 남자는 아마 작가협회 수위를 보거나 혹은 말단 사무직에 종사하는 사람인 듯했다. 그 사람은 우리가 함께 식사라도 하고 가라고 붙들어도 자기도 바쁘다며 작별 인사도 변변히 하지 못하고 황급히 자리를 떠 버렸다.

우리는 누굴 원망하고 비난할 겨를조차 없었다. 그 일보다는 당장 허기를 채워 주는 일이 더 급했던 것이다.

왜 그런 황당한 일이 벌어진 걸까. 첨부터 그 협회에 큰 기대를 갖지 않았기 때문에 일행들은 그걸 꼬치꼬치 따져 볼 흥미조차 갖지 않았다. 세월이 한참 지난 뒤에 내가 고려인 작가 아나톨리 김에게 그 얘길 들려줬더니 그는 고개를 갸웃하며 '뭔가 중간에 착오가 있었던 거지, 러시아 작가들이 카레이스키 작가들을 경시해서 그런 건 아닐 것'이라고 말했다. 첫날부터 어처구니없는 해프닝을 겪고 나서 우리는 침울한 기분으로 모스크바의 첫밤을 보냈다.

첫날 러시아 작가들을 기다리느라 로비에서 서성이고 있을 때 뜻밖의 얼굴이 그곳에 나타났었다. 국회의원 장OO 씨다. 그 이름이 지금 잘 떠오르지 않는다. 평화민주당인가 암튼 그 당 의원인데 전두환 청문회 때 활약으로 낯이 많이 익었다. 내가 보기에 당시에는 이인제 씨 못지않게 유망해 보이던 국회의원인데 무슨 이유인지 지금은 정계에서 볼 수가 없다. 그와 따로 안면이 있던 것은 아니지만 객지에서 아는 얼굴을 보니 모른 척할 수가 없었다. 나는 반가워서 그와 악수를 나누었다.

"여기 언제 오셨지요?"

"아, 저희는 하루 전에 왔습니다. 저는 총재님을 모시고 왔는데 작가님들이 오셨다기에 거리도 가깝고 해서 이렇게 찾아왔습니다."

장 의원은 인상 좋은 얼굴에 해맑은 미소를 지으며 말했다.

"아니, DJ 가 지금 여기 와 계시다고요?"

"여기서 가까운 메트로폴 호텔에 지금 묵고 계십니다."

"그렇다면 찾아뵙고 인사라도 드려야 할 텐데."

"저와 함께 가십시다. 잘 아시죠? 무척 반가워하실 겁니다."

장 의원은 당장이라도 나를 메트로폴 호텔로 안내할 기세였다. 그러나 일행이 있는데 첫날부터 혼자 표가 나게 행동하는 건 적절치가 않았다. 나는 아쉽지만 다음을 기약하고 장 의원과 헤어졌다.

DJ가 묵고 있다는 메트로폴 호텔은 문자 그대로 일급 호텔이다. DJ는 본래 다독가에다 박학한 분이지만 북방 개척에 관심이 많기 때문인지 러시아 쪽 외교에 많은 열정을 쏟은 것은 알려진 그대로다. 당시 아마 그는 모스크바 국립대학에서 강연을 하고 학위를 받는 일로 러시아를 찾았던 것으로 생각된다. 그런 일이 있은 뒤 얼마 지나지 않아 서울에서 DJ를 상면할 기회가 있었는데 내가 그때 얘기를 했더니 DJ는 그 특유의 전라도 억양으로,

"그때 오지 그랬어? 왔더라면 용돈이라도 줬을 텐데."

이런 말을 하며 웃었다.

나도 그 말을 듣고 보니 좀 아쉽긴 했다. DJ는 손이 커서 용돈이라도 나 같은 사람에겐 거금(?)을 주셨을 것 같다는 생각 때문이다. 구차한 얘기지만 러시아 여행 당시 내가 휴대한 외화는 아마 정식으로 납부한 여행 경비 외에 기껏해야 4백~5백 달러 미만이었을 것이다. 나는 여행할 때 물건을 마구 사서 짐을 늘리거나 하다 못해 사진을 찍어 대는 그런 취미조차

없기 때문에 따로 큰돈이 필요한 건 아니었다.

모스크바에서는 여러 가지로 일진이 좋지 않았던 것 같다. 다음 날 오전 현지에서는 관습대로 가이드란 남자가 나왔는데 이십대 후반쯤 보이는 이 남자는 옷차림도 후줄근하고 머리도 빗질조차 하지 않았는지 잠자리에서 막 튀어나온 사람처럼 머릿결이 헝클어져 있었다. 그 남자는 점퍼 주머니에 손을 꾸욱 집어넣고 무슨 말을 묻기만 하면 아주 서툰 한국말로 무조건 '모른다'만 되풀이했다. 그는 성의도 없지만 한국말도 가이드를 하기에는 턱없이 부족한 실력이었다. 나는 처음부터 그 남자와 부딪쳤다.

"당신, 파스테르나크를 알지요? 보리스 파스테르나크."

그 남자는 흠칫 놀라며 나를 물끄러미 쳐다본다. 무슨 귀찮은 요청을 하려고 그러느냐는 표정이다.

"페레델키노, 여기서 차로 얼마나 걸리나요?"

그는 무조건 머리를 흔들었다. 그곳은 아주 멀리 있고 가봐야 볼 것도 없다고 손짓 발짓 섞어 가며 말했다. 그러나 한동안 승강이 끝에 차로 한 시간 거리 이내에 있다는 걸 알아냈다.

"그래도 아무도 거기 안 갈 거요."

가이드가 주위에 서 있는 일행을 둘러보며 말했다.

오후에 크렘린 광장에 가서 레닌 영묘도 보고 크렘린 궁 전시실로 들어가 제정 시대 마차라든가 여왕의 장신구 등을 구경할 계획 때문에 시간도 없다는 것이다. 주변 동료들도 가이드의 말에 동조하는 분위기를 보였다. 그렇다면 혼자 택시를 타고 페레델키노에 가겠다고 나는 말했다. 크렘린보다 레닌의 영묘보다 내게는 페레델키노가 더욱 찾고 싶은 곳이었다. 한 사람 두 사람 마음이 움직여 나와 동행하겠다는 희망자가 점점 불어났다. 결국 버스 전체가 크렘린이 아닌 페레델키노로 향해 달리기로 방향을 바꿔 버렸다. 페레델키노를 서둘러 둘러보고 남은 시간에 크렘린에 간다는 것으로 일정을 바꾼 것이다.

내가 파스테르나크를 읽은 것은 대학 신입생이던 1959년 가을이었다. 이탈리아를 통해 지하 출판물이 흘러나와 서구에서 유행이 되고 그해 서울에서도 양장본으로『의사 지바고』가 출간되었다. 책을 살 돈이 없어 친척집에 갔더니 그 책이 있어 염치불고하고 책을 빌려다가 한동안 돌려주지도 않고 두 번 세 번 그 러시아 리얼리즘의 마지막 기념비가 되는 소설을 읽었다.

3

애착과, 집념과, 아름다움의 절정…….

이 9월의 바람결에 우리는 연기처럼 흩어지자.

소중한 사람이여, 이 가을 속삭임 속에 너를 모두 지워 버리고

기절을 하거나 반쯤 미치려무나!

—유리 지바고 시집 「가을」의 일부

열매는 하나도 없이 앙상한 가지와 잎사귀만 내민 무화과나무가 저만치 앞에 솟았다.

주님은 그 나무에게 말씀하셨다.

너는 무엇이더냐?

거기 맥 빠져 서 있는 네게서 나는 어떤 기쁨을 얻겠느냐?

—유리 지바고 시집 「기적」의 일부

시들이 너무 길어 일부만 발췌했고 일부 번역은 필자 취향으로 약간 수정했다. 이밖에도 『의사 지바고』 말미에는 많은 시들이 지바고 시집이란 표제로 수록되어 있다. 앞에 인용한 시들은 특히 내가 좋아하고 암송하던 시편들이다. 다음은 1997년 월간 《말》지 3월호에 필자가 썼던 글 일부를 옮겨 본 것이다.

—내가 특히 매료된 것은 책 말미에 나와 있는 '지바고 시편'들이었다. 파스테르나크는 그의 경력에 나와 있듯 본래 일급

의 서정 시인이었다. 그는 한때 혁명 시인 마야코프스키 등과 함께 시작 활동을 했으며 셰익스피어 등 서구의 고전을 번역하는 일에 오래 종사했다. 『의사 지바고』는 그의 처음이자 마지막 장편소설인 것이다. '지바고의 시편'은 소설의 에필로그 형식으로 나와 있고 여주인공 라라에 대한 애정시가 주류를 이루고 있다. 그렇지만 이 시들은 서정시로 일류의 품격과 짜임새를 뽐내고 있다.

이미 주인공 유리 지바고가 작가의 분신이라는 추정이 정설로 되어 있지만 이 시들을 읽어 보면 그런 느낌을 더욱 강하게 받게 된다. 이 서정시들은 인간과 자연의 융화를 아름답게 그려 내고 있으며 인간 감정을 고귀하게 정화시켜 주는 어떤 힘을 지니고 있다.

우리가 흔히 사랑이라고 말하는 것이 이 시들 속에서 한층 높은 품성과 생명력을 가지고 되살아나고 있음을 보게 된다. 이 시편들의 세계는 소설 『의사 지바고』의 세계와 연결되고 소설의 또 다른 압축된 모습이라고 봐도 무방하다.

20세의 젊은 나는 금호동 산동네 언덕배기, 코스모스가 한창 피어 있던 곳에 파묻혀 앉아서 이 소설을 읽느라고 독서삼매경에 빠져 있었다. 한동안은 이 소설과 지바고의 시편들만 머릿속에서 맴돌았다. 오죽했으면 내가 처음이자 마지막으로 동네 어느 아가씨에 보낸 장문의 연서에다가 '라리사 표도로브나'에게—라고 썼을까. 그 편지를 써서 보내 놓고 보니 내 이름도 빠트리고 보낸 것을 알았다. 결국 그쪽 이름도 이쪽 이름도 빠진, 그야말로 누구 말처럼—주어가 없는—연서가 되어 버렸으니 실패를 한 것은 너무 당연한 귀결이었다.

잠시 얘기가 옆길로 빠졌는데 오후 두 시경에 우리를 태운 버스는 숲이 우거진 페레델키노 마을에 도착했다. 가이드의 말대로 그곳에 특별한 볼거리가 있는 건 아니었고 겉으로 보면 넓은 농토에 고작 십여 채 주택들이 서로 거리를 두고 흩어져 있는 한적한 마을에 지나지 않았다. 지바고 기념관은 미니 2층 목조 건물인데 최근에 만들어 붙인 듯한 파스테르나크 얼굴 동판과 이름을 새긴 표지판이 눈길을 끌었다. 이 건물에서 파스테르나크는 말년 한때를 보냈고, 1960년 5월 30일 여기서 다난했던 삶을 마감했다. 하필이면 관리인도 출타중이라고 해서 내부 구경도 하지 못했다. 하는 수 없이 일행들은 바깥에서 집 주변만 빙빙 돌면서 주로 삼삼오오 짝을 지어 사진들을 찍었다. 그런데 페레델키노에 가자고 했을 때 그렇게도 시큰둥해하던 동료들이 막상 그곳에 와서는 사진을 찍어 대느라고 여념이 없는 걸 보고 나는 한동안 실소를 머금었다. 이른바 증명사진을 찍어 대는 것이다.

모스크바나 다른 도시를 보면 푸시킨 기념관은 한두 곳이 아니고 규모도 크고 관리도 아주 잘 되고 있다. 내가 두세 번씩 찾아갔던 모스크바 톨스토이 기념관도 비교적 관리가 잘 되고 있었으며 볼거리도 많이 있었다. 톨스토이의 경우 물론 그의 영지인 야스나야 폴랴나는 거대한 궁전을 방불케 할 정도로 구역이 넓고 건물들도 여러 채가 있으니 더 말할 나위가 없다. 나는 1995년도에 혼자 야스나야 폴랴나에 찾아간 적도 있고 2005년 러시아 여행시에는 그곳에서 열린 규모가 큰 작가 미팅에 참여하느라고 두 번째로 그곳에 갔다. 작고한 지 얼마 지나지 않은 솔제니친 기념관은 내가 알기로는 모스크바 중심가에 제법 큰 빌딩으로 지어져 있다. 그곳이 건축 중일 때 그 앞을 지난 적이 있는데 큰 이변이 없었다면 솔제니친 기념관은 도심에 현대식 건물로 세워졌을 것이다. 그런 것에 비하면 파스테르나크 기념관은 그의 삶 자체가 그랬듯이 장소도 외진 곳이고 규모도 초라하다고 볼 수 있다.

모스크바의 일정은 일반 패키지 여행객들 일정이나 다를 바가 없었다. 게다가 게으르고 심통쟁이인 가이드는 되도록 일정을 단순화시키고 빨리 도망갈 궁리만 하고 있었다. 지금 기억나는 것은 높이가 537미터가 된다는 오스탄키노 TV 송전탑에 갔던 일, 분위기가 조금 이상하고 설비도 시원치 않은 어느 한식 식당으로 끌려 가서 한국 음식을 먹은 일 정도이다.

이 송전탑은 남산의 '서울 타워'와 성격이 비슷해서 360도로 회전하는 전망대에 올라가면 드넓은 모스크바 시 전경을 한눈에 볼 수 있다는 것이 매력이었다. 그런데 당시 워낙 기분이 저조했던 탓인지 전망대에서 바라본 모스크바 전경이 지금 조금도 떠오르지가 않는다.

한식 식당은 북한 쪽에서 운영하던 곳이라고 기억된다. 개방 초기라면 당연히 그쪽 운영일 수밖에 없다. 지금은 남측 교민이 운영하는 식당이 여남은 곳이나 성업하고 있는데 그때 그 식당이 여전히 유지되고 있는지는 알 수가 없다.

스타니슬랍스키 연극학교로 일찍 유학 와서 연극을 배운다는 삼십대의 연극학도가 찾아와서 우리를 집시들의 이상 야릇한 춤판이 벌어진 호텔로 데려가 자기 돈으로 보드카와 캐비어가 곁들여진 보리빵을 대접해 주던 일이 그나마 모스크바의 즐거운 기억으로 남아 있다. 동포라는 연대감과 작가에 대한 호의로 그 젊은 연극학도는 거금을 썼으리라.

모스크바라는 도시를 며칠 사이에 둘러본다는 것은 말이 안 되는 생각이다. 그렇긴 하나 짧은 일정이라도 푸시킨 기념관이나 볼쇼이 극장, 국립 모스크바 대학 캠퍼스 방문 같은 것이 작가 일행의 스케줄에 포함되었더라면 보다 뜻있는 여행이 되지 않았을까 하는 아쉬움이 있다. 푸시킨 기념관은 제명과 달리 미술관으로 이용되고 있으며 그곳에는 칸딘스키, 샤갈, 세잔, 피카소의 그림들이 있고 특히 샤갈의 경우는 마치 그의 모든 작품을 독점하고 있지 않나 의심 갈 정도로 많은 작품들을 소장하고 있다. 그곳에서 뒷날 세잔의 그림 앞에 섰을 때 받았던 감명이 잊어지지 않는다. 그림에 평소 눈이 어둡다고 자인하던 내게는 새로운 경험이었다.

'자, 이제 핀란드 역으로!'가 아니고 그 역과 가까운 도시인 상트페테르부르크를 향해 '모스크바의 레닌 역으로!' 갈 차례이다.

모스크바에는 페테르로 가는 레닌 역이 있고 페테르에는 모스크바로 가는 모스크바 역이 있다. 서로 그렇게 해서 라이벌 관계에 있는 두 도시가 우의를 다지게 하는지도 모른다. 알다시피 페테르는 이름을 우리네 정당 이름처럼 자주 바꿔서 초기에는 혼란스러웠다. 비행기로는 한 시간이 채 안 걸리는 거리인데 열차로는 밤을 새워 달려야 겨우 이튿날 아침 페테르에 도착할 수 있다. 지금은 속도가 개선되었겠으나 밤 시간에 느리게 달려가는 열차 시간이 무척 지루하게 느껴졌다. 그러나 라스콜리니코프의 도시, 네바강의 도시인 상트페테르부르크는 모스크바처럼 우리를 결코 실망시키지 않았다.

사람들은 신기한 경관이나 이름난 명승지를 찾아 여행을 떠난다. 나는 여행을 갈 때, 특히 외국 여행의 경우 현지에서 새로운 친구나 인물과 만나고 사귀는 것을 여행의 가장 큰 축복이라고 생각한다. 나와 다른 땅에서 다른 언어와 풍속으로 살아온 인간과 만나 서로 대화하고 생각을 교환하는 것, 그것이 '여행의 꽃'이라고 나는 생각한다. 그러나 내가 원한다고 늘 그게 이루어지는 건 아니다. 모스크바는 경황없이 스쳐갔고 페테르에서는 어떻게 될는지…….

4

당시만 해도 라면을 나는 그다 좋아하지 않았다. 사용되는 재료가 신통치 않다는 확인되지 않은 소문도 들려서 불가피한 경우가 아니면 라면에 손을 대지 않았다. 그런 라면 열 봉지를 김포공항에서 모스크바를 거쳐 페테르에 이를 때까지 한순간도 놓치지 않고 손에 들고 다녔으니 그 고지식하고 바보스런 행위를 변명할 길이 없다. 평소 나는 책 한 권도 들고 다니는 걸 싫어해 누가 밖에서 자기 저서를 사인해 주는 걸 제일 싫어한다. 그나마 라면은 무게가 적어서 다행이었다.

러시아를 가는데 웬 라면? 그 사연은 이렇다. 열 봉지의 라면은 나의 비상식량이었다. 내가 러시아 여행을 떠난다고 하자, 말 많은 아파트의 이웃 아주머니들이 앞다투어 경고와 조언을 쏟아 냈다.

"OO 아빠, 러시아 가신대며? 아유 그런 데를 지금 왜 가실까? 우리 애 아빠가 그러는데 거긴 지금 식당에 먹을 것도 없고 거리에 굶은 거지들이 우글우글한대요. 쫄쫄 굶으며 여행하지 않으려면 라면이라도 가져가셔야지."

"여기 라면 가져가면 거기서는 금값이야. 귀찮더라도 라면 한 상자 꼭 가져가시라고요."

러시아를 가면 굶게 된다는 것이 정설처럼 굳어졌다. 집에서도 이왕 갈 거면 비상식량만큼은 반드시 휴대해야 한다고 강조했다. 하는 수 없이 라면 한 상자를 열 봉지로 타협해서 휴대하게 된 것이다.

그런데 나는 빵 귀신이다. 모스크바에서 검은 보리빵에 캐비어를 발라서 먹으니 왕후장상이 부럽지 않았다. 보리빵은 호텔이고 거리고 먹고 남을 만큼 흔했고 캐비어는 아직 폭등하기 전이라 원하면 충분히 제공되었다. 나의 식성으로 볼 때 휴대한 라면 따위를 생각할 겨를도 없었다. 그런데도 그냥 습관이 되어 그 라면 열 봉지를 버리지도 못하고 페테르까지 들고 갔던 것이다.

기차는 페테르의 모스크바 역에 아침 일곱 시쯤 도착했다. 허름한 버스 한 대가 역 바깥에서 기다리고 있었다. 날씨는 이른 오전이라 조금 쌀쌀했으나 햇빛이 비치는 걸로 보아 그닥 불쾌하지는 않았다. 유난히 요동치는 밤기차에 시달린 데다 수면 부족으로 일행들은 몹시 지쳐 있었다. 각자 짐을 들고 버스에 오르자, 사람들은 잠시라도 부족한 수면을 채워 보려고 눈을 붙였다. 그러나 오래 눈을 붙일 수가 없었다. 그때

마침 누군가가 버스에 올라와서 그날 하루 일정에 관해 간단하게 설명을 해주었는데 그의 한국말 솜씨가 예사롭지 않았던 것이다. 예사롭지 않다는 말보다 차라리 경이로웠다고 하는 게 적절하겠다. 뒤에 나는 이 러시아인의 한국말 어휘가 작가인 나보다도 더 풍부한 것 같다는 농담을 동료들에게 했던 것 같다.

눈을 떠 봤더니 뜻밖에도 겨우 스무 살 안팎의 홍안의 러시아 청년이 정장을 단정하게 갖춰 입고 우리 앞에 서 있었다.

상트페테르부르크 대학 동양어과 2년생인 블라디미르 티호노프가 이 도시 안내자로 우리 앞에 첫 선을 보인 순간이었다.

아마 그에게도 한국의 작가 집단과의 이 우연찮은 상면은 대망의 순간이었을 것이다. 그는 여름 휴가 기간을 이용해 잠시 여행사 일을 돌봐주고 있었다. 그는 훤칠한 키에 깨끗한 용모의 소유자였다. 첫눈에도 그가 착하고 성실한 청년인 걸 알 수 있었다. 그는 시간이 갈수록 일행들을 놀라게 만들었다. 유창한 한국말 구사 능력은 보통 외국인이 학습을 통해 습득할 수 있는 한계치를 우리가 보기에 훨씬 초과한 것이다. 지나치는 건물, 지형에 대한 그의 해설은 보통 가이드의 해설이라기보다 도시 역사를 전공한 교수님이 등장해서 한바탕 현장 강의를 베푸는 것만큼 자상하고 정확하고 세밀했다. 우리 모두는 이 경이로운 이방의 청년에게 혀를 내두를 수밖에 없었다.

호텔로 찾아가기 위해 버스가 네바강을 지나갈 때 저 멀리 바라보이는 페트로파블로프스크 요새에 대한 설명, 그리고 네바강 한편에 아직도 떠 있는 순양함 오로라호의 유래와 역사적 의미에 대한 해설을 통해 블라디미르 티호노프의 능력은 유감없이 발휘되고 증명되었다. 그렇다고 본인이 으쓱해지거나 자만하는 것 같은 기색은 찾아볼 수도 없었다. 여행의 혼돈에 잠시 취해 있던 우리는 그의 학술적(?)인 해설을 듣고 볼셰비키 혁명의 개막을 알리는 오로라호의 축포 소리가 당장 환청으로 들리는 것 같아 정신이 번쩍 깨어났다.

정말 이 가이드는 모스크바의 그 심통쟁이하고는 달라도 너무 다르구나. 나는 혼자 중얼거렸다. 가이드 한 사람이 바뀌었는데 여행의 격조가 이렇게도 달라질 수 있다니! 국가 지도자라는 것도 이와 유사하지 않을까?

신참 가이드에 너무 정신이 팔린 탓인지 그날 묵게 된 호텔엔 관심도 없었고 지금도 전혀 기억나는 것이 없다. 필경 페테르의 삼류 호텔일 텐데 다만 모스크바 경우처럼 유녀들이 밤낮으로 출몰하지 않았던 것만 어렴풋이 기억에 남아 있다.

블라디미르는 당연히 일행들 사이에 인기의 중심이 되었다. 특히 여성들 사이에 그 경향이 더욱 심했다. 이때부터 일행들은 페테르의 명소나 유적의 유래에 관한 질문보다 엉뚱하게 블라디미르 개인에 대한 질문을 더 많이 퍼부었다.

한국말은 어떻게 배웠느냐?

대학에서 뭘 전공하느냐?

순수 슬라브가 아니면 어떤 계통?

서울에 한번 오고 싶지 않은가? 오겠다면 언제쯤?

애인은 따로 있는가?

이런 질문은 그 도시 일정이 끝날 때까지 멈춰지지 않았다.

이 신참 가이드의 입장에서는 이런 질문에 답하는 게 그다지 유쾌하지만은 않았을 것이다. 그를 번거롭게 하는 또 다른 일도 있었다. 인기를 끈다는 게 결코 좋은 일만은 아니란 걸 알 수 있는 사례다. 그와 함께 사진을 찍겠다는 지망자가 너무 많아서 그는 네바강 다리에서나 여름 궁전의 분수에서는 누구와 먼저 사진을 찍어 줘야 할지 몰라 몹시 곤혹스런 시간을 보내야 했다. 나도 물론 이 멋진 이방의 청년과 함께 사진을 찍고 싶었으나 행동이 굼뜨고 비위가 약한 나에게는 그런 기회조차 좀처럼 주어지지 않았다. 무엇보다 나는 이 청년과 여러 가지 대화를 나누고 싶었는데 그런 기회는 더더욱 포착할 수가 없었다. 왜냐하면 우리의 여성 작가님들이 항상 그를 독차지하고 좀처럼 놓아 주지 않았기 때문이다. 남성이라고 다를 것은 없었다. 나는 페테르의 그 일정이 다 끝나갈 때까지 블라디미르 티호노프와 다만 십 분, 아니 오 분이라도 이야기를 나눌 만한 시간을 끝내 포착하지 못했다.

엉뚱하게 가이드 이야기로 지면을 많이 소모했으나 페테르란 도시에 관해 말을 하자면 사실 끝이 없을 것이다.

이 도시 자체가 역사와 문화의 박람회장이라고 해도 무방할 정도인 것이다. 그래도 네브스키 대로의 끝자락 한 모퉁이에 있는 네브스키 사원 얘기는 빠트릴 수가 없다. 네브스키 대로는 도시의 중심 도로이고 큰 건물과 여러 가지 상점들, 그리고 푸시킨이 결투하러 가기 직전에 들러 마지막 차를 마셨다는 푸시킨 카페 건물이 여기에 있다.

네브스키 사원은 서울의 파고다 공원보다 약간 넓은 지역에 조성된 문화 예술인들의 유택 공원이다. 여기에 도스토옙스키, 보로딘, 차이콥스키, 무소륵스키, 우화작가인 크롤로프 등 수많은 예술인들의 유택과 기념비가 모여 있다. 그리고 그 입구에서는 요즘은 모르겠으나 초기에는 주로 러시아 음악을 담은 CD를 파는 노점 상인들이 상주하고 있었다. 도스토옙스키 기념상이 단연 작가들에겐 제일 인기가 있었고 너나없이 증명사진(?)을 찍었다. 나는 장미 한 송이를 사서 따로 차이콥스키의 기념비 앞에 바쳤다. 그의 〈피아노 삼중주〉 곡을 비롯, 러시아 풍경을 담은 그의 피아노 소품들 등 그에게 많은 신세를 졌다고 생각하기 때문이었다.

페테르를 말하면 세계 3대 미술관인 에르미타주 미술관, 지상의 천국이라는 여름 궁전, 유럽의 세 번째 큰 성당이라는 성 이삭 성당을 빼놓을 수 없을 것이다. 에르미타주에는 렘브란트와 루벤스의 그림, 피카소와 야수파인 마티스의 그림이 있고 여름 궁전은 도심에서 한참 떨어져 있는 별천지인데 규모나 짜임새가 프랑스의 베르사이유와 비견해도 못하지 않으며 그것을 모방한 것 아닌가 생각될 정도로 모습이 닮아 있었다.

거대한 돌기둥 수십 개가 받치고 있는 성 이삭 성당을 보면 대체 이 거대한 돌기둥을 어떻게 세웠는지 믿어지지 않을 정도로 놀랍기만 했다. 옆에 서 있기만 해도 가슴이 떨릴 정도로 그 돌기둥의 위용은 대단했다.

그러나 페테르에서 가장 인상적인 시간은 역사 박물관의 밀랍 인형들과 만났던 시간이었다. 그곳에는 러시아 현대사의 주요 인물들의 실물대 밀랍 인형들이 한 자리에 모여 있었는데 실제 인물로 착각할 정도로 제조 기술이 뛰어났다. 블라디미르는 레닌과 트로츠키와 지노비에프의 실물대 인형을 앞에 두고 러시아 볼세비키 혁명의 초기와 후기 진행과 갈등사에 관해 한 차례 강좌를 펼쳤는데 그 시간 자체만으로도 우리가 이 도시에 온 보람은 충분했다 싶을 만큼 그 강좌 내용은 탁월한 것이었다. 밀랍 인형 전시실에서 밖으로 나왔을 때 일행들은 잠시 조금 전 들었던 러시아 현대사를 재음미하느라고 휴식의 시간을 가져야만 했었다.

5

북방의 베네치아! 페테르의 매력은 아무리 강조해도 부족할 듯하다. 블라디미르는 네바강의 물빛이 계절 따라 바뀐다고 말했는데 이 말에는 그의 페테르에 대한 남다른 애착심과 자부심이 스며 있었다. 페테르는 물론 거저 생긴 도시는 아니다. 도시를 가로지르는 운하 사이에 100여 개 섬으로 도시가 형성되었으며 365개의 다리가 섬과 섬을 연결한다 하니 이 도시 건설에 얼마나 막대한 인력이—더구나 지금처럼 건설장비가 발전되지도 않은 때에—소모되었는지 알 만하다. 앞서 얘기한 성 이삭 성당만 하더라도 건축 기간만 40년에 이른다고 한다.

페테르에서는 저녁 빈 시간을 이용, 두 차례의 공연 관람을 했다. 한번은 발레 공연장에 가서 갈라 공연을 봤고 한번은 무소륵스키 극장이란 데 가서 가극 《리골레토》를 관람했다. 그런데 내용은 별무신통이었다. 아마 몇 달 전, 적어도 몇 주 전에 좋은 공연을 예약하고 관람을 해야 하는데 갑자가 뜨내기들이 몰려와서 공연을 보겠다고 하니 그렇게 된 게 아닌가 생각된다. 발레 공연장은 우리들 말고 몰려든 도시 서민들로 어수선했다. 그들은 입장료가 1달러도 되지 않은 반 공짜 손님인데 그들이 이 공연장의 주인들이었다. 정확한 액수가 기억나지 않지만 외국인은 현지인의 오십 배 가량 입장료를 지불하지 않았나 생각된다. 그게 러시아 당국의 정책이었다. 〈로미오와 줄리엣〉, 〈호도까기 인형〉, 〈잠자는 숲속의 미녀〉 등 잘 알려진 레퍼토리의 하이라이트를 짜깁기한 이 갈라 공연은 그런대로 러시아 발레 수준을 보여 주긴 했으나 공연장의 소란스런 분위기 탓인지 집중이 되지 않아 별다른 감흥은 느끼지 못했다.

오페라가 공연된 무소륵스키 극장은 너무 낡았고 규모도 크지 않았다. 가수들의 가창력도 서울에서 듣던 노래들보다 되레 수준이 떨어질 만큼 실망스러운 것이었다. 러시아의 성악은 남성 저음을 제외하면 의외로 수준이 높지 않다고 늘 느껴 왔는데 그걸 현지에서 재확인한 셈이었다.

도스토옙스키, 마지막 날 우리는 페테르의 이 기인에게 하직 인사 겸해서 그가 빚에 쪼들리며 말년에 글을 쓰고 살았다는 그의 기념관으로 찾아갔다. 그곳은 주택가의 좁은 골목 사이에 끼어 있는 평범한 벽돌 2층 가옥이었다. 입구에 작가의 얼굴을 새긴 동판이 부착되어 있지 않았다면 지금도 주민이 거주하는 평범한 주택으로 보고 지나쳤을 것 같다. 내부라고 별다를 것은 없었다. 모스크바 톨스토이 기념관과는 정말 여러 가지로 대조적이었다. 한번 가난뱅이는 영원한 가난뱅이인가?

좁은 계단을 올라가니 그가 사용한 서재 겸 집필실이 나타났는데 세 평, 네 평, 뭐 그쯤 되는 규모였다. 책상과 의자, 밀폐형의 크지 않은 서가가 한 개, 주홍색 천이 씌워진 3인형 소파 한 개, 그밖에는 아무것도 없었다.

사방이 막혀 있어 그 방은 전망 없는 방이었다. 방의 주인은 글을 쓰다 잠시 쉬면서 바깥을 내다보고 싶어도 사방이 감옥처럼 벽이어서 한숨만 쉬고 주저앉았으리라. 빚 때문에 전망이 있는 방으로 옮기고 싶어도 그럴 수가 없다니!

그 방 책상 앞에 우두커니 서서 나는 책상 위에 놓여 있는 두 개의 촛대와 수십 장의 빈 원고지들, 그리고 한쪽 편에 놓여 있는 몇 권의 낡은 책들을 한동안 바라보며 기인의 체취라도 느껴 보려고 했으나 허사였다. 그냥 작가의 궁색한 모습만 눈앞에 어른거렸다.

도스토옙스키 기념관 밖으로 나와서 잠시 휴식을 취하고 있을 때 아주 재미있는 사달이 한 건 벌어졌다. 시장 바구니를 들고 지나가던 어떤 중년 여성이 갑자기 내 옆으로 다가오더니 나와 팔짱을 터억 끼고 카메라 앞에 포즈를 취하는 것이었다. 때마침 다른 동료들은 카메라를 들고 건물도 찍고 동료들 사진도 찍어 주느라고 분주했기 때문에 여인이 나와 포즈를 취하는 순간 누군가가 재빨리 다가와 그 순간을 놓치지 않고 카메라에 담았다. 그 부근에 거주하는 걸로 생각되는, 밉지 않게 생긴 그 러시아 주부는 한 차례 스냅을 찍고 나서 내게 상긋 웃어 보이고 자기가 가던 길을 서둘러 걸어갔다. 보면 볼수록 그 사진은 재미있고 드문 장면을 담은 것인데 어느 문학지에서 빌려 간 뒤 분실했다면서 돌려주지 않았다. 그 쾌활한 여성은 페테르의 주민들이 인접한 서구의 영향을 받아 러시아의 다른 지역보다 분방한 사고의 소유자들이란 걸 내게 말해 주는 것 같았다.

페테르의 일정이 모두 끝나고 모스크바로 돌아갈 때는 다시 밤기차를 이용했다. 블라디미르는 기차역의 플랫폼까지 나와서 우리를 전송했다. 이미 주위가 깜깜해졌고 일행들이 객차로 먼저 들어가서 좋은 자리를 차지하려고 서둘렀기 때문에 분위기가 몹시 어수선했다. 대부분 짐들이 많아서 각자 짐을 객차로 옮기느라고 다른 데 신경 쓸 겨를도 없었다. 젊은 여행 안내자와 품위 있는 작별이 이뤄질 상황이 아니었다. 블라디미르는 혼자 플랫폼에 서서 이미 객차 속으로 사라진 얼굴들을 차창을 통해서나마 찾아보려고 두리번거리고 있었다.

이제 겨우 내가 그의 옆으로 다가갈 틈이 생긴 것이다. 나는 이 청년에게 어떤 방식으로든 며칠간의 성실한 봉사에 대해 고마움을 표시해야 한다고 생각했다.

"이봐요. 블라디미르. 다음에 내가 이 도시에 왔을 때 그때 당신을 만날 수 있을까?"

"오세요. 물론 만날 수 있고말고요. 저는 환영합니다."

"그렇지만 내 얼굴도 이름도 기억하지 못할 텐데. 그런 사람 모른다고 하면 어쩌지요?"

"아이, 그럴 리가 있겠어요. 분명히 기억합니다."

"그럼 이렇게 하면 어떨까요? 나하고 친구가 되는 거요. 지금 이 시간부터. 그렇게 하면 적어도 잊어버릴 걱정은 없겠지."

"좋아요. 친구가 되는 건 영광입니다."

뜬금없는 언약을 맺고 우리는 서로 바라보며 웃었다. 이 정도로 작별 인사는 한 셈이었다. 그러나 뭔가 아쉬움이 남았다. 그때 나는 속물적인 나쁜 습관의 유혹을 받았다. 나는 호주머니를 뒤져 손에 잡히는 지폐를 꺼냈다. 50달러짜리였다.

누가 볼까 봐 등을 돌리고 서서 나는 그 미화 50달러를 블라디미르에게 불쑥 내밀었다.

"이게 뭡니까? 왜 저에게……."

"받아 둬요. 그냥 떠나기가 서운해서……."

"받지 않겠어요. 방금 친구라고 하셨는데 이러시면 안 됩니다."

블라디미르는 다소 쌀쌀맞게 나를 꾸짖었다. 온건하고 예의바른 말투였으나 사실상 나를 꾸짖은 것이다.

50달러라면 당시 내가 소지한 금액에 비추어 적은 돈은 아니다. 이태 뒤에 내가 페테르를 다시 찾았을 때 그때 페테르의 일급 호텔인 프리발티스카야 호텔 한국 식당의 러시아 종업원 월급이 50달러였다. 하긴 뭐 모스크바 음악원 교수 월급도 그 무렵에는 1백 달러가 채 되지 않았다는 얘기를 들었다. 그러니까 비록 속물 근성이긴 하지만 나로서는 큰 맘 먹고 지폐를 건넸는데 그만 퇴짜를 맞았다는 얘기다. 하는 수 없이 지폐를 다시 주머니에 집어넣은 나는 그렇다고 그대로 돌아설 수도 없어서 얼떨결에 내가 여전히 한 손에 굳건하게 들고 있던 라면 열 봉지 꾸러미를 블라디미르에게 내밀었다. 나는 이건 내가 비상식량으로 가져온 한국 라면이라고 밝혔다. 천만다행히도 블라디미르가 이번에는 선뜻 라면 꾸러미를 받았다.

"저도 한국 라면을 좋아합니다."

싸늘하게 식을 뻔했던 둘 사이가 금방 회복되었다. 기차가 경적을 울렸기 때문에 나는 블라디미르에게 손을 흔들고 황급히 객차로 뛰어 들어갔다.

그때 밤 기차역에서 어설프게 맺은 친구의 언약은 결과적으로 나보다는 블라디미르 티호노프에게 더욱 큰 의미로 작용하게 된 것 같다. 열흘 동안 줄기차게 들고 다니던 라면 열 봉지가 비로소 제 주인을 찾았다는 것도 무척 다행스런 일이었다. 때로는 아무런 힘도 능력도 없는 사람도 마음만 먹으면 남을 크게 돕게 된다. 신이 그를 도와주기 때문이다. 어떤 신인지는 알 수 없지만. 아나톨리 김은 사람의 만남도 신의 섭리가 작용한다고 믿는 사람이다. 좀 다른 얘기지만 내가 가브리노의 그의 다차에 머물 때 그는 내게 종교를 물었다. 그는 러시아 정교회 신자이다.

내가 종교가 없다고 말하자, 조금 실망스럽다는 표정으로 그가 말했다.

"그러면 당신과 내가 이리 만난 게 누구의 조화라고 생각하오?"

그 말에 나는 그냥 웃고 말았다.

내가 라면 열 봉지를 끝까지 들고 다니다가 마지막 순간에 서로 친구가 되자고 약속한 블라디미르에게 그것을 줄 수 있었던 것은 신의 힘이 작용한 게 아닐까. 그게 없이 그냥 50달러 거절로만 끝났다면 서로 기분이 상해서 방금 맺은 '친구' 언약은 없던 일이 되었을 가능성도 있다. 거절당하는 순간 수치심으로 내 등골이 오싹했으니까.

블라디미르가 서울에 나타난 것은 작가 일행의 러시아 여행 이후 1년이 채 지나지 않았을 때다. 그의 서울 출현은 뜻밖이었다. 이른 여름 저녁 나는 그의 전화를 받았는데 처음 페테르에서 걸려 온 전화인 줄 알았다.

6

'블라디미르가 설마 서울에? 이렇게도 빨리?'

"거기 어디요? 페테르?"

"아닙니다. 서울에 왔어요. 지금 제기동의 A아파트에 있어요."

블라디미르는 한국을 찾는 페테르 지역 기업인들과 연결이 되어 통역 겸 안내자로 갑자기 서울에 오게 되었다고 말했다.

"실은 삼 일 전 서울에 왔는데요, 그동안 동행자들 일을 돕느라고 바빴어요. 겨우 오늘에야 시간이 났습니다."

"서울에서 언제 떠나지요?"

"내일 갑니다. 여기 일정 모두 끝났어요."

"그럼 어떡하지? 친구 얼굴은 봐야 할 텐데. 시간이 조금 늦었지만."

"저도 뵙고 싶어요. 선생님 댁으로 지금 찾아가면 안 될까요?"

"그거야 환영이죠. 근데 여길 찾아올 수 있겠소?"

"저는 찾아갈 수 있습니다. 위치만 가르쳐 주세요."

블라디미르에게 집 위치를 가르쳐 주고 전화를 끊었다. 마치 오랜만에 연인과 통화한 사람처럼 가슴이 쿵당쿵당 뛰었다.

어수선한 밤 기차역에서 스쳐가듯 겨우 말 몇 마디 나눈 사람을 잊지 않고 찾아주는 그가 고마웠다. 그가 올 때쯤 나는 미리 아파트 마당으로 나가서 그를 기다렸다. 낮에는 무더웠으나 저녁이 되어 제법 선선했다. 밤 기차역에서 문득 던진 한 마디 말이 씨앗이 되어 이방의 청년이 나의 처소까지 찾아온다는 것이 신기했다. 친구로 사귀자는 제안을 내가 했지만 그 여행 이후 나는 약속에 뒤따르는 아무런 노력도 하지 않았다. 전화 한 번 걸지 않았고 엽서 한 장 보내지도 않았다.

키가 큰 남자가 아파트 정문 쪽에서 성큼성큼 걸어오는데 나는 블라디미르를 첫눈에 알아봤다. 몹시 반가웠다. 그를 집으로 안내해서 미리 준비해 둔 저녁 식탁에 마주 앉았다. 며칠 동안 과로한 탓인지 얼굴은 조금 수척했지만 페테르에서 보던 때보다 표정은 쾌활하고 밝았다. 그는 시간이 많지 않아 식사만 끝나면 바로 돌아가야 한다고 말했다. 식탁에 특별히 마련된 메뉴는 없고 평소 식단 그대로였다. 블라디미르는 된장국과 김치를 맛있게 먹었는데 한국 음식을 먹는 모습이 그다지 어색해 보이지 않았다. 그를 처음 본 아내가 어떻게 한국말을 그렇게 잘할 수 있느냐고 물었는데 블라디미르가 재미있는 답변을 했다.

"우리 교수님께서 외국어를 잘하고 싶으면 그 나라 여성과 사랑에 빠지는 것이 지름길이라고 하셨어요."

그는 웃지도 않고 진지한 표정으로 말했다.

"어머나! 좋아하는 한국 여성이 있겠네요."

"있어요."

"그 여성 어디 있죠?"

"피앙세는 이번에 저와 함께 와서 지금 언니 집에 머물고 있어요. 내일 함께 떠납니다."

러시아 사람들은 이십 세 전후가 되면 결혼을 한다. 한국에 비하면 대단한 조혼인 셈이나 그들은 성인이 되었으니 결혼하는 게 자연스럽다는 생각을 하는 것 같다. 블라디미르의 피앙세가 상트페테르부르크 음악 학교에서 바이올린을 배우는 한국 여성인 것을 그때 알았다. 시간이 없어 식사가 끝나자마자, 블라디미르는 일어섰다. 나는 그를 버스 정류장까지 나가서 배웅했다. 버스가 도착했고 그가 버스에 오를 때 나는 제법 큰 소리로 말했다.

"다음에는 페테르에서 만납시다."

이때만 해도 내게 러시아 여행 계획이 있었던 것은 아니다. 떠나는 블라디미르를 향해 그렇게 말한 것은 '막연한 희망 사항'을 피력한 것뿐이었다. 그런데 운이 좋았다고 할까. 블라디미르가 다녀간 뒤 2년 쯤 지나 동창 모임에 나갔다가 러시아 정치 전공의 박이란 교수로부터 아주 반가운 제안을 받았다.

"방학 기간에 제가 러시아에 다녀올까 하는데요. 선배님도 생각이 있으시다면 저와 함께 가시죠. 모스크바 체재 기간에는 상사 주재원으로 있는 제자 집에 머물기로 되어 따로 체재 비용은 필요 없습니다만."

물실호기라는 게 바로 이런 경우다. 나는 박 교수 일정에 맞추어 당장 여행 수속을 밟았다.

1995년도에 있었던 이 러시아 여행은 여러 가지로 내게는 홀가분하고 즐거운 여행이었다.

쿤제바(쿤제프스카야)는 모스크바 시내에서 삼십 분쯤 지하철을 타고 가면 나타나는 전원풍의 마을이다. 여기에 박 교수의 제자인 정 사장—기업 지사장을 이렇게 불렀다—의 그 풍치 좋은 아파트가 있었다. 중산층이 거주하는 타워형의 독립 아파트인데 2층에서 보면 앵두만 한 빨간 열매들이 주렁주렁 매달린 라비나 나무 가지들이 손을 뻗으면 닿을 듯 창 가까이 다가와 있었다. 저녁에 전등을 켜면 불빛에 비친 그 열매들은 루비처럼 황홀하게 빛을 뿜었다.

하루 일과를 끝내면 집주인과 박 교수와 나, 세 사람은 거실 탁자에 보드카 잔을 놓고 그날 있었던 일을 소재삼아 담소를 나누곤 했다. 정 사장은 회사에서 있었던 일을 얘기하고 박 교수는 주로 무슨 학회를 찾아가서 만났던 저명한 석학 얘기, 유난히 퉁명스럽게 자기를 대했다는 그곳 여직원 얘기 등을 늘어놓았다. 나는 하루는 박 교수와 동행하고 하루는 혼자 아파트 주변을 산책하는 식으로 며칠을 소일했다.

쿤제바에서는 모스크바강이 가까웠다. 마을 사람들이 오후에는 그 강기슭으로 산책들을 나갔는데 집에서 숲길을 십오 분쯤 부지런히 걸어가면 강기슭이 나타났다. 한번은 용기를 내어 혼자 그곳으로 산책을 나갔는데 개와 인간과 관련된 매우 재미있는 현상을 발견하고 오랫동안 그 문제에 관해 골똘하게 생각하게 되었다. 동양이건 서구이건 개와 친한 건 공통사항이지만 러시아인들만큼 개와 가까이 지내는 국민이 이 지구 위에 또 있을까? 산책을 나가 보면 한 사람이건, 혹은 가족 세 사람이 짝을 이루었건 사람끼리만 산책 나온 사람은 볼 수가 없었다. 누구나 개와 함께 동행인 것이다. 그런데 그 개들이 주인의 모습을 거의 그대로 빼닮았던 것이다. 하나의 예외도 없이.

늘씬한 각선미와 미모를 뽐내는 아가씨가 개를 끌고 앞에서 다가오고 있다. 러시아에서는 길을 가다 가끔 정신이 아뜩할 정도로 귀신처럼 아름다운 여성과 맞닥뜨릴 때가 있다. 그 멋쟁이 아가씨가 동반한 개는 족보가 무엇인지 알 수 없지만 하얀 털에 귀와 코, 목 언저리에만 마치 일부러 몸치장을 위해 꾸민 듯이 약간의 갈색 털이 돋아난 대단한 미모(?)의 견공이었다. 키도 컸고 체형도 늘씬했으며 내가 그렇게 봐서 그런지 제 주인만큼이나 도도하고 의젓한 눈빛으로 나를 바라봤다.

개의 목줄을 잡고 미친 듯이 뛰어오는 장년의 사내가 있었다. 후줄근한 셔츠의 앞가슴이 열려 있는데 가슴팍 털이 짐승의 그것처럼 무성했다. 그는 얼굴이 시뻘겋고 아직도 술에서 덜 깨어난 사람처럼 무거운 체중을 옮기느라고 기우뚱거렸다. 그렇지만 개의 목줄만은 굳건하게 손에 쥐고 놓치지 않았다. 그 사내보다 한두어 걸음 앞에서 뛰고 있는 개는 주인의 큰 체격을 닮아 송아지만큼 몸집이 컸다. 색깔도 황소 색깔이었다. 그 개의 귀는 바나나 나무 잎새처럼 크고 널찍했는데 걸음을 옮길 때마다 제 주인의 눈을 덮어 버려서 개가 앞으로 다가올 때는 흡사 가면을 쓴 괴물 같다는 느낌을 주었다.

세 번째 마주친 견공은 한 마디로 노신사였다. 적당한 몸집을 지녔는데 눈빛에는 사나운 기색 따위는 찾아볼 수 없고 온화하고 품위 있는 표정으로 주위를 둘러보며 천천히 움직였다. 물론 이 견공을 이끌고 있는 주인 역시 온화하고 인품이 있어 뵈는 노신사였다. 그들은 천천히, 아주 천천히 주변 풍경을 십분 음미해 가면서 숲길을 걸어갔다.

"꼭 거길 가셔야겠습니까? 웬만하면 저희 집에 눌러 계시지요. 페테르는 지금 치안도 엉망입니다."

집주인 정 사장은 내가 페테르로 혼자 가겠다고 하자, 극구 반대했다.

"혹 저희 집이 불편해 자리를 옮기고 싶어 그러시는지요? 제가 신경 쓰려고 노력은 하지만 아무래도 집사람이 없으니 어려운 점이 많습니다."

이 집의 주부는 방학을 맞아 애들을 데리고 서울로 가서 친정에 머물고 있었다.

"불편이라니, 그건 말도 안 돼요. 내가 여기서 얼마나 즐겁게 지냈는지 박 교수도 알지 않소."

나는 손사래를 쳤다.

"다만 여기까지 온 김에 친구를 만나 보겠다는 생각뿐이라오. 이해해 주시오."

자기의 내일 일정을 메모지에 적고 있던 박 교수가 메모지에서 눈을 떼고 두 사람을 바라봤다.

"선배님이 자넬 매일 칭찬한 건 사실이야. 쿤제바도 무척 맘에 들어 하시고. 그런데 그 친구 아직 학생이죠? 졸업했다고 하셨나요? 그거야 어쨌건 아직 새파란 청년인데 선배님 친구라고 할 수 있나요? 뭣하시면 여기서 전화라도 한 통 걸어 주시죠. 모스크바에 와서 잘 지내신다고. 만나는 건 다음 기회로 미루시고."

"친구의 개념에 관해 새삼 논쟁할 생각은 없소. 전화나 하려고 했으면 벌써 내가 했지. 여행을 자주 다니는 박 교수와 나는 처지가 달라요. 내게 기회가 그렇게 많지 않다오."

보드카를 몇 잔째 기울이며 세 사람이 실랑이를 했지만 나는 끝내 고집을 꺾지 않았다.

"할 수 없군요. 기왕에 가시기로 결정하셨다면 안전에나 신경을 써 드릴 수밖에요."

내가 꿈쩍도 하지 않자, 드디어 정 사장이 먼저 손을 들었다. 박 교수도 말리기를 단념했는지 더 말이 없었다.

"발로자, 아니, 블라디미르라고 하셨나요? 그쪽 전화번호 갖고 계십니까? 갖고 계시면 저를 주십시요."

정 사장이 전화기를 끌어당기며 내게 손을 내밀었다.

"뭐하게요?"

"아니, 참 선배님도. 본인이 거기 있는지 없는지 확인도 안 해 보시고 그냥 무작정 가실 겁니까? 지금 그 친구가 거기 있다는 보장도 없지 않나요?"

박 교수가 내게 핀잔을 주었다. 나는 전화번호가 적힌 수첩을 꺼내 정 사장에게 건넸다.

7

정 사장은 한참 동안 저쪽과 러시아 말로 통화를 했는데 상대가 블라디미르 본인은 아닌 듯했다. 전화하는 시간이 꽤 걸렸다.

"아버지인데 지금 아들은 다른 곳에 있답니다. 페테르에 있긴 있군요. 아들 연락처를 처음에 가르쳐 주지 않으려고 해서 설명하느라고 애먹었습니다."

아버지로부터 받은 연락처로 정 사장이 다시 전화를 걸었다. 이번에는 그가 한국말로 통화를 했는데 전화는 금방 끝났다.

"웬 한국 여성이 전화를 받네요. 아주 젊은 여성인 것 같은데, 어찌된 겁니까? 그 친구는 저녁 먹고 산책 나갔는데 곧 들어온답니다."

"그 친구 피앙세일 거요. 집을 나와 거기서 생활하나 봅니다."

피앙세란 블라디미르가 자기 연인을 말할 때 쓴 말인데 얼떨결에 내 입에서도 그런 호칭이 튀어나왔다.

"국내선 비행기로 가셔야지요. 그게 안전하고 편합니다."

정 사장이 공항까지 나를 자기 차로 배웅하겠다고 말했다.

"지난번에 기차는 탔으니 이번엔 비행기를 타 볼까."

"그게 몇 년도였죠?"

"1992년도. 쿠데타가 일어나서 의사당에 대포를 쏘고 옐친이 탱크 위에서 연설했던 직후였소. 미처 수리하지 못한 의사당의 깨진 유리창도 봤으니까."

"아이쿠, 그때라면 혼자 밤기차를 타는 건 완전히 몸을 도둑에게 내맡기는 거나 같았을 텐데요. 혼자가 아니었겠죠?"

"단체 여행이었소."

이때 전화벨이 요란하게 울렸다. 블라디미르가 산책에서 돌아온 모양이었다. 정 사장이 송수화기를 내게 건네며, "끊지 마시고 제게 돌리세요."라고 말했다.

"정말 반갑습니다. 너무 반갑습니다."

귀에 익은 블라디미르의 목소리가 생생하게 들렸다.

"나도 발로자 목소리 들으니 기뻐요. 우리 내일 만납시다."

"저도 빨리 뵙고 싶어요. 내일 몇 시에 오십니까?"

"시간은 모르겠고, 내 옆에 있는 분이 알려 줄 거요. 이 년 만인가? 그렇지요?"

"맞습니다. 정확하게는 이 년 반이 됩니다."

나는 안부조차 생략하고 송수화기를 정 사장에게 돌렸다. 정 사장은 세밀하고 꼼꼼했다. 블라디미르와 의논해서 금방 호텔을 정하고 비행기 출발 시간과 도착 시간을 그쪽에 알려 줬다.

"프리발티스카야 호텔에 예약해 놓으라고 말해 뒀어요. 미리 예약하지 않았다가 큰 낭패당할 경우도 있거든요."

"그 호텔 안전한 곳인가?"

박 교수가 제자에게 물었다.

"그 친구가 추천했으니 걱정 없을 겁니다. 저도 두어 번 묵었던 곳이에요. 시내에서 조금 떨어져 있지만 발틱해가 바로 앞에 보이죠. 이 친구 숙소에서 아주 가깝다니 잘된 거지요. 그런데 블라디미르라는 이 젊은 친구, 한국말을 어디서 배웠죠? 아주 정확한 우리말을 구사하는데요."

정 사장이 무척 신기하다는 표정으로 나를 쳐다봤다.

2년 만에 다시 찾은 페테르는 모스크바와는 달리 전보다 더 도시 분위기가 낮게 가라앉아 있었다. 블라디미르도 얼굴이 마르고 표정도 밝지 못했으며 조금 지친 듯 보였다. 느지막한 오후 내가 풀코보 공항에 도착해서 밖으로 나갔을 때 블라디미르는 출구에서 조금 떨어진 곳에서 혼자 나를 기다리고 있었다. 석양을 등지고 서 있는 그 모습이 왠지 몹시 쓸쓸해 보였다. 내가 다가가자 그제야 그가 활짝 웃었다. 우리는 반갑게 손을 맞잡았다.

호텔까지 길이 멀었다. 지하철과 버스를 이용해서 우리는 호텔에 도착했다.

한적한 바닷가에 자리 잡은 호텔은 마음에 들었다. 방은 6층인데 후면의 창을 통해 발틱해가 눈앞에 전개되는 전망이 좋은 방이었다. 벌써 밤이 되어 바닷물은 보이지 않았지만 개를 끌고 바닷가를 산책하는 근처 주민들과 호텔에서 그쪽으로 산책 나간 외국인들 모습이 드문드문 보였다.

"참 저녁 식사를 어떻게 하시죠?"

깜박 잊고 있었던 듯 블라디미르가 낭패한 표정으로 말했다.

"지금 경기가 안 좋아서 호텔 식당도 지금쯤 문을 닫았을 겁니다. 팔층에 한국 식당이 새로 문을 열었다는 얘긴 들었는데 제가 프런트에 알아보죠."

프런트에 전화를 걸어 본 블라디미르가 고개를 흔들었다.

"문을 열긴 했는데 지금 영업을 하지 않는다는군요. 지하에 나이트 바가 한 곳 있는데 거기라도 가 보시죠."

두 사람은 엘리베이터를 타고 지하로 내려갔다. 어두운 복도를 돌아가자, 큰 홀이 나타났다. 홀에는 객석이 있고 무대가 있었다. 객석은 텅 비어 있고 무대 위에서 남자 몇 사람이 전기 기타와 콘트라베이스와 색소폰을 각자 들고 의자에 앉아 얘기를 나누고 있었다. 아직 영업 시간 전이었다. 이런 곳에서 술이라면 모를까, 저녁 식사를 찾는다는 것이 우스꽝스럽게 여겨졌다. 내가 그만 돌아가자고 말했으나 블라디미르는 무대 위로 혼자 올라갔다. 그들과 잠시 얘기한 뒤 그가 돌아와서 말했다.

"여기서 부족하나마 간단하게 식사할 수 있을 것 같습니다. 정식 식사는 안 되고 자기네 먹는 음식을 조금 나눠 주겠다는데요."

"아는 친구들이오?"

"오늘 처음 봤습니다."

"뭐라고 말했기에 그런 호의를 베풀지요?"

"사실대로 얘기했어요. 멀리서 친구가 찾아왔다고요."

잠시 후 젊은 남자가 빵과 샐러드와 약간의 캐비어를 담은 접시 하나를 우리에게 가져다주었다. 그들 덕에 뜻밖의 장소에서 제법 그럴싸한 저녁을 먹었다. 식사를 끝내고 내가 값을 치르겠다고 하자, 색소폰을 들고 있는 남자가 손을 저으며 블라디미르에게 "당신 친구를 우리도 환영한다."고 말했다. 물론 블라디미르가 즉석 통역을 해줘서 나도 그 친절한 말을 이해하게 되었다.

다음 날 아침이 되자, 호텔은 독일인 여행자들로 북적거렸다. 대부분 단체로 온 사람들인데 일정을 끝내고 떠나려고 짐을 끌어내는 사람들과 어제 막 도착해서 하루 일정을 시작하려는 사람들이 한데 뒤섞여 소란을 피우고 있었다. 독일어 발음은 억양의 강세가 심해서 두세 사람만 모여 얘길 해도 로비 전체가 쩌렁쩌렁 울렸다. 이 호텔에 독일 여행자들이 많이 몰려오는 이유가 있었다. 블라디미르의 설명에 의하면 이 독일인들은 대부분 전에 이 지방에서 대를 이어 거주하던 사람들로 사회주의 기간 중 본의 아니게 본국으로 추방되었다가 이제 문이 열리자, 그리던 옛 고향을 찾아오는 사람들이라는 것이다. 그러고 보니 여행자 대부분이 노년층 일색이었다.

나는 로비에서 아침에 오기로 한 블라디미르를 기다렸다. 그가 좀 늦는다고 생각하고 있는데 호텔 정문 밖에서 옥신각신 다투는 것 같은 소리가 들렸다. 밖으로 나가 보니 블라디미르가 현관을 지키는 경비원과 얼굴을 붉히며 다투고 있었다.

현관에는 무전기를 든 경비원 두셋이 언제나 지키고 있는데 그들은 주로 러시아인들의 출입에 신경을 곤두세우고 있었다. 내가 다가가자, 그제야 경비원이 옆으로 물러났다.

“무슨 일로 그러죠?”

“들어가지 못하게 합니다. 어제도 왔고 친구가 있다고 말해도 막무가내예요. 친구가 나올 때까지 기다리라는 겁니다."

블라디미르가 몹시 기분이 상했는지 분노어린 눈길로 경비원을 쏘아봤다. 그는 어제와 달리 말쑥한 정장 차림이었다.

수염도 깨끗이 밀었고 얼굴에도 생기가 돌았다. 찾아온 친구의 기분을 위해 특별히 자기를 꾸미려고 노력한 흔적이 엿보였다. 햇빛이 밝았고 산책하기에 아주 좋은 날씨였다. 블라디미르는 내가 못 본 명소를 안내하겠다고 말했으나 나는 그보다 페테르에 왔으니 네브스키 사원에 가서 방문 인사를 하겠다고 말했다. 나는 장미 두 송이를 사서 하나는 도스토옙스키에게, 하나는 차이콥스키 앞에 바쳤다. 페테르에 왔다는 인사를 치른 셈이었다. 공원 안을 천천히 거닐다가 어떤 조그만 반신 석상 앞에서 블라디미르가 걸음을 멈췄다.

"이 사람은 우화 작가 크릴로프인데요. 어릴 때 학교에서 크릴로프의 「양과 늑대」라는 우화를 배웠던 생각이 납니다. 러시아 사람들은 이 우화를 모르는 사람이 거의 없을 정도예요."

"어떤 얘긴데요?"

"간단히 말하면 힘 있는 자는 죄가 없고 힘 없는 자는 죄가 있다는 것입니다. 이런 얘긴 조금씩 차이가 날 뿐 어떤 나라에나 있겠지만 우리 러시아에는 매우 적절한 얘기입니다. 양과 늑대가 어느 날 물을 마시러 냇가로 나갔어요. 늑대는 위에서, 양은 아래에서 물을 마시는데 늑대는 사실 양을 잡아먹고 싶었어요. 그래서 늑대가 양에게 말했어요.

—너 때문에 내가 마실 물이 흐려졌다. 그러니 나는 너를 잡아먹겠다.

양이 말하기를,

—나는 아래에 있는데 어떻게 물을 흐릴 수가 있는가?

이렇게 항변했죠. 그랬더니 늑대가 뭐라 한 줄 아십니까?

—너의 죄는 나만큼 힘이 없다는 것이다.

사회주의 당시나 지금이나 이 우화는 우리 러시아 사회에서 진실로 통하고 있어요."

블라디미르는 기회 있을 때마다 폭력에 대한 혐오감을 드러냈다. 크릴로프 반신상 앞에서 걸음을 멈춘 것도 다만 우연이라고만 할 수는 없었다.

네브스키 사원을 나와 골목을 조금 걷다가 사람들 왕래가 잦은 큰길이 나왔는데 그다지 넓지 않은 광장에 사람들이 많이 모여 있었다. 우리는 그들 옆으로 다가갔다. 광장 가운데 레닌의 자그마한 흉상이 서 있고 사람들은 그 흉상을 중심으로 모여 있었다. 그들은 붉은 바탕에 검정색과 흰색으로 글씨를 쓴 플래카드를 흉상 주변에 걸어 놓기도 했고 비슷한 깃발을 손에 들고 흔드는 사람도 있었다. 어떤 사람은 붉은색 완장을 팔에 두르고 있었다. 그들 대부분은 노인들이었고 차림새도 초라했다.

8

한 남자가 레닌 동상 앞에 서서 핸드 마이크를 들고 연설하고 있었는데 분위기는 조용하고 차분한 편이었다.

"이 사람이 지금 뭐라고 하나요?"

블라디미르는 들어줄 가치도 없다는 듯 비웃는 표정으로 그 남자를 바라봤다.

"물가가 살인적으로 상승했기 때문에 옐친은 책임을 지고 안나 카레리나처럼 열차 앞으로 달려가서 자살하라는 겁니다. 옐친은 지난번 선거할 때 만약 물가를 못 잡으면 열차와 충돌해서 자살하겠다고 약속했거든요."

"저 플래카드엔 뭐라고 씌어 있죠?"

"형편없는 깡패 옐친을 재판에 부치자, 미국 놈들은 러시아에서 손을 떼라, 사회주의는 최고의 가치다, 뭐 이런 내용들이죠. 이 사람들은 대부분 연금으로 살아가는 노인들인데 살기가 어려워지니까 소련 시절의 향수를 갖고 있죠."

"공산당 시절 좋은 자리에 앉아 있던 사람들도 많겠군."

"대부분 그렇습니다. 옛날에 영화를 누렸던 사람들이죠."

"늙고 가난해지니 공산당원도 아주 무기력해 보이는군. 내가 어릴 때 한국에서는 공산당원이 아주 무서운 존재였소."

"그땐 러시아도 마찬가지죠. 지금은 아무도 관심 갖지 않고 거들떠보지도 않아요."

레닌 동상 앞을 떠나 여러 개의 붉은 벽돌 건물이 모여 있는 지역을 거쳐서 다시 큰길로 나갔는데 그 붉은 벽돌 건물들이 전에 대포를 만들던 공장이었다고 블라디미르가 알려 줬다. 큰길에서는 뜻밖에도 자유 시장이 열리고 있었다. 많은 여인들이 길가 인도에 수백 미터나 될 정도로 길게 줄지어 서서 물건을 팔고 있었다. 그들 대부분이 전문 장사꾼이 아니고 가정 주부나 그들의 자녀들인데 파는 상품은 집에서 사용하던 중고품으로 털 스웨터, 행주치마, 구두, 탁상시계, 집에서 손으로 만든 여러 가지 수예품 등 가짓수가 다양했다. 그들 가운데 공장에서 생산한 값싼 생활용품을 좌판에 늘어놓고 파는 진짜 장사치도 섞여 있었다. 우리는 겨우 한 사람이 지날 수 있는 비좁은 틈 사이를 비집고 앞으로 천천히 이동했다. 그때 겨우 열 살쯤 되어 보이는 소녀가 인형 하나를 내 앞에 불쑥 내미는 바람에 나는 그 자리에 멈춰 섰다. 그것은 고양이였는데 재료가 썩 좋지 않았고 형태도 조잡해서 고양이인지 강아지인지 구별이 되지 않았다.

내가 얼마냐고 묻자, 소녀가 손가락 두 개를 펴서 보여 줬다. 나는 누가 볼까 봐 재빨리 2달러를 아이에게 건네주고 고양이를 냉큼 건네받았다. 블라디미르는 저만치 앞에서 걷고 있었다. 인파 속에서 거의 빠져나왔을 때 나는 블라디미르에게 말했다.

“발로자, 내가 방금 이걸 샀는데 아무리 생각해 봐도 용도가 떠오르지 않는군. 그렇다고 버릴 수는 없고. 어떻게 하면 좋지요?”

“저 주세요. 피앙세에게 갖다주겠어요. 좋아할지 어떨지 모르겠지만요.”

블라디미르가 하는 수 없다는 듯 내 손에서 고양이 인형을 받아 갔다.

벌써 한낮이 되어 우리는 뒷골목 싸구려 식당을 찾아갔다. 러시아식으로 간단한 점심 식사가 나왔는데 보리빵과 여러 가지 채소를 넣은 붉은 국이 주요 메뉴였다. 보르시라는 이 국은 국물이 빨간 게 특징인데 보기에 맛있을 것 같았지만 매우 짜고 내 식성에는 맞지 않았다. 블라디미르는 보르시와 보리빵을 아주 맛있게 먹었다. 그 바람에 덩달아 나도 내 몫을 먹느라고 무진 애를 먹었다.

점심 뒤 우리는 네브스키 대로로 나가서 옷가게나 악기점을 기웃거리기도 하고 책을 쌓아 놓고 파는 거리 행상 앞에서 잠시 책을 뒤적여 보기도 했다. 거리 한쪽 모퉁이에 터를 잡고 야외 전시장처럼 그림을 전시하는 곳이 있었다. 여러 명의 화가들이 무리로 한곳에 모여 파리의 몽마르트르처럼 행인들을 상대로 그림을 그려 주거나 전시된 그림을 파는 곳이었다. 그림들은 분방하고 자유로운 추상화부터 극사실화에 이르기까지 다채로웠다. 내가 잠시 그림을 살펴보는 사이 블라디미르는 화가들이 모여 있는 곳으로 가더니 머리가 더부룩하고 턱수염을 기른 어떤 남자의 어깨를 손으로 가볍게 쳤다. 그 남자는 순수 슬라브 혈통이 아닌, 타타르 계통이거나 터키 계통의 소수 민족 출신이었다. 술병을 가운데 놓고 동료들과 맨바닥에 둘러앉아 얘기하고 있던 그 남자가 뒤돌아보더니 싱긋 웃으며 블라디미르의 손을 다정하게 잡았다.

그 남자의 티 없는 웃음이 인상적이었다. 친구 사이인가? 나는 화가와 블라디미르가 다정하게 얘기 나누는 모습을 물끄러미 지켜봤다. 잠시 후 블라디미르가 내게 와서 말했다.

"파샤(바실리의 애칭)는 옛날 친척입니다. 한동안 볼 수 없었는데 몇 달 만에 만났어요. 그동안 몸이 아파서 나오지 못했다고 하는군요."

"옛날 친척이면 지금은 친척이 아니란 얘기요?"

"파샤는 제 누이동생 남편이었는데 지금은 헤어졌으니까 친척이 아니죠."

"그렇게 큰 누이가 있었나요?"

"우리는 남매 둘입니다. 누이동생은 열여덟 살에 결혼했어요. 지금은 부모님과 함께 있는데 곧 핀란드 사람하고 결혼할 겁니다."

누이와 헤어진 남자와 여전히 다정한 친구처럼 재회하는 블라디미르의 스스럼없는 태도가 부러웠다. 그는 지금도 파샤를 좋아한다고 말했다. 파샤는 술을 너무 좋아하는 게 흠이지만 상트페테르부르크 미술 학교에서는 천재로 알려졌던 재주꾼이었다고 한다.

파샤가 그린 그림 두 점을 봤는데 하나는 무슨 벌레 같은 것들이 난무하는 요란한 추상화였고 하나는 작은 화폭에 마늘과 사과를 대비시켜 그려 놓은 극사실화였다. 두 그림이 너무 대조적이어서 한 사람의 그림으로 믿어지지 않았다.

"파샤가 선생님 얼굴을 그려 주겠대요. 물론 돈은 받지 않습니다."

파샤가 호의가 담긴 눈으로 나를 바라봤다. 내가 블라디미르의 친구니까 그 정도 호의는 베풀 수 있다고 생각한 것이다. 갑작스런 제안에 나는 잠시 당황했다. 나는 블라디미르에게 고맙지만 사양하는 게 좋겠다고 말했다.

거리에 저녁 어둠이 덮이기 시작했다. 블라디미르는 대리석으로 지은 어느 현대식 건물 안으로 들어갔다. 1층에 넓은 홀이 있고 사람들이 바쁜 걸음으로 드나들었다. 블라디미르가 안내 창구로 가서 어떤 중년 여자 직원과 얘기하는 동안 나는 대기석 소파에 앉아 기다렸다. 블라디미르는 꽤 오래 그 여성 직원과 얘기를 나누었다. 우리가 그 건물에서 나올 때쯤 나는 겨우 그곳이 여행사 사무소란 걸 알았다. 나는 블라디미르에게 외국으로 나갈 계획이 있느냐고 물었고 그는 사실은 며칠 뒤 영국으로 떠날 계획이었다고 말했다.

"영국에는 무슨 일로?"

"그쪽 대학에 아는 분이 있어서 전부터 연락을 해왔어요. 거기서 일자리를 얻어 볼까 하구요."

"너무 성급하게 서두르는 건 아닌가요?"

"시간이 많지 않아요. 군대에 가게 될지 몰라요. 러시아 군대, 지금 입대하는 건 자살 행위나 같습니다. 불과 몇 주 훈련 마치고 체첸으로 보내질 거예요. 저는 그런 미친 전쟁에 나가서 개죽음당하고 싶지 않아요. 요행히 체첸에서 빠진다고 해도 군대 폭력 때문에 복무 기간을 무사히 마치고 나온다고 장담 못해요."

"외국에 나가면 문제가 해결되나요?"

"외국에서 직업 얻으면 일단 소집은 미룰 수 있습니다. 여기 청년들이 다 군대 나가는 줄 아십니까? 군대 가는 사람들은 시골 청년들, 돈도 없고 힘도 없는 사람들뿐이에요. 돈이 있거나 조금 그럴듯한 배경만 있으면 모두 빠져요."

"나는 블라디미르가 여기 대학에 남아 있기를 기대했는데. 그래야 내가 다음에 또 페테르에 올 수 있지."

"저도 그러길 바라죠. 그런데 소집 영장 아니어도 당분간 그걸 기대할 수 없을 겁니다. 교수님이 저를 환영하지 않아요."

"왜요? 전에 학과 여교수님이 발로자를 수제자로 키운다고 말하지 않았소?"

"상황이 바뀌었어요. 저에게 배반감을 느끼나 봐요."

"배반감이라니, 이해가 안 되는데요."

"외국 사람과 결혼하려고 하는 것 때문이죠."

"그분은 나이가 아주 많으시다고 들었는데."

"그런 뜻이 아닙니다. 그분이 여성이라 그러는 게 아니고 상트페테르부르크 분위기, 특히 대학이나 여기 남아 있는 지식인들은 외국으로 빠져나가려는 사람들을 굉장히 미워합니다. 외국인과 사귀는 것조차 싫어해요. 그동안 무척 많은 사람들이 빠져나갔으니까요. 교수님은 저 녀석도 결국 나갈 녀석이고 키워 봤자 헛수고라고 생각하신 겁니다. 그런데 교수님이 저를 배척하기 전까지 저는 한 번도 페테르를 떠난다는 생각을 해본 일이 없어요. 피앙세랑 결혼하더라도 우리는 여기 남아 살려고 했고 피앙세도 이곳을 좋아하고 사랑하니까 그러겠다고 맹세했어요. 교수님의 오해를 풀어 드리려고 피앙세랑 몇 번이나 교수님을 찾아갔는데 만나 주지 않았어요. 정말 지독하게 완고하신 분입니다."

결국 블라디미르도 이방인과의 결혼의 대가를 치르는 셈인

가. 그건 내게 매우 뜻밖의 사태였다. 러시아 같은 다민족 사회에서, 그것도 대학에서 이런 일이 있다는 건 이해하기 어려웠다. 이것도 슬라브 정신의 정통성을 고집하는 상트페테르부르크의 자존심의 표현일지 모른다. 블라디미르는 대학 동양학부에서 가장 촉망받는 인재였다. 그는 당연히 그 대학에서 뿌리를 내릴 줄만 알았다. 블라디미르도 거기에 모든 희망을 걸고 있었다. 그가 대학에서 사실상 거부되고 있다는 것은 그에게 가장 아픈 치명상이었다.

풀코보 공항에서 몇해 만에 블라디미르를 만났을 때 나는 막연히 그의 신변에 어떤 변화가 있었을 거라는 예감을 가졌다. 그 예감이 현실로 나타난 것이다. 블라디미르는 지금 페테르를 떠날 준비를 하고 있다. 그가 전처럼 침착하지 못하고 어딘지 불안하고 초조한 기색을 감추지 못하는 이유를 나는 이제야 알 수 있었다.

9

호텔로 돌아와 헤어질 때 나는 블라디미르에게 내일은 와주지 않아도 괜찮다고 말했다. 자기 문제로 심사가 복잡한 그가 잠시나마 내게 얽매이는 걸 나는 원하지 않았다. 그는 굳이 오겠다고 고집하다가 내가 혼자 있는 시간도 좋을 것 같다고 말하자, 고집을 꺾었다.

"그렇지만 방으로 전화는 자주 걸게요."

"그야 물론. 서로 연락은 해야지요."

블라디미르는 돌아서서 피앙세가 기다리는 아파트 쪽으로 빨리 걸어갔다. 이미 밤이 되었는데 그가 가고 있는 아파트 부근에는 불빛이 보이지 않았다.

다음 날 호텔 주변을 어슬렁거리다가 저녁에는 새로 문을 열었다는 8층의 한국 식당으로 가서 저녁을 먹었다. 젊은 러시아인 남녀 종업원들이 손님들 시중을 드느라고 부지런히 움직이고 있었다. 그들은 발음이 서툴지만 간단한 인사말도 한국말로 할 줄 알았다. 사십대 한국 남성이 카운터에 앉아 러시아인 종업원들에게 이것저것 지시하고 있었는데 내가 계산대로 가자, 사장으로 보이는 그가 내게 말을 걸었다.

"혼자 오셨나요?"

"그렇습니다."

"그러면 안내자도 필요하실 텐데요. 이곳 지리도 잘 알고 말도 잘 통하는 아르바이트 학생을 소개시켜 드릴 수 있습니다."

"한국 학생인가요?"

"물론이죠."

마침 잘 되었다고 생각했다. 어떻게든 블라디미르의 부담을 덜어 주고 싶은 것이다. 식당 주인과 학생을 소개받기로 약속하고 방으로 돌아왔다. 금방 블라디미르의 전화가 걸려

왔다. 내일 일찍 호텔로 오겠다는 것이었다. 나는 학생을 소개받기로 한 걸 알려 주고 그의 안내 제안을 사양했다.

다음 날 오전 호텔 로비에 앉아 있는데 대학 초급생 또래의 한국 여학생이 내게 와서 인사를 했다. 그녀는 방금 식당 주인의 연락을 받고 허둥지둥 달려왔노라고 말했다. 그 학생과 함께 호텔 밖으로 나와서 지나가는 택시를 세웠다. 러시아에서는 허가받은 택시를 이용하기보다 지나가는 자가용을 세워 요금을 흥정하고 이용하는 것이 상례화되어 있다. 나는 또 네브스키 대로 쪽으로 나가 볼 예정이었다. 그 학생이 우리가 가려는 방향과 요금을 놓고 운전기사와 흥정을 시도했는데 결론이 쉽게 나지 않았다. 러시아인 차주가 여학생의 더듬거리는 서툰 러시아 말을 알아듣지 못하는 게 이유였다. 차는 곧 자기 갈 길로 떠나 버렸다. 그 여학생은 자기는 러시아에 온 지 6개월이 조금 지났는데 아직 러시아 말을 자유롭게 할 수 없고 지리도 어둡다고 솔직하게 고백했다.

"그럼 네가 아는 곳이 한 군데도 없겠구나. 정말 그래?"

"있어요. 스파게티 좋아하세요? 멋있는 이탈리아 식당 한 군데를 알아요. 여기서 걸어갈 수 있는 곳이거든요."

"잘 됐다. 어차피 점심은 먹어야 하니까."

여학생은 싱긋 웃었다. 호텔 앞 광장에서 십오 분쯤 걸어가자, 주택가 골목에 '이탈리안 레스토랑'이란 간판을 붙인 하얀 단층 건물이 나타났다. 그곳에서 그날 처음 만난 여학생과 스파게티로 점심을 먹었다. 그 여학생의 이름도 소속된 학교도 나는 묻지 않았다. 그녀가 그런 질문을 완강하게 거부하는 것 같은 표정을 짓고 있었기 때문이다. 이탈리아 식당에서 나오자, 따로 갈 곳도 할 일도 없었다. 그 여학생에게 하루치 수고비를 지불하고 이제 가도 좋다고 말했다.

그녀는 맛있는 점심만 얻어먹고 돈까지 받는 것이 미안하다고 얼굴을 붉히며 말했다. 그런 뒤 그녀는 금방 어디론가 가 버렸다.

오후에 나는 호텔 앞 대리석 계단에 앉아 있었다. 날씨가 푸근했고 밝은 햇빛이 부근을 비쳐 주고 있었다. 오후 네 시쯤 되었을 때 블라디미르가 자기 숙소 쪽에서 혼자 호텔 쪽으로 천천히 걸어오는 게 보였다. 아무래도 내가 걱정이 되어 그는 호텔로 찾아오는 것이다. 그는 뭔가 골똘히 생각하는 듯 고개를 잔뜩 숙이고 걸었다. 계단 앞까지 온 그는 거기 혼자 앉아 있는 나를 보더니 깜짝 놀란 표정을 지었다.

"왜 여기 이러고 계십니까? 어디 구경 가시지 않았어요?"

나는 그 여학생과 이탈리아 식당에 다녀온 얘기를 들려줬다. 그는 여학생을 보내 놓고 내가 자기에게 연락하지 않은 것을 원망했다. 자기는 언제라도 달려오려고 기다렸다는 것이다. 그러나 그의 표정은 여전히 밝지 않았다.

"발로자, 무슨 일이 있었소? 표정이 어두운데."

블라디미르는 잠시 망설이다 피앙세가 지금 잔뜩 화가 나 있다고 말했다. 피앙세가 누구랑 전화로 언쟁을 벌였는데 발단이 자기 문제였기 때문에 무척 미안하다는 것이었다.

"상대가 러시아 사람이오?"

"아닙니다. 한국 사람입니다."

"한국 사람, 누굴까?"

블라디미르는 말을 꺼내기가 어려운 듯 또 머뭇거렸다.

"사실은 제가 이 호텔 팔층에 있는 한국 식당에서 아르바이트 자리를 얻어 볼까 하고 주인을 찾아갔습니다. 주인이 저와 얘기해 보고 좋다고 했어요. 그런데 임금 때문에 결국 어긋났어요. 주인이 제시한 금액과 제 요구가 너무 차이가 났기 때문입니다."

"얼마를 준다고 했는데요?"

"그것 참. 저는 한국말을 할 수 있기 때문에 여기 근무하는 다른 한국 사람과 아주 같지는 않더라도 이분의 일, 아니면 삼분의 일도 좋다고 말했어요. 저는 그 식당에서 일하는 한국 사람이 얼마 받는지 알고 있어요. 그런데 그 주인 남자가 뭐라 한 줄 아세요? 어린 러시아 놈이 건방지고 되어먹지 않았다는 거예요. 그는 다른 러시아 종업원이 받는 오십 달러에서 한 푼도 더 줄 수 없다고 했어요. 피앙세가 그 얘길 듣고 분개

해서 식당 주인과 전화로 막 싸웠습니다."

"……그런 일이 있었군. 어제 나도 그 사람 잠시 봤는데 그렇게 폭언할 사람 같지는 않던데."

"제 말은 그가 나쁜 사람이란 뜻이 아닙니다. 식당 같은데서 일하는 러시아 사람 임금이 보통 그 정도니까요. 돈을 벌려고 한국에서 여기까지 온 사람이 자선 사업을 할 이유는 없지 않겠어요? 저는 이해해요. 다만 저는 오십 달러 받고 거기서 일하고 싶지 않았을 뿐입니다. 피앙세가 요즘 신경이 좀 날카로워요. 많이 힘들어서 그런가 봅니다."

블라디미르가 왜 식당 근무를 자청했을까? 이틀 전만 해도 그는 영국으로 떠날 계획을 말하지 않았는가. 잠시 머릿속에 혼란이 생겼으나 곧 해답이 나왔다. 일정한 수입이 없는 그는 생활하기에도 벅차서 외국에 가자면 따로 경비를 마련해야 한다. 그러나 50달러 받아 가지고는 언제 비행기를 타게 될지 기약할 수 없는 일이었다.

"선생님, 참 미안하게 되었어요."

"뭐가요?"

"사실은 피앙세가 선생님을 위해 오늘 저녁 식사에 초대하려고 준비까지 했는데 지금 마음이 아파서 힘들 것 같습니다. 정말 미안합니다."

"충분히 이해해요. 나도 조금 전 이탈리아 식당에 있을 때

발로자와 피앙세를 거기 불러 내서 함께 식사라도 하면 좋겠다고 생각했더랬소."

"거긴 좋은 식당입니다. 하지만 서민에겐 매우 비싼 곳이죠. 피앙세가 지금 마음이 아파 나올 수 없을 겁니다. 준비는 부족하지만 마땅히 저희가 선생님을 초대해야죠."

"아직 여기 머물 시간 있으니 급할 것 없어요."

블라디미르와 나는 차를 타고 네브스키 대로로 나가서 이틀 전 봤던 파샤의 그림 한 점을 1백 달러를 주고 구입했다. 마늘과 사과를 극사실로 그린 우표 두 장 크기의 작은 그림이었다. 파샤는 또 술병이 나서 못 나오고 그의 친구가 그림을 대신 포장해 주었다. 이 그림이 이번 페테르 여행의 좋은 기념이 될 거라고 생각되었다. 오는 길에 블라디미르는 또 여행사에 들러 꽤 오랜 시간 그 중년 여직원과 이야기를 나눴다. 여행사 건물 밖으로 나왔을 때 그가 부모님의 이스라엘 귀환 얘기를 잠시 들려줬다.

"이번엔 부모님 심부름이었어요. 이스라엘 정부가 제공하는 무료 항공 티켓에 관해 그 직원이 다시 알아보고 해답을 주기로 했거든요."

"부모님께서 그쪽으로 가십니까?"

"아마 가실 것 같아요. 지금껏 귀환을 하지 않고 버틴 거죠. 부모님도 이곳을 무척 사랑하십니다. 그런데 더 이상 연금만 가지고 생활하기 어려워요. 작년까지만 해도 부모님이 여길 떠나는 건 상상도 못해 봤어요. 가족이 뿔뿔이 흩어지는 게 슬퍼요. 제가 여길 떠나야 하는 것도 그렇구요. 이곳은 제 고향이고 제가 가장 좋아하는 도시입니다. 저는 이곳 바람과 네바강 햇빛을 무엇보다 좋아합니다. 이 지구에서 이곳보다 아름다운 곳은 없다고 늘 생각해 왔어요. 저는 발틱해의 소금기가 묻어 있는 이곳 바람을 맞으며 어릴 때부터 자라왔어요. 네바강에 비치는 햇빛은 계절마다 색깔이 달라집니다."

"떠나더라도 발로자는 상황이 개선되면 다시 돌아와야지요."

"물론입니다."

그날 이후 블라디미르와 나는 한 차례 더 시내 나들이를 했다. 내가 그곳을 떠나기 전날이었다. 우리는 네브스키 사원에 다시 들렀고 네바강의 궁전대교까지 걸어가서 다리 복판에서 강의 양안을 둘러보며 시간을 보내기도 했다. 그러나 이날 산책은 첫날처럼 즐겁지는 않았고, 두 사람 모두 우울한 기분을 떨쳐 내지 못했다. 불과 며칠 뒤 떠나기로 작정한 블라디미르에게도 이 산책은 이 도시와의 작별의 의식이었던 것이다. 다리 위 그 지점에서는 푸른 벽돌로 지어진 대학 건물들이 원경으로 바라다보였는데 블라디미르는 오랫동안 모교인 대학 건물에서 눈길을 떼지 못했다.

블라디미르는 그때까지 저녁 초대 약속을 지키지 못했다.

나도 조금은 아쉬웠다. 무엇보다 바이올린을 전공한다는 그의 연인을 만나보고 싶었다. 미래가 불확실한 블라디미르 같은 이방의 남자를 목숨 걸고 사랑하는 한국 아가씨가 어떤 사람인지 궁금했다. 그의 피앙세는 저녁 초대 대신 내가 떠나는 날 아침 블라디미르를 통해 내게 작은 선물 꾸러미를 보내 왔다. 아침 일찍 호텔 방으로 찾아온 블라디미르는 작은 비닐봉지 하나를 건네며 말했다.

"피앙세가 선생님께 드리라고 주었어요. 비행기 속에서 드시라고. 피앙세는 저녁 초대를 못해 아주 미안하게 생각하고 있습니다. 저도 그렇구요. 정말 미안합니다."

'이게 뭘까?'

봉지를 열어 보니 김치와 밀가루를 버무려 만든 김치 부침개 두 장이었다. 있는 재료를 다 뒤져 내 식성에 맞추려고 애써 만든 그 선물을 나는 휴대용 가방 속에 소중하게 챙겨 넣었다. 나는 비행기 속에서 꼭 이걸 먹겠다고 약속했고 그 약속을 지켰다.

"저희도 며칠 뒤 여길 떠날 겁니다. 오늘 아파트로 새로 오겠다는 사람이 집을 보러 오기로 했어요."

"준비도 없이 그렇게 빨리 떠나요?"

"준비할 것도 없어요. 짐이 아무것도 없으니까요."

"만약 내가 다음에 여기 또 와도 그땐 발로자가 없겠군."

"당분간 그럴 겁니다. 그렇지만 저는 다시 돌아올 겁니다. 제가 여기 있게 되었을 때 또 오세요."

블라디미르는 공항까지 나를 배웅해 주었다.

에필로그

내가 페테르를 다녀온 뒤 얼마 지나지 않아 블라디미르는 피앙세와 함께 호주로 건너갔다. 시드니의 대학에서 한번 와 보라는 연락을 받은 것이다. 그건 채용 전에 치르는 일종의 면접이었다. 그는 일단 좋은 평가를 받았다. 이 소식은 그가 그곳에서 보낸 엽서를 통해 알게 되었다. 그는 피앙세가 그곳에서 음악 공부를 계속할 수 있게 되어 더욱 다행이라고 엽서에 적었다. 그리고 한 달쯤 뒤에 드디어 결혼식을 치르기 위해 둘이 함께 한국으로 왔다. 그때만 해도 이제 먹구름은 흘러가 버린 듯 보였다.

결혼식은 신부 고향인 남쪽 항구 도시에서 치러졌는데 주례 부탁을 받은 나는 여남은 명의 동료 작가들과 그리고 건국대학에서 러시아 문학을 가르치던 페테르 출신 츠베토프 교수와 함께 남쪽 항구 도시로 내려갔다. 아파트 마당에 눈이 무릎까지 쌓였던 한겨울이었다고 기억된다. 츠베토프 교수는 솔제니친, 푸시킨 등의 연구 서적을 대학에서 출간하기도 한 원로 문학 교수로 그가 계약 기간을 마치고 귀국하기 전 블라디미르를 통해 두어 차례 더 만나기도 했다.

그 항구 도시에 도착해서 시간이 조금 남아 시내 산책을 했는데 그때 나는 블라디미르가 한국 고대사, 특히 가야사에 유독 많은 관심을 갖게 된 이유가 그의 피앙세 때문이 아닌가 생각해 보기도 했다. 그 항구 도시가 가야 역사의 중심 무대와 지척에 있었던 것이다.

그날 식장에서 나는 신부의 얼굴을 처음 보았다. 아담한 체구에 선이 갸름한 전형적인 한국의 미인형이었다. 식장은 지방 도시의 유지들과 신부의 가족 및 친지들로 가득 메워졌다. 블라디미르는 예식에서는 양복을 입었지만 식이 끝나기 바쁘게 한복 저고리와 바지로 갈아입었는데 한복이 무척 잘 어울렸다. 그는 초혼의 신랑답지 않게 기쁜 마음을 노골적으로 얼굴에 드러냈다. 그 얼굴에서는 싱글벙글 웃음이 떠나지 않았다. 나는 결혼식장에서 그렇게 좋아하는 신랑을 처음 봤다.

재미있는 것은 블라디미르의 장인 어른이 그 지역에서 예식장을 오래 운영해 온 분이라는 점이다. 당연히 결혼식은 자기네 예식장에서 치렀다. 또 하나 특기할 것은 내가 식을 마치고 그 장인 어른으로부터 직접 건네받은 '주례 사례비'가 상당한 고액이었다는 점이다. 사례비를 담은 그 흰 봉투에는 붓으로 다음 같은 치사의 말이 적혀 있었다.

—주옥 같은 주례의 말씀, 너무나 감명 깊었습니다.

하긴 식장에서 주례를 서고 있을 때 거기 모인 유지들의 반응을 보더라도 블라디미르 장인 어른의 이 치사는 허언이 결코 아니라는 걸 나도 알고 있었다. 동행했던 동료 작가들마저 새삼 놀랐다고 이구동성으로 말했다. 그런데 내가 그때 신랑 신부를 앞에 두고 무슨 얘길 했는지 지금 하나도 떠오르지 않는다. 다만 나의 블라디미르를 향한 진실한 우정이 그런 좋은 반응을 얻게 만든 게 아닐까 생각될 뿐이다.

고액의 사례비는 동행했던 동료들과 바닷가 횟집에서 우리끼리 한바탕 '러시아 여행 회고' 잔치를 하는데 요긴하게 사용했다.

결혼식을 마친 블라디미르 내외는 다시 호주로 날아갔다. 그런데 그 뒤 웬일인지 1년 가까이 소식이 끊어졌다. 나는 호주 생활이 너무나 즐거운가 보다고 멋대로 생각했다.

1년쯤 지났을 때 어느 날 밤 갑자기 모스크바에서 전화가 걸려 왔다. 송수화기를 집어 들자, 뜻밖에 블라디미르의 목소리가 들렸다. 호주에 있어야 할 사람이 왜 거기 있느냐고 묻자, 그는 풀 죽은 목소리로 호주에서는 일주일을 못 넘기고 금방 돌아왔다고 말했다. 그가 결혼을 위해 잠시 자리를 비운 사이, 경력이 풍부한 다른 러시아 교수가 와서 그의 자리를 차지해 버린 것이다.

갈 곳이 없어진 블라디미르 내외는 모스크바로 가서 방 한 칸을 빌려 그곳에 신혼의 보금자리를 마련했다. 블라디미르는 그동안 모스크바 대학에서 박사학위를 마치고 그 대학에서 한 달에 50달러를 받는 임시 강사로 근무해 왔다. 지금 그 자리마저 계약 기간이 끝나 가는데 어디로 가야 할지 그는 아직 방향을 잡지 못하고 있었다. 블라디미르가 그동안 소식을 끊고 지낼 수밖에 없었던 저간의 사정을 나는 뒤늦게 알았다.

그때부터 블라디미르는 내게 타이프로 친 영문 이력서를 몇 차례 보내 오기도 했고 전화로 곤궁한 상황을 하소연하기도 했다. 그는 내게 보낸 것과 같은 영문 이력서를 끊임없이 타이프로 작성해서 영국으로, 호주로 계속 보내고 있었다. 그의 전화를 통해 간간이 페테르의 소식도 전해 들었다. 블라디미르 자신도 최근 1년 동안 그곳에 찾아가지 못했고 겨우 전화로 페테르 소식을 듣고 있다고 그는 말했다. 그가 전한 소식에 의하면 그의 부모님은 이스라엘로 귀환하기 위해 살던 아파트도 처분하고 한때 짐까지 꾸려 놓았는데 아무래도 페테르를 떠날 수가 없어서 출국을 미루다가 지금은 귀환 자체를 포기했다는 것이다. 핀란드의 트럭 운전사와 재혼한 누이는 남편이 무뚝뚝하긴 해도 착한 남자여서 그런대로 잘 살고 있다고 했다. 그리고 그림쟁이 파샤, 그는 지금도 술병을 허리에 차고 다니며 하루 걸러 네프스키 대로에 나와 그림을 그린다는 것이다.

블라디미르의 전화를 받는 일이 내겐 전처럼 반갑거나 기쁘기만 한 것은 아니었다. 나는 모스크바에서 방 한 칸에 한 달 50달러로 살아야 하는 생활이 대충 어떤 생활이란 걸 알고 있었다.

대학과 별로 인연이 없는 나는 겨우 얼굴 정도 아는 교수 몇 사람을 만나 블라디미르가 보낸 영문 이력서를 보여 주고 그의 취업 문제를 의논했다. 알다시피 한국 대학에 자리를 얻는 것은 하늘의 별따기다. 그들은 이력서를 자세히 보려고 하지도 않고 머리부터 흔들었다. 제일 큰 약점이 경력이 전혀 없다는 것이었다. 요즘 문자로 검증이 전혀 안 된 외국인을 대학에서 받아 주는 사례가 거의 없다는 것이다.

궁리 끝에 차선으로 러시아어를 가르치는 학원 몇 군데를 찾아갔는데 두어 곳은 경영자를 만나지도 못했고 겨우 한 사람을 만났는데 그는 러시아어 수강생이 점점 줄어들어 과목을 폐지할 예정이라고 말했다. 나는 온몸에서 기운이 쭈욱 빠졌다.

지금껏 붓 한 자루에 의지해서 살아온 백면서생인 내가 누구를 취업시킨다는 건 처음부터 아주 무모한 생각이었다.

그러나 신은 이 무모한 의도를 외면하지 않았다. 신앙이 따로 없는 나는 그 신이 어떤 신인지는 모르지만. 그 신은 평소에는 내가 하는 일에 티끌만 한 관심조차 주지 않던 아내로

현신顯身했다. 내가 며칠 동안 땀을 뻘뻘 흘리며 서울 나들이를 하고 귀가할 때마다 땅이 꺼지게 한숨을 쉬어 대는 나를 보다 못한 아내가 어느 날 문득 물었다.

"당신, 요즘 무슨 일 때문에 그렇게 쏘다니세요? 얼굴이 말이 아니에요."

"……?"

나는 한참 만에 겨우 그때 '외국어를 잘 하려면 그 나라 여성과 사랑에 빠져야 한다'고 말하던 그 러시아 청년 얘기를 들려줬다. 단순한 성격의 아내는 짧게 한 마디만 했다.

"그럼 우리 엄마에게 한번 부탁해 봐요."

나이가 많아도 막내인 아내는 친정어머니를 '엄마'라고 부른다.

'장모님에게 취업을 부탁?'

나는 어이가 없었다. 나는 처가에 무슨 부탁 같은 걸 해본 적이 없다. 다른 사위들처럼 장모님과 평소 살갑게 지내지도 못한다. 그러나 결과적으로 장모님에게 난생 처음 부탁을 하긴 했다.

마침 그 무렵 블라디미르는 서울의 K대학에 이력서를 보냈다고 내게 알려왔다. 그 K대학의 최고 경영자의 장모님—이 부분은 참 쓰고 있는 나도 좀 그렇긴 하다. 그러나 신이 하시는 일이란 언제나 인간의 상상의 한계를 뛰어넘는 경지에서 이루어지기 때문에 조금 어색해도 사실대로 기술해서 신의 오묘한 조화를 그대로 보여 줄 필요가 있을 것이다—과 나의 장모님이 막역지우였다. 나의 장모님은 사위가 처음 부탁한 일을 일초도 지체하지 않고 즉시 실행으로 옮겼고 매우 긍정적인 해답을 얻어 냈다.

그런데 또 문제가 생겼다. K대학 해당 계열의 교수들이 검증되지 않은 젊은이를 거부하는 움직임을 보인다는 것이다. 이런 때는 최고 경영자라도 일방적으로 결정하기가 어려워진다. 마침 그 대학 문과 계열에 동료 작가 C가 있는데 그는 고참 교수일 뿐 아니라 캠퍼스 안에서 신망도 두터운 인물이었다. 마침 서울에 와 있던 블라디미르를 대동하고 서초동 찻집에서 C를 만났다. C가 즉석에서 그 문제라면 자기가 총대를 메겠다고 내게 약속했다. 교수들을 설득하겠다는 얘기였다. 이렇게 해서 블라디미르는 K대학 교수로 무난히 취업을 했다.

대학에서는 경력자가 우선한다. 그가 오슬로 대학으로 갈 수 있었던 것도 서울에서의 경력이 밑거름이 되었을 것이다. 서울에서는 처음에 사당동의 반지하 방을 얻어 살기도 했고 잠원동인가 어디에서 빈 집 2층을 잠시 빌려 살기도 했다. 낮에는 대학에 나가고 오후 늦은 시간에는 건국대로 가서 취업 외국인 근로자를 상대로 한국어와 한국역사 강의 봉사를 거르지 않고 했다. 가끔 우리집에 들르기도 했는데 항상 땀으로 범벅이 되어 있었다.

정상 강의와 무료 봉사 강의를 하루도 거르지 않고 계속했으니 땀이 멈출 시간이 없었을 것이다.

그는 1년치 수입을 모아 아내의 귀국 연주회를 예술의 전당 리사이틀 홀에서 열어 주기도 했다. 그만큼 아내에게도 지극 정성이었다. 서울에서는 주거가 그렇게 초라했는데 몇 해 전엔가 나더러 오슬로에 오시면 이제 자기 집에 묵을 수도 있다고 말했다. 방이 서너 개인 큰 단독 주택을 구입했다는 것이다.

본래 블라디미르가 내게 약속한 것은 러시아 동남쪽 고도인 노보고로드를 나와 함께 여행하며 나를 안내하겠다는 것이었다. 그곳에 러시아 역사의 모든 유물이 고스란히 살아 있다고 그는 말했다. 그러나 아직 그 약속은 서로의 상황이 맞지 않아 지켜내지 못하고 있다. 그렇더라도 그 밤 정거장에서 라면 열 봉지를 매개 삼아서 서로 '친구'가 되자고 했던 약속은 때로 신의 도움을 받기도 했지만 지금까지 잘 지켜온 셈이며 나는 이 우정의 경험을 결코 작지 않은 보람으로 여기고 있다.

금강산 가는 길

1

나는 금강산에 한번 다녀왔습니다. 참 대단한 경험이지요. 노무현 전 대통령의 탄핵이 거론될 때 일이니 벌써 8~9년이 흘러갔군요.

남북 경계선을 넘어 또 하나의 조국 땅인 북쪽 땅을 내 발로 한번 밟아 보고 싶다는 생각은 오래전부터 해왔습니다. 그렇다고 어느 작가처럼 보안법을 공공연하게 위반하며 평양으로 날아가 주석을 만나는 그런 배포도 나에겐 없고, 또 어느 작가처럼 술 한 잔 마시고 압록강 기슭을 어슬렁거리다가 취중 실수한 척 북쪽 땅으로 슬쩍 넘어가는 치기도 나에겐 없습니다.

내가 북쪽 땅을 가 보고 싶어 하는 이유를 한두 마디 말로 표현하기는 쉽지 않군요.

'저 경계선 너머에는 실재하지만 현실에서는 볼 수도 만질 수도 없는 가상의 반쪽짜리 조국이 있다.'

나와 같은 세대들은 평생 그 가상의 반쪽을 의식하며 살아왔습니다. 만약 기회가 주어진다면 그 반쪽을 한번 만나 보고 싶다, 이런 욕구와 호기심은 시정의 범부라도 누구나 가질 수 있는 생각입니다.

DJ 정권이 들어서고 남북은 드디어 화해의 길로 급속하게 접어듭니다. 사실 나는 1992년 대선 시기에 어느 출판사가 기획한 선거 전망 책자(1992년 풀빛 출판사 간행 『대선 기상도大選氣像圖』)에서 DJ를 지지하는 글을 쓰면서 그 첫째 이유로 그가 집권해야만 남북 관계의 숨통이 트일 거라고 적은 바가 있습니다. 몇 사람 언론인과 작가들이 각자 지지하는 후보를 위해 지지의 당위성을 펼치는 내용인데 나는 언론계 논객으로 그 당의 요청으로 거기 참여했습니다.

DJ 집권 이후 얼마 지나지 않아 현대 정주영 회장이 소 떼를 몰고 분단선을 통과하는 이벤트가 벌어지고 그리고 곧 꿈에서나 그리던 금강산 관광이 시작됩니다. 남북 화해 기류에 맞춰 수많은 유·무명 인사들이 버스를 타고, 혹은 비행기를 타고 북의 수도 평양을 왕래하는 모습이 TV 화면에 비칠 때마다 나는 그들이 너무나 부럽고 한편 질투심까지 생겼습니다.

DJ가 그다지 가망 없는 야권 후보일 때는 곁에 얼찐거리지도 않던 사람들이 그가 권력자가 되자, 구름 떼처럼 주위에 모여들었고 심지어 과거 그를 반대했던 인사들조차 언제 그랬냐는 듯 시치미를 뚝 떼고 그가 방북하는데 만면에 웃음을 띠고 동행하는 것을 보았습니다. 권력의 속성이란 걸 다시 느꼈습니다.

'그렇게 부러웠다면 돈 몇 푼 지불하고 금강산 관광 고객으

로 가면 될 것 아닌가?'

이렇게 말할 수도 있지만 그게 그렇게 간단한 문제는 아닙니다. 나는 이미 퇴직 신분으로 일정 수입이 끊긴 상태였고, 집안 생활도 근근이 꾸려 가는 처지에 가족은 젖혀 두고 나 혼자 금강산 구경 가겠다고 나설 형편도 아니었어요. 게다가 IMF 후유증이 여전하던 때라 과거 저서 몇 권에서 이따금 나오던 인세 수입마저 뚝 끊긴 상태였습니다. 출판사들은 종적을 감추고 연락조차 되지 않았습니다.

그 무렵 같은 언론계 퇴직자들 몇이 만난 술자리에서 '북에 아직 한 번 다녀오지 못한 사람은 팔불출'이란 말을 누군가로부터 들었습니다. 그게 내 심정을 꼭 집어서 한 말처럼 들리더군요.

'바보 멍텅구리 같으니라고. DJ를 그렇게나 열성적으로 지지하더니, 그리고 그가 되어야만 남북 관계 길이 열린다고 그렇게 열변을 토하더니 그래…… 막상 길이 열리니까 거기 끼지도 못해?'

그 자리에 있는 퇴직 동료들이 겉으로 내색은 안 해도 모두들 내 처지를 비웃는 것만 같았어요.

내가 혼자 이렇게 끙끙거리고만 있을 때 어느 날 '작가회의'라는 단체의 신임 사무총장이 내게 전화를 걸어왔어요.

그는 다짜고짜 내게 "금강산에 한번 다녀오지 않겠느냐?"고 물었습니다. 대학생 800명이 통일 운동 단체 주선으로 버스 여러 대를 동원하여 대거 방북하는데 '지도위원' 자격으로 다녀오라는 것입니다. 돈 한 푼 들이지 않고 맨몸으로 가도 좋다는 것입니다.

나는 '돈 한 푼 들이지 않고 맨몸으로'라는 이 말에 귀가 솔깃했습니다.

이거 괜찮구나! 지지리도 운 없는 나에게도 드디어 팔불출을 면할 기회가 오는구나.

생각해 볼 것도 없이 나는 담박에 시인인 그 신임 사무총장의 권유를 받아들였습니다. 그 통일 운동 단체 이름이 참 재미있습니다.

'지우다우, 지금 우리가 다음 우리를…….'

2009년까지 이 단체가 활동했던 걸 기억하는데 지금은 어떤지 모르겠습니다.

2

출발 날짜가 임박했기 때문에 나는 곧 여행 준비를 시작했습니다. 먼저 등산 및 장거리 보행용 스포츠화 한 켤레, 방풍이 되는 점퍼 한 벌, 그리고 아무리 공짜라지만 개인용 달러 약간 등을 준비했지요. 내게 여행을 주선한 사무총장에게서 들은 얘긴데 이 행사에는 북의 금강산 온정각과 고성군 명파 해수욕장 일대에서 약 10킬로미터의 도보 행군 프로그램이 잡혀 있다는 것입니다. 나에겐 이 도보 행군 프로그램이 무엇보다 매력적이었습니다. 가상의 세계에서만 아물거리던 북의 땅을 내 발로 마음껏 밟아 볼 수 있기 때문이지요.

그런데 갑자기 여행 떠난다고 들떠서 이것저것 준비하는 내 모습을 바라보는 아내의 표정이 몹시 굳어 있습니다. 한참 말없이 지켜보던 아내가 드디어 불만 가득한 목소리로 한 마디 했습니다.

“흥, 당신은 좋은 데 갈 때는 꼭 혼자 말도 없이 가더구만. 나도 금강산 좋다는 건 알거든요. 그런 데를 꼭 당신 혼자 가야지만 당신 인품이 서는 거요?”

나는 할 말이 없습니다. 사실 대꾸할 면목도 없고요. 이웃집 이 서방도 옆집 김 서방도 부인 동반 금강산 관광을 모두 다녀왔고 강남 사는 아내 친구들은 금강산은 아예 거들떠보지도 않고 유럽으로 동남아로 가족 여행을 뻔질나게 다닌다는 걸 알고 있지만 나는 그간 아내와 외국 나들이는 그만두고라도 국내 피서지 한번 동행한 기억이 없는 ‘죄 많은 인생’이니까요.

그렇다고 아내도 대학생 800명의 지도위원으로 함께 가게 해달라고—내가 무슨 서울시 의회 의원이라고—요구할 수는 없는 일 아닙니까? 그 무렵에 서울시 의회 의원 나리 어떤 분이 남아메리카 시찰 여행을 가면서 자기 부인을 보좌관으로 임시 직함을 만들어 여행에 동반해서 애처가의 전범을 보여준 게 잠시 화제가 된 일이 있습니다. 나는 화가 잔뜩 난 아내에게 이런 사정 저런 사정 구차하게 설명하고 해명한 끝에 겨우 아내의 양해와 이해를 얻어 냈습니다.

"기왕 가는 거니까 구경이나 잘 하고 오세요. 내 몫까지요. 또 게으름 피우다 정작 봐야 할 곳 빠뜨리지 말고요."

아내가 시원시원하게 격려의 말까지 해주었습니다. 아내가 말하는 '정작 봐야 할 곳'은 어디일까요? 여행이 끝났을 때 나는 아내의 이 한 마디가 이 여행의 맹점을 꼭 찍어 낸 거란 걸 늦게 깨달았습니다. 사실 내 머리 속에 금강산의 천하 절경은 그다지 큰 의미를 차지하고 있지 않았습니다.

북으로 출발하기 전 날 나는 방북 교육을 받기 위해 길가 좌판에서 염가로 구입한 '아식스' 등산화를 신고 휘경동 경희대학으로 갔습니다. 다음 날 새벽 버스가 그 대학에서 출발하는데 집에서 그곳까지 거리가 멀어서 나는 방북 교육을 받고 그 대학 부근에서 일박 할 예정이었습니다.

대학의 큰 강당에서 출발 전날 오후 몇 시간의 교육이 있었습니다. 남성과 여성, 두 사람의 강사가 그간 남북 교류 내역과 북쪽에 가서 말과 행동을 조심해야 한다는 요지의 강의를 했는데 성격이 활달한 젊은 여성 강사는 성공회 대학 강사로 자신을 소개하더군요. 서른 안팎으로 보이는 여성 강사의 북에 대한 시각이 매우 관대하고 호의적인 점이 흥미로웠습니다. 요즘 흔히 말하는 진보적 좌파라고나 할까요.

수강자는 대부분 전국 각지에서 모여든 대학생들입니다. 아는 얼굴이 하나도 없는 이십대 젊은이들 가운데 장년기를 이미 훌쩍 넘긴 나이 많은 남자가 한 사람 끼어 앉아 강의를 듣고 있는 모습이 그 젊은이들 눈에는 어떻게 보였을까요? 그러나 구김살 없고 활달한 젊은이들 가운데 내게 의심 가는 눈길을 보내는 친구는 한 사람도 없습니다. 나는 그들 속에 끼어 있는 게 아주 맘이 편했어요. 나는 방북 교육을 무사히 마쳤습니다.

이미 주위가 어두워졌습니다. 나는 휘경동 거리를 지나 이웃에 있는 이문동 쪽으로 갔습니다. 그곳은 아주 오래전 내가 다니던 대학이 있는 거리입니다. 기왕이면 기억이 서린 곳에서 밤을 보내고 싶은 것입니다. 나는 허름한 식당으로 들어가서 간단하게 저녁을 먹고, 그리고 하룻밤 묵을 숙소를 찾아나섰습니다. 여관과 여인숙 간판을 내건 곳은 골목마다 셀 수 없을 만큼 많습니다. 그런데 하나같이 시끌벅적한 골목을 끼고 있어 조용히 쉴 수 있을 것 같은 곳이 좀처럼 눈에 띄지 않았어요. 대학가 주변에는 늦은 밤에 웬 술꾼들과 주정꾼들이 그렇게 많은지!

눈앞에 있는 여인숙 간판을 바라보면서 곰곰 따져 보니 젊은 날 이래 여인숙을 다시 찾게 된 게 얼마만인가? 감회가 깊었습니다. 나는 여인숙과는 조금 깊은 인연을 갖고 있습니다. 한때는 여인숙을 잠시 빌려 그곳에서 글을 쓰곤 했으니까요. 마레크 후라스코의『제8요일』을 보면 연인들이 하룻밤 묵을 장소를 찾지 못해 방황하는 장면이 등장합니다. 나는 한 시절 글을 쓸 만한 방이 없어서 원고 보따리를 옆구리에 끼고 가급적 싸고 조용한 여인숙을 찾아 이곳저곳을 헤매고 다녔습니다.

오래전 그 기억들이 떠올라 나는 여인숙 간판 앞에서 잠시 멈칫하고 서 있다가 다시 발길을 돌렸습니다. 그런데 몇 걸음 옮기지 않았을 때 뜻밖의 돌발 사고가 생겼습니다.

조용히 쉴 곳을 찾는다고 너무 돌아다닌 후유증인지 갑자기 내 무르팍이 콱 꺾이고 나는 그 자리에 그만 주저앉아 버렸습니다. 이런 일은 처음입니다. 폐품 처리된 신발을 구입한 게 문제였을까?

한쪽 다리가 신경이 죽어 버린 것처럼 꿈쩍하지 않습니다.

"아무래도 금강산 가는 건 내겐 무리인가? 겨우 몇십 년 만에 기회가 찾아와서 북행을 하는데 이게 무슨 재앙인가? 걸을 수 없다면 거길 가서 무엇하나?"

내게 신앙이 있다면 나는 기도했을 것입니다. 그러나 신앙이 없는 나는 가방을 땅바닥에 내려놓고 두 손으로 움직이지 않는 한쪽 다리의 근육을 힘을 다해 주무르고 또 주물렀습니다.

"어떻게든 가야지. 무리가 되더라도 가야지."

나는 조금 신경이 돌아온 듯한 다리로 앉은 채 예비 동작을 몇 번 하다가 이윽고 다시 일어설 수가 있었습니다. 바로 눈앞에 내가 조금 전 바라보던 여인숙 간판이 나를 손짓해 부릅니다.

'그래. 다리도 아픈데 찾는다고 더 헤맬 것 없이 저곳으로 가자.'

나는 코앞에 있는 그 허름한 여인숙 문을 두드렸습니다. 여인숙은 3층에 있는데 환갑은 지난 듯한 뚱보 여인이 손님을 맞았습니다.

3

"아주머니. 내일 새벽까지 몇 시간 쉬고 갈 텐데 제일 조용한 방을 주세요."

"흠, 아주 조용하고 혼자 쉬기 딱 좋은 방이 있습죠. 거기 보이는 쪽문 열고 들어가요. 맘에 꼭 들 거라고."

여인숙 주인이 가리키는 맞은편 쪽문을 열자, 정말 겨우 한 사람이 들어가면 꽉 찰 것 같은 작은 방이 나타났습니다. 방이라고 하기엔 너무 작고 비좁아 나는 잠시 머뭇거렸습니다. 그러자, 눈치 빠른 여주인이 재빨리 말했어요.

"그래 봬도 우리 집 특실이라고. 제일 조용하거든. 숙박료도 다른 방 반값만 받아요."

그 '반값'이란 말에 나는 군말 못하고 그 방으로 들어가서 여장을 풀었습니다.

나는 옷을 벗고 자리에 누웠습니다. 천장에서 희미한 형광불빛이 방을 밝히고 있는데 정말 골목이 지척이건만 주위가 절간처럼 조용했어요. 운 좋게도 값싸고 조용한 방을 기적적으로 구하게 된 셈입니다. 눈을 감아도 금방 잠이 올 것 같지 않아 잠시 방 안을 두리번거리는데 그때 한쪽 벽을 가득 채우고 있는, 볼펜으로 끄적인 낙서들이 눈길을 끌었습니다. 보통 낙서에 비해 분량이 아주 많았고 아무렇게나 휘갈긴 글씨가 아니고 제법 줄까지 가지런히 맞춰 또박또박 써 내려간 낙서입니다. 흐린 불빛 아래서 그걸 바라보던 나는 느낌이 심상치가 않아서 갑자기 벌떡 일어나 벽 앞으로 다가섰습니다.

—죄송합니다. 세상에 무엇보다 못난 것이 스스로 삶을 놓는 거라고 생각했었는데 제가 그 못난 놈이 되어 버렸네요.

물론 궁금한 순간이었죠. 내 생애는 어떻게 끝날까? 어떤 모습일까? 누구나가 어쩔 수 없이 맞이하는 생의 마지막 순간에 이제 저는 섰습니다. 하고 많은 날 중에 오늘 이곳에서 조그만 날붙이를 손에 쥐고서. 이제 이쯤에서 끝내야겠어요.

(중략)

—아버지, 부모님 불효자를 용서…….

—민경 씨 미안해요. 당신의 마지막 문자, 마지막 통화는 받지 못하겠네요. 하지만 고마워요. 그 벨소리…… 당신을 생각하며 연습한 노래인데 이제 마지막으로 울려주네요. 고마워요. 미안해요. (중략)

내 작은 수첩에 기록된 것은 이게 전부입니다. 벽에는 이보다 훨씬 많은 사연들이 씌어 있었지만 나는 수첩에 옮겨 적다가 그만두었어요. 나는 그걸 보고 절간처럼 고요한 이 방에는 젊은 한 남자의 원혼이 숨 쉬고 있는 걸 알았습니다. 그는 공교롭게도 내가 금강산 가는 길에 나를 배웅하게 된 것입니다.

이 사람은 파랗게 젊은 나이에 왜 스스로 자기 삶을 접었을까? 낙서의 내용만으로는 그것을 감지할 수가 없습니다. 삶을 스스로 포기하는 이유는 수천 가지 수만 가지도 더 될 수 있고 오직 한 가지 이유일 수도 있습니다.

이런저런 생각을 하다가 눈을 감고 잠을 청하려고 하는데 반수면 상태로 접어들기 무섭게 나는 무엇에 놀란 듯 눈을 번쩍 뜨곤 했습니다. 꼭 옆에 누가 앉아서 내 얼굴을 물끄러미 바라보고 있다는 느낌이 들었거든요.

'당신, 금강산에 간다구? 좋으시겠다. 나도 거긴 가고 싶었

는데 이젠 갈 수가 없지.'

반수면 상태에서 이런 말소리도 들린 것 같습니다. 나이에 맞지 않게 지금도 신경이 예민한 나는 그때마다 눈을 번쩍 뜨고 방 안을 휘 둘러보곤 했어요. 그러다가 새벽 네 시까지 거의 숙면을 하지 못했습니다. 버스 출발 시간이 임박했기 때문에 나는 네 시에 일어나 세면을 마치고 그 여인숙을 빠져 나왔습니다. 물론 그 방을 나서기 전에 하룻밤을 함께 보낸 그 젊은 친구와 간단한 작별의 인사는 나누었지요.

오전 여섯 시에 나는 대학의 운동장으로 나가서 지정된 버스에 올랐습니다. 그 버스에서 나는 진짜 지도위원들을 몇 사람 만났는데 전직 의원을 지내고 지난 정부에서 학술 재단 이사장을 지낸 모씨, 역시 의원을 거쳐 관광공사 사장을 지낸 모씨, 그리고 민화협(민족화해협의회) 사무총장 C씨, 그리고 어제 방북 교육 강사였던 젊은 여성, 그리고 프로야구협회 사무총장 L씨 등입니다. 그밖에도 우리가 탄 버스에는 신분이 애매한 중년의 여염집 부인들이 여남은 명이나 동승했습니다. 이 부인들이 설마 지도위원 자격으로 참여한 것 같지는 않았고 짐작컨대 연줄연줄로 공짜 여행에 끼어든 사람들로 보였습니다.

학술 재단 이사장과 민화협 총장은 전부터 안면이 조금 있는 사람들입니다. 특히 민화협 총장 C씨는 전에 무슨 사회 단체에서 개최한 친선 바둑대회에서 두어 차례 마주쳤던 인연으로 가벼운 농담 정도는 건넬 만큼 친한 사이였지요.

그를 보는 순간, 나는 '옳지. 이 사람이 북한통이니까 이 사람 곁에 꼭 붙어 다녀야겠다'라고 마음먹었습니다.

이런 데서 자칫 어리바리하게 굴다가는 아무도 거들떠보지 않는 왕따가 되기 십상이거든요. 왕따가 되는 게 두려운 게 아니고 길을 잃고 헤맬까 봐 그게 두려운 것입니다. 그는 아마 북쪽을 이미 열 차례도 더 다녀왔을 테니까 초행인 나에게는 좋은 안내자가 될 게 분명합니다.

드디어 20여 대의 버스 행렬이 군사 분계선을 향해 출발했습니다. 나는 아직도 내가 지금 금강산으로 가고 있다는 사실이 믿어지지 않았습니다. 움직이는 버스에 타고 있는 지금도 여전히 분단선 저쪽은 내게는 가상의 세계입니다. 그 가상의 세계가 불과 몇십 분 뒤에 현실로 나타난다는 게 꿈 같기만 했습니다. 〈그리운 금강산〉이란 노래를 들을 때마다 우리는 지난날 얼마나 가슴 아파하고 그 산을 동경하고 그 산이 너무 멀리 있다는 사실을 원망하고 애달파 했습니까? 그 산은 단순히 수많은 절경을 품고 있는 산이 아니고 언제나 내겐 잃어버린 반쪽 조국의 상징이었습니다. 그 산을 향해 나는 지금 비록 폐품 처리된 '아식스' 등산화를 신고 있긴 하지만 달려가고 있는 것입니다.

8월의 날씨는 온화하고 밝아서 하느님도 모처럼 나의 북행에 축복을 내리는 듯했습니다. 버스는 서울 권역을 금세 벗어나 경기 북부 지역을 막힘없이 달리고 있습니다. 나는 민화협 총장 C씨와 나란히 앉아 간간히 농담도 주고받고 언제 바둑의 진검 승부를 벌여야 한다는 흰소리도 주고받았어요. C씨는 이름만 대면 누구나 알 만큼 민주화 운동으로 감옥을 처갓집처럼 드나든 인물인데 그럼에도 성격은 쾌활하고 특히 나에겐 바둑의 맞수라고 그러는지 아주 곰살맞게 굴었습니다.

그런데 천지가 화창한 이런 대낮에, 모처럼 축복받은 이 여행길에 이게 무슨 날벼락입니까?

4

버스가 경기와 강원 경계선을 막 통과한 뒤 몇 분 지나지 않았을 때 민화협 총장 C씨가 갑자기 심각해진 표정으로 버스를 세웠습니다. 정오에서 그다지 멀지 않은 시점이란 기억뿐, 정확한 시간은 떠오르지 않는군요. 학생들이 탄 버스들은 이미 앞서가고 있고 우리 차가 맨 뒤에서 달렸기 때문에 그나마 다행이었습니다.

"아이구, 난 서울로 다시 돌아가야겠어요. 지금 탄핵 가결이랍니다."

C씨는 그동안 계속 라디오 리시버를 귀에 꽂고 여의도 국회 상황을 실황으로 듣고 있었어요. 지금 막 국회에서는 현직 대통령 탄핵이 가결되었다는 겁니다. 대부분 승객들이 버스에서 일단 내렸습니다. 모두들 망치로 뒤통수를 한 대 얻어맞은 사람들처럼 한동안 멍청한 표정으로 서로 바라만 봤습니다. C씨는 이 행사의 실질적 지휘자이고 북과의 창구역을 맡았기 때문에 그의 거취는 아주 중요했습니다. 그는 당시 신생당인 열린우리당의 마포 지역 위원장을 맡고 있어서 당장 당으로 가 봐야 한다고 말했습니다. 그는 휴대전화기로 돌아갈 차편을 구하려고 여기저기 급하게 전화를 걸었습니다.

"죽일 놈들 같으니! 하필 오늘 같은 날 기어코 일을 냈구나."

전직 의원 모씨가 중얼거렸고 비슷한 탄식들이 여기저기서 터졌습니다. 전직 학술재단 이사장과 전직 관광공사 사장과 그리고 전직 의원 두어 사람이 머리를 맞대고 의논을 하는 모습이 보였습니다. 총장이 떠나는데 이 행사를 어떻게 끌고 가느냐? 그걸 의논하는 것 같습니다. 나는 길가 풀섶 위에 혼자 쭈그리고 앉아 잠시 고민에 빠졌습니다.

'내가 비록 C씨처럼 정치에 몸담은 처지는 아니지만 정부가 무너지는데 이 판국에 금강산 구경을 간다는 게 우습지 않은가? 나도 총장 따라 그만 돌아가야 하는 게 도리 아닐까?'

그러나 또 한편 다른 생각이 뒤를 이었습니다.

'한국 정치라는 게 이런 파국이 오십 년 동안 떡 먹듯 일어나는데 정치인도 아닌 내가 거기 지나치게 휘둘리고 동요할 게 뭔가?'

바로 이때 C씨가 다급한 걸음으로 내게 다가왔어요.

"차가 와서 난 가 봐야겠어요. 이거 모처럼 선생과 재미있게 지낼 기회인데 참 안 되었어요. 계속 가실 거죠?"

이미 생각을 정리한 나는 말없이 고개를 끄덕였습니다. C씨는 택시를 타고 서울로 떠났고 십여 분 이상 멈춰 서 있던 버스는 다시 북을 향해 출발했습니다.

차창 밖 날씨는 여전히 화창했지만 내 마음은 몹시 어두웠어요. 북에서도 남의 정변을 알 텐데 과연 그쪽에서 남을 신뢰하고 이 행사에 여전히 적극성을 띠고 나올까? 이게 나의 제일 큰 걱정이었습니다. 그리고 믿고 의지하려던 C씨가 가 버린 것도 내게 적지 않은 타격이었습니다. 탄핵의 여파가 애꿎게 내게까지 직접적 피해를 준 셈이지요.

지도위원 가운데는 버스에 오른 뒤 초기부터 나를 흘끔흘끔 곁눈질로 겨냥하던 한 사람이 있습니다. 체격이 우람하고 성질이 괄괄할 것 같은 인물인데 무슨 이유인지 그는 내게 관심이 많습니다. 그가 프로야구 사무총장이란 걸 뒤에 알았습니다. 설마 그가 나를 프로야구 선수로 스카우트하고 싶어서 그럴 리는 없을 텐데, 나는 그의 눈길을 못 본 척했지요. 그런데 내 수호신이던 C씨가 떠난 뒤 야구협 총장이 한층 적극성을 띠었습니다. 그는 비어 있는 내 옆자리로 양해도 구하지 않고 자릴 옮겨 오더니 다짜고짜 말했어요.

"선생을 저는 잘 압니다. 처음 보자마자, 너무 반가웠지요. 왜냐구요? 저희 형님도 언론인이신데 형님한테서 선생 얘길 아주 많이 들었거든요."

"형님이 누구신데요?"

"아무개라고…… 그닥 유명한 사람은 아니지만 그래도……."

"아, 그러시군요. 잘 알고 있습니다. 이거 반갑습니다."

나는 그저 인사치레로 이렇게 말했습니다. 곰곰 생각해 보니 언론 후배 가운데 그런 이름이 있긴 했지만 한 번도 직접 만난 기억은 없었습니다. 그래도 남의 이름을 기억해 주니 역시 반가운 건 사실이었죠. 여기까진 괜찮았는데 그 사람은 갑자기 허리춤에서 소주병을 불쑥 꺼내 마개를 이빨로 거칠게 따고 종이컵에 소주를 가득 부어 내게 불쑥 내미는 것입니다. 그러고 보니 그는 이미 전작이 있는지 입에서 소주 냄새가 확 풍겼습니다.

"아이구머니나…… 대낮에 술은 무슨 술입니까? 미안하지만 저는 낮에는 전혀 술을 못합니다."

"하하, 이렇게 우연찮게 뵙게 된 게 얼마나 축복입니까? 이게 인연이란 겁니다. 축하주를 마셔야죠."

내가 몇 번이나 손을 흔들고 사양했지만 그는 억센 한쪽 손으로 내 팔을 움직이지 못하게 꽉 붙잡고 술잔을 내 입으로 가져왔습니다. 마치 약 먹지 않으려고 버티는 어린애에게 엄마가 어거지로 약을 먹이는 것과 비슷한 동작이었습니다. 그 술잔을 뿌리쳤다가는 이 완력이 충만한 사내로부터 무슨 봉변을 당할지 모른다는 두려움이 순간 나를 사로잡았습니다. 결국 나는 아직 정오도 지나지 않은 시간에 소주 한 잔을 들이켜고 말았습니다. 술잔을 받았으면 당연히 그 잔을 상대에게 되돌리는 게 남자들의 풍속이고 이른바 주도酒道입니다. 이미 술을 입에 대지 않은 지 십수 년이 지났지만 한때는 나도 탑골공원 근처의 대폿집을 이웃집처럼 드나들기도 했던 전력이 있습니다. 특히 6월 항쟁의 시기에 그 데모에 적극 가담했던 나는 하루 싸움이 끝나면 동료들과 어울려 탑골 부근의 단골 대폿집으로 달려가서 밤이 이슥해지도록 소주와 탁주를 번갈아 마시며 시대의 진전을 배반하는 집권자의 행태에 격한 울분을 토로하곤 했습니다. 그러나 이미 오래전 추억입니다. 나는 집에서는 평소 소주는커녕 맥주 한 잔도 자작으로 마시지 않는 게 습관으로 굳어져 있습니다. 이유는 간단합니다. 나이 들수록 자기의 정신을 엄정하게 관리할 필요성을 절감했기 때문입니다.

삶의 순간순간은 짧지만 소중하다. 그 짧은 시간의 어느 한 모퉁이도 취기로 젖게 하고 싶지는 않다. 취기로 시심詩心을 돋운다는 말이 있지만 나는 이 말을 그다지 믿지 않습니다. 아침에 맑은 눈으로 화단의 꽃과 풀잎을 만났을 때 나는 가장 신선한 시심을 느낍니다. 하물며 수십 년 만에 모처럼 기회를 잡고 북의 땅과 만나는 순간에 술에 젖어 있어야 하다니!

그러나 주도에 따라 나는 술잔을 야구총장에게 건넸고 그는 내가 주는 술잔을 날름 받아 마셨습니다.

'아, C씨가 곁에 있었다면 이 술잔을 막아 주었을 텐데…….'

나는 떠나 버린 C씨가 못내 아쉬웠습니다. 일행의 지휘자이자, 감독관 격이던 C씨의 부재는 또 다른 후유증을 일으켰습니다.

앞에서 나는 여염집 부인으로 보이는 여남은 명의 중장년 여성들을 소개한 바 있습니다. C씨가 떠난 뒤 그때까지 쥐 죽은 듯 침묵하고 있던 이 여성들이 아연 활기를 띠고 버스 안의 분위기를 주도하기 시작했습니다. 이미 몇 잔 술을 마신 야구총장은 그들과 죽이 아주 잘 맞았지요. 어느 여성이 노래를 흥얼거리기 시작했고 어떤 여성은 버스 통로로 슬쩍 나와서 몸을 조금씩 흔들기 시작했습니다.

—꼬옷 피이이는 도옹배액 서어메에 보옴이이 와았거언마안…… 혀엉제에 떠어나안 부우사안항에……

나는 순간 내 귀를 의심했지요. 그러나 청아한 노랫소리는 점점 커지고 통로에서 춤추는 여인들의 동작도 더 활기를 띠기 시작합니다. 나는 이 중년 여성들이 이른바 '젊어서 노세' 파라는 걸 직감했습니다. 이들은 때와 장소를 가리지 않는 다는 게 큰 특징입니다.

5

나는 행여나 앞에서 가고 있는 학생들이 이 '가무歌舞의 광경'을 보게 될까 봐 조마조마했습니다. 중년 부인들이야 일상에서 흥이 나면 아무 때나 가무를 펼칠 수 있지만 수백 명의 학생들은 지금 결코 며칠 여흥을 즐기려고 거기 가는 게 아니기 때문입니다. 더구나 명색이 지도위원들이 모두 타고 있는 버스에서 이런 장면이 연출된다는 건 나로서는 상상도 못한 일입니다. 그렇다고 내가 나서서 만류할 처지도 아닙니다.

앞쪽 좌석에 전직 의원과 전직 고위 관리가 여럿 타고 있지만 그들 가운데 누구도 여성들의 가무를 만류하지 않고 되레 흥미로운 눈길로 그 모습을 지켜보기만 했습니다.

'나 한 사람만 너무 생각이 경직되어 있는가?'

한국인들은 동유럽의 헝가리나 폴란드처럼 평소 춤과 노래를 매우 즐기는 민족이다. 모처럼 금강산 구경 가는 것이 그들에겐 축제일 수 있다. 기쁘고 즐거운 날, 비록 버스 속이라곤 해도 잠시 국민 가요가 된 노래를 흥얼거리고 어깨춤을 춘

들 뭐가 이상한가? 한 발 물러 생각해 보니 여성들을 무턱대고 비난만 할 수도 없습니다.

'당신 혼자 너무 어두운 생각에 젖어 있는 거야. 어젯밤 그 여인숙 방에서 만났던 젊은이 생각에 아직 젖어 있는 모양이지. 세상사 그렇게 심각하게 생각할 거 없어.'

내 등 뒤에서 누군가가 내게 이렇게 말하는 것 같았습니다.

다행히 버스 안의 가무는 오래 지속되지는 않았어요. 가무가 시작되고 얼마 지나지 않았을 때 버스 행렬은 검문을 위해 멈췄고 가무는 저절로 중단되었습니다. 젊은 군인 한 사람이 버스로 올라와서 내부를 휘둘러 봅니다. 그는 인민군 복장을 하고 있습니다. 내가 11세 때 남으로 내려온 인민군을 보고 지금 다시 보는 것이니까 거의 60년 만에 육안으로 직접 북의 군인을 보는 셈입니다. 어릴 때는 굉장히 무서워서 군인이 옆으로 다가올 때 온몸을 부들부들 떨고 있었지요. 하긴 착검한 총을 들고 있는 군인이 다가오니 무서울 수밖에요. 그러나 지금 버스에 올라온 군인은 조금도 무섭지 않습니다. 젊은 병사는 버스 안을 한 바퀴 둘러본 뒤 말없이 밖으로 나갔습니다.

이제부터 북의 땅입니다. 그러나 국경을 통과한다는 기분은 별로 들지 않습니다. 그동안 막혀 있던 이웃집 울타리가 열리고 이웃 주인의 허락 아래 그 집 마당으로 들어서는 그런 기분입니다.

검문을 끝내고 모퉁이를 한 바퀴 돌아가자, 바로 그 산의 지극히 작은 한 자락이 자태를 드러냈습니다. 주위에 벌써 예사롭지 않은 기운이 감도는 걸 느꼈습니다.

금강산이 이렇게도 가까웠나? 경기와 강원도 경계선을 통과한 지 불과 삼십 분도 지나지 않은 것 같은데 벌써 금강산이 자태를 드러내다니! 나는 오랫동안 속아온 것 같은 허망한 생각에 잠시 젖었습니다. 우리는 물리적인 거리보다 마음으로 그 산을 너무 멀게만 느껴온 것입니다.

드디어 버스가 온정리의 북측 CIQ(출입국 관리소) 앞에 멎습니다. 대위급 정도로 보이는 인민군 장교가 검색대에 서서 일행들의 패스포트를 하나하나 검사하는데 학생들은 그저 형식적으로 살피고 쉽게 통과시킵니다. 그 장교는 내 패스포트를 보자, 뭔가 흥미를 느꼈는지 내게 말을 건넸습니다.

"남측 언론계 종사하셨군요. 북에도 같은 이름이 있습네다."

"알고 있습니다. 저와 동명이인同名異人이지요."

카프KAPF의 선봉이던 그는 월북해서 활동하다 지금은 열사릉에 묻혀 있습니다. 그의 소식은 최근 남쪽에도 많이 알려져 있습니다. 장교는 대학에서 국문학을 전공했다고 스스로 밝히고 "즐거운 여행 하시라요."라는 호의적 인사말까지 해줬습니다.

자, 이제부터 금강산 일대를, 아니, 그 일대의 북쪽 땅을 마음 내키는 대로 걸어다닐 수가 있습니다. 이박삼일, 일정이 다소 짧다고 느꼈지만 그 땅을 걷는 데는 결코 짧은 시간이 아닙니다. 그런데 결론부터 말하면 나는 꿈속에서도 그리던 금강산의 절경들을 한 곳도 구경하지 못하고 왔습니다. 사흘 동안 나는 학생들의 행사에 밤낮으로 동행하고 참석하느라고 산에 오를 짬도 없었고 어쩌다 잠시 휴식 시간이 주어져도 그 짧은 시간에 산에 오를 엄두를 낼 수도 없었어요. 지도위원들은 친한 사람끼리 짝을 지어 산에 다녀오기도 했으나 나는 늘 혼자, 아니 이십대 젊은 학생들 곁에 머물렀습니다. 그러고 보면 나야말로 진짜 지도위원 역할을 충실하게 한 셈입니다. 말로만 듣던 '만물상 코스', '구룡연'과 '상팔담'과 '옥류담' 등 천하 절경을 바로 지척에 두고 나는 그곳들에 곁눈질조차 주지 않았습니다.

도착 이튿날 고성의 명파 해수욕장에서 온정각까지 약 10킬로미터의 행군에 참여했던 일이 제일 기억에 남습니다.

그리고 셋째 날 온정리 문화회관에서 개최된 남북 합동 공연 장면들도 기억에 남습니다. 나는 금강산의 절경들을 구경하는 대신 온정리 광장에 세워진 금강산 안내도에서 그 절경들의 위치를 잠시 살펴볼 기회가 있었습니다. 아마 그 안내도는 대형 면세점 앞마당에 세워져 있었던 것 같습니다. 그 안내도를 꽤 열심히 들여다봤어요.

내가 여행에서 돌아왔을 때 아내가 대뜸 물었습니다.

"구경 잘 하셨어요?"

나는 망설임 없이 고개를 끄덕이고 "금강산 안내판에 그려진 금강산을 가까이서 아주 자세히 봤지."라고 대답했습니다. 아내는 그냥 지나쳤습니다. 그 말이 설마 금강산의 절경들을 모두 외면했단 말이라곤 생각하지 않는 것 같았습니다. 물론 나도 금강산의 풍류와 멋을 육안으로 확인하고 싶은 욕구는 있었습니다. 아니, 보통 이상으로 이 욕구가 강했을 수도 있습니다. 그러나 그 산의 절경들을 못 본 것이 그다지 아쉽지는 않습니다. 학생들과 행군할 때 얕은 개울가를 지나는 기회가 있었습니다. 학생 몇 명이 개울가에 주저앉아 물속에서 헤엄치는 작은 물고기들을 신기한 듯 바라봤습니다. 나도 거기 잠시 주저앉아 작은 물고기들이 민첩하게 헤엄치는 모습을 한동안 물끄러미 바라봤어요.

"북의 물고기야. 남쪽하고 똑같애."

어느 학생이 큰소리로 말했어요. 그러고 보니 남쪽 어느 개울에서 헤엄치는 작은 물고기들과 전혀 다를 바가 없는 물고기들입니다. 그 학생의 말이 지금도 가끔 떠오릅니다. 개울 속 그 작은 물고기들의 모습도 가끔 눈앞에 어른거립니다. 그 개울 속 풍경이 금강산에서 내가 바라본 제일 아름다운 절경이었습니다.

【대표 단편 소설】

투계鬪鷄

뒤란 우물가에 서 있을 때 저편 야산을 등진 골짜기로부터 바스락바스락 소리가 들려왔다. 잡초가 우거진 골짜기의 숲은 지금 한창 무성한 데다 어두워서 가까운 곳이지만 아무것도 보이지 않는다. 집 근처도 조용했지만 뒤란 쪽은 불빛이라곤 비추이지 않아 더욱 암울한 정적에 잠겨 있었었다. 일인日人의 농장 감독 숙사였던 구 관사의 근처에는 인가가 하나도 없었다.

우물가에서 귀를 기울이고 있는 동안 맞은편 골짜기로부터 누군가가 요란하게 바스락 소리를 내면서 눈앞으로 다가왔다.

넌 왜 여기 나와 있어?

깜짝 놀랄 만큼 빠르게 곁에 와 선 종형이 퉁명스럽게 물었다.

여긴 공기가 상쾌해요.

나는 종형의 덜덜 떨리는 상체를 불안하게 눈여겨보고 있었다. 그의 호흡은 골짜기를 바쁘게 걸어나온 걸음이라 아직 거칠었다.

무얼 하러 가긴 갑니까?

밤 산보야.

종형은 귀찮다는 듯 단조롭게 대꾸했다.

거긴 캄캄할 텐데요.

나는 이때 죽은 듯한 침묵을 밤새 안고 있을 골짜기 쪽을 힐끗 보고 있었으며 여름밤으로는 가장 어둡다고 말하는 이 같은 초저녁에 혼자서 거길 들어 다닌다는 건 꽤 용기가 필요하리라고 생각하고 있었다.

내가 무얼 무서워하는 줄 아니?

대뜸 종형은 화난 듯이 투덜거렸다. 나는 그때서야 그가 거의 매일 밤 거길 들어 다닌다는 걸 깨달았다. 아마 밤 이맘때쯤 집 안에 그의 모습이 보이지 않은 때는 그는 필경 그곳으로 들어갔을 것이었다. 그러니까 종형으로서는 혼자서 저길 들어 다닌다는 게 이제는 용기 문제가 아니라 하나의 습관일는지도 몰랐다. 일견 대단한 그 습관을 뽐내 보이려고 그는 방금 투덜거린 것만 같았다. 그렇지만 종형은 어두운 골짜기 속으로 들어가 무얼 하는 것일까. 아마도 가장 무섭다는 것이라든가 가장 끔찍스럽다는 것에 대하여 스스로의 견인력堅忍力을 시험해 보고 그걸 확인하고 싶고 그리고 그걸 더욱 다져 보고 싶은 욕망 때문일는지도 몰랐다.

저쪽 관사의 앞뜰 쪽에서는 숙모님과 어떤 아낙이 도란도란 얘기를 하는 소리가 조그맣게 들려왔다.

또 누가 왔어?

종형은 앞뜰 쪽으로 귀를 바싹 기울이는 시늉을 해보였으나 도란거리는 소리는 거의 무슨 말인지 알 수 없을 만큼 작았다.

아마 그 여자일 거요.

흐흥 하고 종형은 가볍게 코웃음을 쳤다.

들어가자.

그는 앞장서서 성큼성큼 뒷마루의 뒤란으로 통하는 문 앞으로 걸어갔다. 우리들은 컴컴한 뒷마루를 지나 관사의 오른쪽에 자리잡은 큰 부엌방으로 들어갔다. 커다란 램프가 한쪽 벽 밑에서 널따란 방 안을 겨우 침침하게 밝혀 주고 있었다.

심지를 조금 돋워.

너무 어두웠으므로 종형은 갑자기 밝아진 곳에 있고 싶은 모양이었다.

나는 램프의 심지를 아주 커다랗게 돋워 버렸다. 갑자기 부풀어오른 불빛이 눈부시도록 방 안을 가득 채우는 것 같았다. 그 돌연한 변화가 종형을 만족시키리라는 걸 내 손가락은 알고 있었다.

앞마루에서 얘기하는 건넛마을 구장 며느리의 목소리는 조금 크게 들렸지만, 그 여자가 매우 조심스럽게 소리를 낮추어 말하므로 또렷하게 들리지는 않았다.

그 재래종도 졌어.

방 아랫목에 벽을 등지고 앉아 있는 종형이 문득 신음처럼 말했다.

저녁때 그 싸움은 끝났지. 그놈은 허세뿐이란 말야.

그는 맥이 풀리는 듯 두 다리를 길게 내 앞으로 뻗고 움푹 들어간 희멀건 눈빛으로 나를 바라보았다. 나는 그 재래종을 어제 구입해 왔을 때 잠깐 보았을 뿐이었다. 그놈은 몸집이 커다랗고 빨간 벼슬이 화려할 만큼 치솟아 있어 수탉으로서의 기상은 그만이었다. 그 기상마저 종형의 말마따나 허세에 불과했다니 조금 기대에 어긋난 것도 같았지만 상대가 뿌라마라면 그다지 놀라운 일은 아니었다.

벌써 뿌라마는 몇 마리째 해치웠는지 몰랐다. 그놈은 며칠 전에도 자기보다 훨씬 체구가 커 보이는 프리마스의 잡종을 해치운 일이 있었다. 프리마스 잡종의 거대한 체구를 처음 보았을 때 이번만은 뿌라마도 꽤 힘들 것이라고 생각했던 것인데 놈은 순식간에 그 거대한 프리마스 잡종의 고깃덩어리를 보기 좋게 짓이겨 버렸던 것이다.

처음 대어 주니까 그놈은 제법 상대를 암탉으로나 여기는 듯 두 다리를 옆으로 재 가면서 뿌라마에게 유유히 접근해 가더군.

종형은 그때 싸움 광경을 나에게 될수록 자세하게 알려 주려고 몇 번이나 머리를 갸우뚱거리며 그때 모습을 돌이켜보고 있었다. 나는 그 싸움에 입회하지 않았다.

뿌라마는 놈이 바로 눈앞에 올 때까지 꼼짝도 않고 있었어. 그러다가 눈앞에 그놈이 다가오자, 별안간 덤벼들어 그만…….

허허 하고 종형은 말 끝에 빈 웃음을 웃었다. 그 웃음 소리 속에는 얼마간의 감추어진 고통이 담겨 있다는 걸 알 수 있었다. 뿌라마의 강점을 얘기할 때 종형은 고통스러운 것이다. 다음 얘기는 듣지 않아도 빤했다. 아마도 그 재래종은 질겁을 하고 도망치고 말았을 것이다. 종형의 빈 웃음 소리가 그때의 우스꽝스러운 장면을 말해 주고 있었다.

나는 종형의 너무나 희멀건 눈빛을 바로 대하지 못하고 나의 그림자가 비스듬히 드리운 바른편 벽을 멍하니 보고 있었다. 불만으로 다시 거칠어진 종형의 숨결이 곁에서 들렸다.

거의 한 달 가량이나 승리만을 계속해 온 뿌라마를 쓰러뜨리려는 그의 노력은 번번이 낭패로 돌아갔다. 그럴수록 종형의 뿌라마에 대한 적대 의식은 비례해서 가중되는 모양이었다.

그놈을 미워하게 된 처음 동기는 무엇이었는지 확실치 않다. 다만 미움증이 들기 시작하면서부터는 그놈의 모든 거동이 밉살스러운 것이다. 이를테면 뿌라마의 균형 잡힌 탄탄한 체구도 그렇고 놈의 유난히 타는 듯한 눈빛도 그러했다. 놈은 또 꼬꼬 꼬 하고 우짖는 소리도 다른 종계와 달라 아주 드문 베이스였다. 어떤 때 문득 그놈의 꼬꼬 꼬 하고 우짖는 소리를 들으면 아주 저조하고 음흉스런 느낌마저 든다고 종형은 말했다. 그놈의 짙은 주황빛 털이 꼬깃꼬깃 엉켜 있는 모양은 마치 부패한 핏빛과 같아 결코 유쾌한 빛깔은 아니었다. 그 모든 것을 종형은 미워하고 있는 것이다.

임마, 넌 왜 못 들은 척하고 있어?

갑자기 귓전에서 종형의 고함 소리가 멍멍 울려 왔다. 나는 퍼뜩 정신이 들어 종형의 화난 듯한 얼굴을 바라보았다.

저 심지를 조금 낮추어.

종형은 나지막이 말하고 나의 얼굴을 쏘아보고 있었다. 나의 얼굴의 표정이 조금 달라지나 보려고 하는 것이다. 내 표정이 달라지면 거기에 맞추어 더욱 나를 골려 보려고 그러는 것만 같았다. 나는 겁이 잔뜩 난 사람마냥 숨결조차 죽이고 램프께로 기어가 심지를 훨씬 낮추어 버렸다. 갑자기 밝음은 침침하게 흐려져 버렸고, 종형의 모습도 희미해 보였다.

넌 내가 하는 일에 부러 모른 척하지? 아까도 넌 구경하지 않았어.

그의 목소리는 조그맣게 들렸지만 그 어조 속에는 나에 대한 대단한 분노가 스며 있었다. 며칠 전 큰 부엌에서 그가 나를 구타할 때 나는 앞으로는 꼬박꼬박 투계 장면에 참석하기로 약속했던 것이다. 그런데 이번에도 나는 그 약속을 어기고 말았다.

이 새끼야. 맞아야 알겠어, 하고 금방 종형이 내게 주먹을 불끈 쥐고 덤벼들 것만 같아 나는 몸을 부들부들 떨었다. 이 새끼야. 넌 여기서 쫓겨나면 알거지가 되는 거야, 하고 그가 또다시 욕지거릴 섞어 가며 말하는지도 몰랐다. 숙모님과 종형 둘이서 사는 단출한 생활 위에 나는 젖먹이 때부터 얹혀 살아 왔다.

댁의 아드님들께 제가 직접 말씀을 드리고 싶어요.

이때 앞마루에서 그 여자의 말소리가 크게 들려왔다.

그건 안 됩니다.

숙모님은 간신히 목소리를 억제하면서 당황하는 듯한 어조로 말했다. 그리고 잠시 앞마루 쪽은 조용했다. 종형은 앞마루 쪽의 장지문 가까이로 어느새 옮겨 앉아 꼼짝 않고 바깥에서 하는 소리를 들으려고 귀를 기울이고 있었다. 그 여자가 우리에게 직접 다가온다. 그건 대단한 열성이었다. 하지만 천주님의 곁으로 오시오, 라고 백 번 말해도 아무런 성과도 없을 것이다. 숙모님은 그걸 알고 계신다. 잠시 침묵이 흐른 다음 그 천주교의 마을 회장은 다음에 또 오지요, 라고 말하고 행길로 걸어나갔다.

어머니가 저 여잘 끌어오는 거지?

그 여자가 매일 와요.

어머니가 상대하니까 오는 거야.

오는 건 할 수 없죠.

임마, 상대하니까 오는 거야.

어머니도 미쳤어.

종형은 투덜거리면서 벌떡 일어섰다.

내게 온다구? 흥.

내게 왔다만 봐라 따귀를 때려 줄 테다. 사람을 어떻게 알고…….

그는 방 안의 이쪽저쪽을 성급하게 왔다 갔다 하면서 거칠게 콧숨을 몰아쉬었다. 지금의 그로서는 외부의 인간이 접근해 오는 일이 제일 싫은 일이었다. 누구든지 이쪽 낡은 구 관사의 뜨락으로 들어서서 폐가와 같은 이 집 안의 생활을 기웃거리려고 하는 자는 그에겐 주제넘은 침범자나 다름없었다.

마을 사람들이 우릴 미친놈들이라고 말한다지?

등을 보이고 벽을 향해 서 있다가 그는 나를 돌아다봤다. 그가 우리라고 말했으므로 나는 얼떨떨했다. 남이 뭐라고 하든 그따위는 두려울 거 없다라고 말해 온 그가 언제 그 말을 귀담아듣고 있었는지는 알 수 없었다. 나는 머뭇거리면서 종형의 눈치만을 살폈다. 그렇게 말하는 걸 나도 들은 거 같아요, 라고 말하려고 했으나 쉽사리 나오지 않았다. 종형은 나를 여전히 뒤돌아보고 있었다. 하지만 꼭 그렇게 말하지는 않았던 것이다. 종형이 우리라고 예사롭게 말했을 때 나는 얼떨떨했다. 마을 사람들은 종형에 대해서만 수군거리곤 했다. 아예 나 따위는 처음부터 문제도 되지 않는 것이다. 그편이 나에게도 좋았다. 마을 사람들도 나의 고통스런 피동의 입장쯤은 바라보고들 있는 모양이었다.

내 편에서 대답을 머뭇거리는 속셈을 종형도 알아차린 듯했다. 그 질문은 새삼스런 것도 아니었던 것이다. 종형은 불쾌한 얼굴빛으로 돌아가더니 그 모든 잡음을 털어 버리듯 머리를 좌우로 함부로 흔들어 댔다. 그리고 머리를 다시금 똑바로 세웠을 때 그의 눈은 새로운 희망으로 빛나고 있었다.

내일은 새 종계를 구입해서 기어코 그놈을 해치우겠어.

무슨 대단한 내기라도 걸어 놓은 듯 그는 신이 나서 말했다. 새로 종계를 구입하자면 비용이 또 들었다. 그 돈을 종형은 번번이 숙모로부터 강제로 받아 냈다. 최근 뿌라마를 쓰러뜨리려는 기도 때문에 비용은 훨씬 늘어나게 되었다.

이번에는 정말 신중하게 골라잡아야 되겠어.

오랫동안 투계를 시켜온 탓으로 종형은 사나운 놈의 특징을 잘 알고 있었다. 하지만 낮에 외출을 하지 않는 그는 자신이 직접 읍내 장으로 나갈 수는 없다. 그게 제일 종형으로서는 안타까운 일이었다. 하는 수없이 아무나 마을의 장꾼을 붙들고 종계의 구입을 부탁하기 일쑤였다.

투계에 쓰일 종계로는 부리가 짧고 두터워야 하고 눈은 광채가 있을수록 좋았다. 광채라 해도 검은 빛의 광채가 아니고 약간 싯누런 빛을 띠고 있으면 그놈은 틀림없이 잔인하고 대담한 놈이었다. 그리고 벼슬은 될수록 커다랗고 두터워야 했다. 그건 싸움닭의 첫째로 꼽히는 순종 샤모의 벼슬이 그와 같은 데서 연유했다.

그밖에도 발가락이 짧다든가 모이를 먹을 때의 쪼는 모습 같은 것도 특징의 하나가 되었지만 부탁을 받는 장꾼이 이 같은 조건을 모조리 기억해 두리라곤 기대하기 힘들었다.

내일은 볼 만할 거다. 기억해 둬. 넌 내일은 꼭 곁에 있어야 돼.

가벼운 졸음이 와서 나는 벽에 기대고 눈을 반쯤 감고 있었다.

임마, 대답해 봐!

하고 종형은 불끈 쥔 주먹으로 아래로 처진 내 턱을 윽박질렀다.

보겠어요.

나는 간신히 대답하고 금방 여운처럼 귓전에 남아 울리는 나의 자지러드는 듯한 말소리에 놀라고 있었다. 그것은 내가 한 대답이라기보다 종형의 불끈 쥔 주먹이 쥐어짜 낸 대답과 같았다. 나는 졸음에 지쳐 그만 벽에 머리를 기대고 힘없이 앉아 있었다. 종형은 무슨 급한 일이나 있는 사람처럼 부리나케 미닫이를 열고 뒷마루로 나가 버렸다.

야, 임마. 이쪽으로 나와 봐. 이건 정말 근사하다.

뒤란에서 새로 구입된 종계를 가지고 종형이 나를 부르고 있었다. 뒤란으로 나가자 새 손님은 벌써 우물가의 아카시아 나무에 매여 있었는데 뜻밖에도 몸집이 작았다.

이놈은 정말 샤모의 순종일지도 모른다. 저 부리를 봐!

놈의 갈색 부리는 짧고 아주 튼튼해 보였다. 체구는 작아도 나무 아래서 끈에 한쪽 발을 묶인 채로 이곳저곳을 깡충거리는 활기라든지, 약간 싯누렇게 타오르듯 빛을 뿜는 눈의 모양은 종형이 샤모의 순종이라고 허풍을 떨 만도 했다. 놈의 벼슬은 짧았지만 끝머리가 두텁고도 뭉툭하게 맺혀져 있어 어쩌면 샤모의 피가 조금쯤은 섞였을지도 모른다는 억측을 불러일으켰다. 놈은 새하얀 털로 감싼 조그만 몸을 우리들의 발을 피해 이리저리 잽싸게 깡충거렸다. 놈의 참말 작은 몸집이 어떤 기대를 자아내게 했다.

어때, 근사하지?

나의 대답이 무슨 보증이나 되듯 종형은 정색을 하고 나를 보았다.

네. 조금.

임마, 조금이 뭐야? 이놈은 이긴다.

이놈을 조금만 더 쉬게 하고 곧 시작할 테야.

아직 저녁 무렵이라 여느 때의 시간보다는 훨씬 이른 셈이었다. 보통은 밤 자정 무렵에 싸움을 시키곤 했는데 종형은 결과에 대한 초조감 때문에 오랫동안 참아 낼 수 없는 것 같았다. 그는 나에게 샤모를 맡겨 놓고 뿌라마가 있는 큰 부엌의 뒷문으로 뛰어들어갔다.

지금 쓰지 않는 큰 부엌은 종형의 투계장으로는 알맞은 넓이와 폐쇄성을 지니고 있었다. 무엇이 흥겨운지 큰 부엌 안을 뛰어다니는 종형의 발소리가 유난히 크게 들려왔다.

조금만 있으면 뿌라마와 샤모의 싸움을 시작할 셈이었다.

나는 큰 부엌의 뒷문을 힐끗 바라다보았다. 반쯤 열린 채 아직 종형은 나타나지 않고 있었다.

피하려면 이때였다. 나는 슬금슬금 발소리를 죽여 가며 우물가를 떠나 뒷산 골짜기 쪽으로 걸어가기 시작했다. 가면서도 뒤편의 부엌문에서 눈을 뗄 수는 없었다. 골짜기의 숲속에 들어가면 몸을 숨길 수 있을 게다. 형이 알아챌까 봐 나는 빨리 걷질 못해 걸음이 아주 느렸다.

이윽고 골짜기 응달진 속으로 깊숙이 들어서자, 큰 부엌의 뒷문은 보이지 않았다. 종형의 발소리도 아무것도 들리지 않고 숲은 조용하기만 했다.

밤이 깊어서야 나는 골짜기 속에서 나왔다. 뿌라마와 샤모의 싸움은 벌써 끝나 버렸을 시간이었다. 종형이 잠들고 있기를 바라면서 큰 부엌방의 뒷 미닫이를 열자, 종형은 침침한 램프불 곁에 비스듬히 누운 채 눈을 빤히 뜨고 있었다.

어데 갔다 와?

벌떡 일어서며 그가 퉁명스럽게 묻자 나는 문설주 위에서 뒤로 주춤 물러서느라고 하마터면 넘어질 뻔했다.

종형은 대뜸 나에게 다가와 내 팔목을 덥석 잡았다.

이 새끼야.

샤모가 진 것이 나의 과실이나 되는 듯이 그는 내 이마 위에서 숨을 씩씩거리며 나를 노려보았다.

그놈은 빨랐지만 힘이 모자랐어.

그건 우리들의 예상과 맞아 들어간 결과였다. 그런데 종형은 무언가 억울한 듯 천장의 한 지점을 잠시 뚫어지게 쏘아보고 있었다.

샤모는 테크닉이 참 좋았는데…….

아쉬운 어조로 다시 덧붙이는 종형은 아주 맥이 풀린 듯이 보였다. 내 팔목을 힘껏 잡은 그의 바른손이 부르르 떨린다. 이제 다시 뿌라마를 쓰러뜨리기 위한 일전을 마련하는 건 그에게도 매우 어려운 일이다.

새로운 종계를 구입한다. 매번 세밀하게 부탁하고 부탁해도 장꾼들은 그다지 충실한 심부름꾼이 못 되었다. 뿌라마를 상대로 제법 싸움다운 싸움이라도 벌일 만한 종계조차 구하기 힘들었다. 게다가 요즘 비용을 대어 온 숙모조차 그걸 완강하게 거부하기 시작한 것이다. 무엇보다 살림이 쪼들리기 시작할 무렵이었다. 카다란 성계成鷄의 가격은 결코 소액이라고는 할 수 없었다.

샤모는 테크닉이 참 좋았는데 하고 아쉬운 듯 종형이 말할 때 그는 이제 새로운 종계를 구입하는 게 당분간 힘들다는 걸 느끼고 있는 것 같았다.

이 새끼야, 넌 어데 갔었지?

별안간 실망이 분노로 변질되어 종형은 꽥 소리치고 뒷마루에서 큰 부엌으로 나가는 문 앞에 나를 떠다밀었다.

그 문을 열고 거기 들어가.

나는 떨리는 손으로 조그만 미닫이를 가까스로 열고 컴컴한 큰 부엌으로 내려섰다.

오래 쓰지 않아 버려 둔 구석구석의 썩은 지푸라기에서 악취가 흘러나왔다. 종형은 마루에서 구두를 신고 맨발로 떨고 있는 내 앞으로 훌쩍 뛰어내렸다. 어둠 속에서 돌연 커다란 주먹이 얼굴로 날아 들어왔다. 연거푸 두 번, 힘을 다한 종형의 주먹에 나는 무릎을 세운 채 앞으로 주저앉았다. 이번에는 구둣발이 내 등어리와 어깻죽지를 힘껏 걷어찼다. 나는 연거푸 발길로 쓰러져 부엌 바닥을 데굴데굴 뒹굴었다.

어두컴컴한 부엌 구석으로 밀려나 나는 엎드린 채 비명을 감추려고 숨을 헐떡거렸다. 주위는 너무나 조용해 내가 힘껏 소리를 억제해도 헐떡이는 내 가쁜 숨결이 큰 부엌 안의 정적을 깨뜨리고 있었다.

종형은 다시금 뚜벅뚜벅 내게 걸어와서 구둣발로 내 뒤통수와 잔등을 함부로 짓밟았다. 짓밟을 때마다 퍽퍽 무언가 맞부딪는 둔탁한 음향이 내 귀에도 들렸고 나는 그 소리를 들으면서 점점 멍멍해지는 정신을 가누려고 안간힘을 썼다.

잠시 발길이 멈추고 종형은 우두커니 서서 쉬고 있었다. 나는 죽은 듯이 엎드린 채 숨결을 고르면서 컴컴한 부엌 구석을 응시하고 있었다. 거기에 어둠과 정적이 한꺼번에 쌓여지는 것만 같았다. 마치 모든 것을 폐쇄하고 차단해 버리고 만 조그만 세계의 암울한 색깔이 금방 내 눈에는 보이는 것 같았는데 이윽고 조그만 것이, 얼른 눈에 뜨일 수 없으리만큼 아주 조그만 것이 거기에 번뜩이고 있었다. 나는 그것을 가만히 꽤 오랫동안 지켜보고 있었다.

뿌라마의 눈빛은 좀처럼 움직일 줄 모르고 의연히 부엌 구석에서 조그맣게 빛을 내뿜고 있었다. 놈은 아마도 종형으로부터 미움받은 탓으로 모이조차 제대로 먹질 못하고 거기 갇혀 있으리라.

이 새끼야, 넌 내가 하는 일을 부러 피하는 거냐?

종형은 성난 사람 같지 않게 가라앉은 목소리로 가만히 말했다. 그편이 더 두렵게 들렸다. 나는 여전히 꼼짝도 하지 않고 벽가에 쓰러진 채 부엌 구석의 어둠 속에 반짝이는 뿌라마의 눈빛을 보고 있었다.

이 새끼야, 넌 여기서 쫓겨나면 알거지 신세야.

나한테 한 차례 퍼부어 대고 그는 뒷마루를 지나 큰 부엌방으로 들어가 버렸다. 어떻게 된 건지 나는 벙어리와 같았다. 그게 종형을 대하는 제일 안전한 방법이라는 걸 언젠가부터 스스로 체득한 것이다.

별안간 주위는 다시금 평온해졌다. 이제 투계는 다시 없을까. 제발 그래 주었으면 좋겠다, 하고 나는 속으로 생각하고 있었다. 그걸 나는 구석의 뿌라마에게도 말하고 싶었다. 놈은 강자니까 싸우고 난 뒤의 이긴 놈의 거만을 잘 알리라. 하지만 이긴 놈의 벼슬도 결코 성하지는 못한 것이다. 부딪히고 쪼아리고 물어뜯고 지쳐서 쓰러질 만큼 싸우고 난 뒤에 단지 상대방의 우위에 섰다는 관념만이 남는 것이다. 패한 놈의 고통에 겨운 비명으로 그 관념은 더욱 살찐다. 그걸 나는 뿌라마의 사나운 투혼에 호소하고 싶었다. 놈은 그걸 알고 있다는 듯이 평소의 용맹스러움에 어울리지 않게 아주 죽은 듯이 잠자코 있다. 숙모님이 종계 구입의 비용을 끝내 거부해 주신다면 그러나 그것도 문제는 아니다. 종형은 또다시 새로운 방법을 모색하고 있을 게다.

오늘도 안 될까요?

앞마루께에서 그 여자가 말하고 있었다.

저는 할 수 있어요.

그 여자는 왜 우리에게 특히 종형에게 다가온다는 걸까. 숙모님이 말해 줄 수 없는 것이라면 그녀가 직접 우리를 상대하겠다는 거다. 숙모님의 전언보다는 그편이 한층 효과적이라고 생각하는 모양이다. 하지만 숙모님은 난처한 듯 거의 아무 말도 하지 않고 있었다.

마음의 기둥을 세우지 않으면, ……그러니까 댁의 아드님은…… 인도하는 건…… 아무래도 사람이란…….

그 여자는 시골 아낙답지 않게 매우 능숙한 어조로 말하고 있었다.

사람을 어떻게 알고? 험악하게 이지러진 표정으로 뇌까리는 종형의 말소리가 들리는 것 같다. 숙모님은 좀처럼 그 여자가 우리에게 접근하는 걸 허락하지 않고 있다. 종형을 누구보다 잘 알고 있는 탓이리라. 그 여자는 하는 수없이 밤이 이슥해 타박타박 고적한 발소리를 울리면서 뜨락 저편으로 걸어갔다. 다시 주위는 죽은 듯이 조용해졌다.

어디서 구했는지 길다란 몸나무 몽둥이를 들고 대낮부터 종형은 큰 부엌으로 달려갔다. 뒤란의 우물가를 지나면서 따라와, 하고 그가 말했으므로 나는 성급한 그의 뒷모습을 겁먹은 시선으로 좇아갔다. 그의 허둥대는 어수선한 발걸음이 불안감을 떠안겨 주었다. 간밤에 안방에서 숙모님과 격렬하게 다투어 대는 소리를 나는 들었던 것이다. 그 격렬한 다툼 끝에 무언가 좌절된 종형은 숨을 씨근덕거리며 안방 미닫이를 요란하게 닫고 나와 버렸다.

큰 부엌 안은 삼면의 판자벽 틈새로 빛이 새어 들어와 다소 밝았다.

낮에 그곳에 서게 되면 천장의 그을음과 오래된 거미줄, 벽 구석의 지푸라기 썩은 무더기들이 죄다 드러나 밤보다 한층 살벌했다.

한쪽 기둥에 새끼줄로 발이 매어진 채 뿌라마는 부엌 안에 방치되어 있었다. 샤모가 밝은 바깥 나무 그늘 밑에서 풍부한 좁쌀을 쪼고 있는 것과는 대단한 차별 대우였다.

종형은 길다란 몽둥이의 한쪽 끝을 두 손으로 꼭 부르쥐고 벽가에 우두커니 서서 뿌라마를 내려다보고 서 있었다. 불면으로 눈이 다소 충혈되어 있는 데다 흥분되어 얼굴이 빨갛게 부어올라 있었다.

내가 이놈을 몽둥이로 때려죽일 테니 두고 봐.

그는 성큼성큼 뿌라마가 매여 있는 벽기둥께로 다가갔다. 그의 허약하나 완강하게 보이는 등바닥이 저편으로 구부정하게 숙여졌다. 새로운 대전을 마련할 수 없을 바에야 뿌라마를 그대로 둘 수는 없어. 이놈을 내 손으로라도 해치우는 거지, 라고 종형의 완강한 등바닥에서 나는 읽었다.

이윽고 몽둥이가 허공으로 번쩍 솟아올랐다. 벽 구석 기둥에 매인 채 부엌 바닥에 웅크리고 앉은 뿌라마를 겨누고 길다란 몽둥이는 허공에서 잠시 멈춘 채 덜덜 떨렸다. 몽둥이의 한쪽 끝을 힘껏 부르쥔 종형의 팔목에 힘줄이 서고 그 팔은 뜻밖에도 올려진 채 부들부들 떨고 있었다. 이놈을 단숨에 때려죽일 수 있다고 뽐내 보이고 싶은 그 팔이 돌연 아래로 힘껏 내리쳤다. 쿵 하고 벽 구석의 기둥을 두들기는 소리가 들렸고 낡은 가옥의 기둥들이 연쇄 반응으로 덜렁덜렁 울림 소리를 냈다. 종형은 맥 빠진 사람처럼 몽둥이를 내려뜨리고 꼼짝도 않고 있었다. 파드득 날개를 털면서 뿌라마는 기둥 곁에서 한 발자국 앞으로 나섰다. 놈은 그다지 놀라지도 않은 듯 여전히 생기 있는 눈을 번쩍이며 몇 차례 깡총거렸다.

그 모양을 본 종형의 팔이 두 번째 허공으로 올라갔다. 대뜸 맹렬하게 아래로 내리쳐진 몽둥이는 그러나 벽 구석의 기둥도 뿌라마도 맞추지 않고 뿌라마의 머리 위를 아슬아슬하게 스쳐갔다. 뿌라마는 또다시 그다지 놀라지도 않은 듯한 생기 있는 눈알을 굴리며 몇 번 깡총거렸다. 꼬꼬 하고 놈은 비명인지 탄성인지 알 수 없는 울음소리를 가볍게 우짖었다.

으음.

신음 소릴 내며 종형은 통나무 몽둥이를 힘없이 떨어뜨리고 뒤로 몇 발자국 물러섰다.

이놈을 기어코 쓰러뜨릴 테다.

방금 낭패한 헛손질을 버무리듯 그는 혼잣말처럼 중얼거렸다. 몽둥이로 놈을 때려죽이는 건 놈을 쓰러뜨리는 바른 방법은 못 된다. 종형은 차마 그렇게는 못한 것일까, 아니면 그의 잔인성이 패한 것일까. 뿌라마를 쓰러뜨리려면 투계를 통해서만 가능한 일이다. 종형은 퍼뜩 무얼 생각했는지 부리나케 큰 부엌으로 빠져나갔다.

잠시 후 종형은 죽은 쥐를 새끼줄로 단단히 매달은 막대기를 들고 큰부엌으로 들어왔다.

저놈은 방해만 되니 뒤란으로 내어다 놓고 샤모를 가져와.

그는 나에게 히죽이 웃어 보였다.

샤모를 트레이닝시킬 참이야.

나는 구석으로 다가가 기둥에서 뿌라마를 풀어 가지고 밖으로 들고 나갔다. 샤모가 매여 있는 뒤란의 아카시아 나무에 놈을 매어 놓고 샤모를 안고 돌아왔다.

줄을 풀어 버린 채 놈을 땅에 내려놓자, 종형은 죽은 쥐를 대롱거리며 샤모 앞으로 나갔다. 나는 피고의 입회인처럼 부엌 안에 갇혀 그 모양을 물끄러미 지켜보고 있었다.

눈앞에 죽은 쥐를 보자, 샤모는 갑자기 꼬꼬 하고 놀라운 듯 우짖었다. 다음 순간 놈의 샛노란 눈빛이 괴물스런 물체를 향해 이글이글 타는 듯이 빛났다. 놈은 쉽사리 가볍게 훌쩍 뛰어올라 보기 흉한 죽은 쥐의 배때기를 부리로 찍어 댔다. 한 번, 두 번, 몸집이 가벼운 샤모는 연거푸 훌쩍훌쩍 몸을 날리며 죽은 쥐를 공격했다. 놈이 허공으로 죽은 쥐를 겨누고 치솟을 때마다 종형은 쥐고 있는 막대기를 조금씩 들어 올렸다. 죽은 쥐는 샤모의 부리가 미치는 지점에서 아슬아슬하게 벗어져 나갔다. 그럴수록 놈은 점점 약이 올라 맹렬하게 죽은 쥐를 겨누고 솟아올랐다.

이따금 샤모의 날카로운 부리가 배때기를 정확하게 쪼아 댔다.

이놈이 얼마큼 높이 뛰나 잘 봐 둬.

막대기의 조종을 계속하면서 종형은 신이 나서 말했다.

이놈은 뿌라마에게 힘으로 덤볐기에 참패했어. 이놈의 점프력을 이용하면 다음에 이길 수 있다.

샤모가 지칠 때까지 트레이닝은 계속되었다. 죽은 쥐의 희멀건 배때기는 샤모의 부리 자국으로 얼마큼 헤어져 있었다. 샤모는 숨을 헐떡이며 부엌 바닥 위에 서서 아쉬운 듯 막대기에 매달린 죽은 쥐를 노려보았다.

여기 너무 미련을 갖지 마.

종형은 샤모의 시선에서 얼른 죽은 쥐를 감추어 버렸다.

이놈에게 모이를 더 갖다 주고 발을 묶지 말고 내버려 둬.

죽은 쥐를 버리려고 그는 밖으로 나갔다. 나는 샤모에게 좁쌀 한 움큼을 가져다주고 놈을 기둥에 묶지 않은 채 부엌 안을 마음대로 돌아다니게 했다 발을 묶어 놓으면 대전할 때 행여 동작이 불편할까 종형이 염려하기 때문이다.

한 번 패배한 놈을 같은 상대에게 두 번씩이나 대전시키는 일은 일찍이 없었던 일이다. 종계들은 힘의 서열이 분명해서 일단 우열이 결정되면 거기에 반드시 순응하기 때문이다.

그런데도 종형은 샤모에게 매우 기대를 걸고 있었다. 샤모가 꼭 이기고 말 거다, 라고 그가 말했지만 그건 확신이라기보다 잡념에 더 가까웠다. 그놈이 이기지 않으면 그로서는 무언가 좌절되는 것이다. 여전히 강자로서 군림하는 뿌라마의 앞에서 그는 후속 수단을 얻지 못하고 쩔쩔매게 될지도 모른다. 반대로 뿌라마가 패하게만 된다면 종형은 당분간 일거리를 얻게 된다. 패한 놈은 식용으로 처분해 버린다는 관례에 따라 거만한 뿌라마 놈에게 조금 더 잔혹하게 굴어 볼 수 있을 것이기 때문이다.

큰 부엌방의 아랫목 벽에 등을 기대고 앉아서 종형은 초조하게 시간을 기다리고 있었다. 그걸 기다리는 대낮의 허구한 시간은 그에게는 단지 무료한 부담일 뿐이었다. 그놈이 이길 수 있을지 몰라, 하고 이따금 그는 스스로도 의아스러운 듯 중얼거렸다. 단 한 번의 트레이닝으로 얼마만큼 투력이 강화되었을지, 혹은 약아빠진 뿌라마 놈이 처음과는 다른 전법으로 나올지도 모른다는 등 모두가 지금으로서는 의문이었다. 그러한 가능성은 설상 별다른 근거도 없는 것이었지만 부푼 기대 때문에 한층 그럴듯하게만 여겨졌다. 어두워질 때까지 종형은 끊임없이 뿌라마와 샤모의 승부에 관해 중얼거리고 있었다.

자정을 넘어 모든 것이 잠든 시간에 우리들은 뒷마루를 지나 밖으로 나왔다. 종형은 커다랗게 심지를 돋운 대형 램프를 내게 건네주고 뿌라마가 매여 있는 뒤란의 아카시아 나무께로 갔다. 요게 속도 편히 자고 있구나. 종일 모이조차 주지 않은 종형이 발길로 걷어차는 게 보였다.

그는 뿌라마의 다리에서 새끼줄을 풀어 낸 다음, 놈을 안고 돌아왔다. 우리들은 잘 길들여진 짐승처럼 소리 없이 어둡고 습기진 처마 밑을 지나 큰 부엌의 뒷문 앞에 섰다.

이건 대단한 구경거리야, 임마.

새까만 괴물처럼 보이는 커다란 판자문의 손잡이를 잡고 종형이 말했다.

큰 부엌으로 들어가 나는 시렁을 떠받치고 있는 한쪽 기둥에 램프를 걸어 놓았다. 부엌의 구석구석까지 차츰 여린 불빛으로 밝혀지고 아궁이 곁에서 잠들었던 샤모가 놀라 몸을 털고 일어서는 게 보였다.

램프가 너무 높아 바닥이 잘 보이지 않아.

투정을 부리는 마술사처럼 종형은 쉽사리 뿌라마를 내려놓지 못하고 투덜거렸다.

바닥이 어슴푸레 어두우면 종계들이 싸울 때 눈앞이 어릿어릿해 물러서고 다시 나아가고 잠시 뛰었다간 휴식하는 조그만 발들의 움직임을 정확히 포착할 수가 없는 것이다. 벼슬의 상처만으로 우세를 판정하기는 곤란했다.

나는 시렁의 기둥에서 내 키보다 높이 걸린 대형 램프를 내려서 손에 들었다.

벌써 종형의 손에 들린 뿌라마를 알아차리고 샤모는 긴장하여 맞은편 아궁이께에서 잽싸게 왔다 갔다 했다. 이럴 때 섣불리 뿌라마를 내려놓았다가는 아예 샤모의 전의가 꺾여버릴 염려가 있다. 될수록 뿌라마의 기세를 감추고 놈을 보잘것없는 초면의 종계처럼 느끼도록 할 필요가 있었다.

종형은 불그레한 뿌라마의 깃털만 보이도록 한 손으로 놈의 머리를 가리고 샤모의 눈치만 살피면서 새로 출발하기 위해 조심스레 뒷걸음질쳐 갔다.

너도 조금 물러나 있어.

하고 종형은 숨을 죽이고 가만히 말했다. 보다 넓은 투계장을 마련해 주기 위해 나는 벽가로 몇 발자국 물러섰다.

꼬꼬 꼬 하고 샤모는 형의 손바닥에 가려진 상대를 조심스레 살피면서 조금씩 기세를 돋구기 시작했다. 놈이 마치 무엇인가를 소리 없는 허공에서 찾아낼 듯 뿌라마가 아닌 허공의 어떤 지점을 응시하면서 천천히 이쪽으로 다가오고 있을 때 뿌라마도 가만 있지는 않았다. 종형의 품안에서 놈은 뛰어내리고 싶어 바둥거렸다. 거친 발가락으로 종형의 팔목을 할퀴면서 놈은 적수를 보려고 머리를 자꾸만 내밀었다.

제발 이놈의 기를 좀 꺾어 놔, 요것아.

벌써 가까이 다가선 샤모에게 종형은 애원하듯 말했다. 하지만 여전히 뿌라마를 내려놓지는 못했다. 놈을 내려놓기만 하면 놈의 억센 부리가 당장 샤모를 짓이기고 말 것만 같은 모양이다.

이윽고 뿌라마의 머리를 가리고 있던 종형의 손이 걷혔다. 우리들은 숨을 죽이고 샤모의 거동만을 지켜보고 있었다. 놈은 그다지 놀라지는 않았다. 도리어 조금 더 머리를 높이 치켜들고 종형의 앞으로 한 발 한 발 다가섰다. 거기에 힘입어 종형은 두 손으로 감싼 뿌라마를 먹이처럼 샤모 앞에 내밀었다. 그리고 능숙한 솜씨로 뿌라마의 육중한 몸을 이리저리 흔들어 댔다. 뿌라마의 머리는 허공에서 기분 좋게 맴을 돌고 그 모양은 일견 높은 곳에서 상대를 거만하게 조롱하는 꼴이 되었다.

이미 적의로 타오른 누르스름한 눈알을 굴리며 샤모는 호시탐탐 뿌라마를 겨누고 다가들었다. 바로 놈의 머리 위에서 뿌라마의 머리가 한바탕 원을 그리자 샤모는 서슴지 않고 가볍게 뛰어올랐다. 종형의 손은 샤모의 부리를 피해 잽싸게 뿌라마를 들어올렸다.

히히, 성공이다.

잔뜩 신경을 곤두세웠던 종형이 한 고비를 넘긴 듯 겨우 소리를 냈다.

헛쪼임을 할 때마다 꼬꼬 하고 샤모는 분노에 겨운 듯 우짖었다. 놈은 다시금 연거푸 뛰어올랐고 그때마다 방금 뿌라마의 머리가 스쳐간 허공의 한 지점을 헛쪼았다. 놈이 땅에 떨어질 때면 갈퀴로 땅을 후비는 것 같은 발소리가 들렸다.

저놈의 사기를 돋워 줄 참이야.

공중에서 강한 놈을 감싸들고 먹이처럼 흔들어 주는 방법은 전의를 잃은 약자를 위해 언젠가 종형이 고안한 것으로 아주 효과가 좋았다.

샤모의 사기가 한창 타오를 때 종형은 돌연 샤모의 머리 위로 뿌라마를 내던졌다. 그는 얼른 벽가로 비켜섰다.

샤모는 한 걸음 물러섰고 그 사이 뿌라마는 벌써 돌격 자세를 취하고 있었다. 목털을 잔뜩 치켜세워 서로 험상스런 모습을 보이며 두 마리의 계공은 반 자도 안 되는 거리에서 맞섰다. 앞발을 앞으로 내밀고 땅에 찰싹 달라붙어 금방 뛰어오를 자세로 두 마리는 잠깐 상대를 맹렬하게 노려보았다. 서로가

이기리라고 생각하고 있었다. 얼마쯤의 대가를 치를 각오를 하고 두 놈은 상대를 꺾으려는 욕망으로 눈을 번뜩였다. 거기다 샤모에게는 형의 욕망조차 곁들여 있었다. 놈의 부담은 한층 무거운 것이다.

이윽고 파드득 아래로 처진 깃털을 뿌리치며 두 마리는 서로 부딪쳤다. 그러자 역시 힘이 약한 샤모는 뒤로 약간 밀려났다. 밀려나면서 키가 작은 놈의 머리는 조금씩 밑으로 처졌고 노련한 뿌라마는 그 기회를 놓치지 않았다. 놈의 날카로운 부리가 힘차게 샤모의 벼슬을 찍어 댔다. 꼬꼬 하고 샤모는 아픈 듯 우짖었다. 놈은 뒤로 몇 걸음 물러섰다가 다시 앞으로 맹렬하게 돌진해 왔다. 그랬으나 뿌라마는 조금도 밀려나지 않았다. 두 마리가 밀착되어 서로 끌 듯이 떨어지지 않는 사이 우위에 선 뿌라마는 연거푸 샤모의 벼슬을 찍어 댔다. 놈의 쪼아림은 힘차고 기계처럼 정확했다. 밀려나지 않으려고 샤모는 벼슬을 찍히면서도 버둥거렸다. 뿌라마의 벼슬을 겨누려고 집요하게 머리를 허우적거렸지만 놈의 부리는 뿌라마의 벼슬에 미치지 못했다. 놈은 미친 듯이 아무데나 헛쪼임을 되풀이했다.

표피가 헤쳐진 샤모의 벼슬에서 피가 보이기 시작했다. 뿌라마의 부리는 그 피의 자국에 빨려들 듯 해진 자리를 연거푸 찍어 댔다. 피가 송글송글 벼슬에서 맺혀나고 있었다. 꼬꼬 신음 소릴 내면서 샤모는 뒷걸음질쳤다.

모든 게 허사가 돼 버린 듯한 순간에 종형은 아아 하고 꺼져 가는 소리를 토하면서 벽으로 돌아섰다. 두 손으로 그을음이 잔뜩 덮인 벽을 부르짚고 바들바들 몸을 떨었다.

이때 아궁이까지 밀려났던 샤모는 부리까지 흘러내린 피를 뿌리치느라 머리를 요란하게 흔들어 댔다. 그리고 한바탕 엉켜 있는 피를 떨어 내고 난 놈의 싯누런 눈빛은 증오로 맹렬히 불탔다. 꼬꼬, 분노에 겨운 소리로 우짖으며 놀랍게도 놈은 뿌라마에게 다시금 다가서고 있었다. 놈은 전법을 바꾸어 이번에는 저 트레이닝에서 보여 주었듯이 허공으로 치솟기 시작했다. 서로 부딪치는 순간에 가벼운 몸을 허공으로 날린 샤모의 부리가 이윽고 뿌라마의 벼슬에 명중했다. 몸이 둔한 뿌라마는 힘으로 다시금 밀고 나왔으나 놈의 부리는 이제 샤모의 벼슬에 미치지 못했다. 샤모는 연달아 뛰어올라 뿌라마의 탐스런 벼슬을 마구 찍어 댔다. 놈의 쪼아림은 복수와 고통으로 한층 잔혹하게 보였다. 뜻밖에 낭패한 뿌라마는 샤모를 본떠 허공으로 뛰어올랐지만 놈이 뛰어오를 때 샤모의 가벼운 몸은 벌써 놈보다 한 치 위에 있었다. 뿌라마의 벼슬에서도 피가 보이기 시작했다. 깃털을 퍼득이며 샤모는 쉽사리 뛰어올라 찍은 자리를 끈질기게 되풀이 찍어 댔다. 두 마리는 피로 젖은 머리로 잠시 헐떡이며 서로 몸을 비벼 댔다.

다시 서로 떨어졌을 때 지쳐 버린 뿌라마는 비실비실 뒷걸음질쳐 달아났다. 꼬꼬 꼬 하고 놈은 저조한 베이스로 고통에 겨운 듯 우짖었다.

흐흐흐흐.

갑자기 야릇하게 웃어대며 종형은 벽가에서 나왔다.

그놈의 트레이닝이 멋들어지게 맞아떨어졌다.

피로 범벅이 된 두 마리의 투계를 내려다보면서 그는 신이 나서 떠벌렸다. 샤모는 일단 승리한 것 같았다. 두 놈 모두가 이미 지칠 만큼 지쳤고 출혈의 고통으로 기운을 잃고는 있었지만 샤모에게는 아직 투력이 남아 있다. 놈은 비틀거리며 뿌라마에게 다가들어 이미 돌아선 뿌라마의 옆구리에 닥치는 대로 헛쪼임을 되풀이하고 있었다.

부엌 가운데로 나선 종형은 기쁨을 감추지 못해 거리낌 없이 웃고 또 웃었다. 흐흐흐흐 그 웃음 소리는 흡사 신음 소리와도 같이 들렸다.

그놈을 나는 안락사시킬 참이야.

석양 무렵 종형은 새끼줄을 들고 큰 부엌에서 서성거렸다. 패한 놈은 식용으로 처분한다는 관례에 따라 뿌라마를 처분하려는 것이다. 그는 새끼줄로 올가미를 만들어 그걸 부엌 구석에 웅크리고 앉아 있는 뿌라마의 목에 걸었다.

이놈을 빨리 죽도록 하는 방법이 있어. 죽는 시간이 오래 걸리면 고통스런 법이다.

한 번쯤 죽어 본 사람처럼 그가 말했다.

너하고 나하고 양쪽에서 이걸 잡아당기면 돼.

그는 올가미의 한 끝을 내게 내밀었다.

나는 못해요.

겁먹은 얼굴로 말하고 나는 뒤로 주춤주춤 물러섰다.

눈 딱 감고 한 번만 잡아당기면 돼, 일 초도 안 걸려.

난 못해요.

임마, 이걸 못해?

이맛살을 찌푸리며 경멸조로 종형이 말했다. 나는 아직도 그가 내 쪽으로 내밀고 있는 올가미의 한 끝을 두려운 듯 바라보며 자꾸만 뒷걸음질쳤다. 구석에서 올가미에 목을 감기운 뿌라마가 영문도 모르고 내 쪽을 바라보았다. 놈의 눈에 물기가 유난히 돋아나 반짝반짝 이슬처럼 빛나고 있었다.

나는 못해요.

뒷마루 문설주에 엉덩이를 부딪쳐 뒤로 넘어지며 나는 말했다.

이 새끼가—.

종형은 올가미를 획 뿌리쳐 버리고 나를 때리려고 한 발짝 한 발짝 내게로 다가왔다. 커다랗게 부르쥔 주먹이 노여움으로 덜덜 떨리는 게 보였다. 나는 몸을 일으켜 세워 뒷마루로 기어올라갔다.

이 새끼가—.

주먹을 휘두르며 나를 좇아 마루 위로 단숨에 뛰어오르려다 종형은 문득 문설주 위에 한 발을 얹어 놓은 채 멈추어 버렸다.

앞마루에서 그 여자의 들뜬 듯한 목소리가 가만가만 얘기하는 게 들렸다.

그분과 함께 지나가던 길인데요. 마침 생각이 났지요.

그거는 참 고마운 일인데요.

하고 숙모님이 맞받았다.

차라리 그편이 좋겠어요.

그럼 그렇게 해보겠어요.

그 여자는 공손하게 말하고 뜨락 저편으로 걸어나갔다.

이 새끼, 나 혼자서도 할 수 있어.

갑자기 생각을 바꾼 종형은 나를 한바탕 노려보고 나서 부엌으로 다시 돌아섰다.

앞뜰로 향한 큰 부엌방의 유리창 밖을 나는 내다보고 있었다. 큰 부엌에서는 종형의 부산한 발소리가 들려왔다. 그는 무엇이 뜻대로 안 되는지 초조하게 부엌 바닥을 왔다 갔다 했다. 뿌라마는 아직 살아 있는 것일까, 그 안락사를 시키는 방법은 혼자서도 가능한 일일까, 어쩌면 그건 한 사람의 힘으로는 손쉽게 되지 않을지도 모른다. 그 때문에 종형이 저토록 애를 먹고 있을 게다. 이러한 생각을 하고 있을 때 돌연 행길로부터 커다란 사나이가 구 관사의 뜨락을 향해 걸어오는 게 보였다. 그는 여느 사람보다 훨씬 키가 커 보였고 얼굴빛도 새하얗게 보였다.

형, 누가 와요.

얼떨결에 나는 큰 부엌을 향해 소리쳤다.

누구야? 손님이야?

종형의 신경질 섞인 목소리가 큰 부엌에서 들렸다.

난 지금 이놈의 목을 조를 참이야.

형, 이리 좀 와 봐요.

하고 나는 다시금 성급하게 소리쳤다. 나의 떨리는 목소리에 놀란 종형이 큰 부엌으로부터 부리나케 방으로 뛰어들어왔다.

무어야, 임마?

그는 내 곁에 바싹 붙어 앉아 유리창 밖을 내다봤다. 노을이 붉게 타오른 황혼을 등지고 검은 법의를 걸친 그 사나이는 성큼성큼 구 관사의 뜨락으로 들어오고 있었다. 널따란 법의의 소맷자락이 비껴 오는 황혼의 햇살 속에서 유난히 펄럭거렸다. 그의 모습은 점점 커다랗게 되었다.

서양 신부야.

얼굴빛이 창백해진 종형은 별안간 내 어깨를 붙들고 덜덜 떨기 시작했다. 나는 종형의, 병을 앓는 듯한 얼굴을 바라보았다. 그는 내 시선에도 아랑곳하지 않고 처음으로 연약한 모습을 보이며 부들부들 떨고만 있었다. 오기만 해 봐라. 따귀를 때려 줄 테다, 라고 말하던 그는 이제 그렇게는 말하지 못했다.

송영 작가 연보

송영 작가 연보

1940년	전남 영광읍에서 교직자 집안의 8남 3녀 가운데 다섯째 아들로 태어나다.
1949년	셋째형이 광주로 가던 중 빨치산에게 목숨을 잃고, 그 충격으로 아버지가 정신분열 증세를 보임.
1950년	6·25가 터지다. 인민 소년단의 부역에 참가하고 노동절에는 〈장백산의 영웅들〉이라는 연극의 각본, 주연, 연출을 도맡아 행사를 치러 냄. 인민 재판을 받고 처형되는 이들을 본 뒤 '혼돈'과 '증오'의 의미가 명료하게 새겨지다.
1952년	아버지의 직장을 따라 여러 학교를 옮겨 다니다 송정리 정광중학교에서 중학교 과정을 마침.
1955년	아버지의 발령지인 전남 염산읍으로 감. 전기나 전화는 물론 정기적인 교통편도 닿지 않는 곳에서 3년간 두문불출.
1958년	아버지가 돌아가시고 가족과 함께 상경. 서울 금호동의 산동네에 정착한 뒤 종로 시립 도서관에 나가 홀로 입시 준비를 하다. 이 시기 모파상, 체호프, 헤세 등의 단편들을 접하면서 문학에 눈을 뜨게 됨.
1959년	한국외국어대학교 독어과에 합격함. 토마스 만, 카프카, 포크너, 톨스토이의 『인생 독본』 등을 읽으며 지냄.
1961년	대학 3학년 때 처음으로 들어간 종로의 어느 음악 감상실에서 짜릿한 전율을 느끼고 서양 고전 음악에 깊이 빠져들다.

1963년	대학 졸업과 동시에 해병대 장교로 자원 입대함. 그러나 진해에서 훈련을 받던 도중 탈영, 이웃집 다락방에서 숨어 지내다. 어린이 미술학원 강사, 가정교사, 여관 심부름꾼 등을 전전함.
1965년	학다리고등학교 교사로 부임하면서 잠시나마 안정된 생활을 누림. 1년 남짓 독일어 교사로 있다 다시 서울로 올라와 신촌에서 하숙을 시작함.
1967년	경기도 고양의 덕양중학교로 부임하다. 대학 시절에 쓴 단편 소설 「투계」를 다듬어 투고한 것이 《창작과비평》 봄호에 실리다.
1969년	수업 도중 7년 전 탈영 사건으로 연행되어 군 사령부 교도소에 수감되다. 「투계」를 읽었던 법무 장교의 호의로 몇 달 만에 군 감옥에서 풀려남.
1970년	군 감옥에서의 경험을 토대로 한 중편 소설 「선생과 황태자」를 발표하다.
1971년	삼등 열차의 떠돌이 승객들의 모습을 다룬 「중앙선 기차」를 발표하다.
1972년	「님께서 오시는 날」과 「생사 확인」 등을 발표하다. 이 무렵 서울 신당동 언덕에 셋방을 얻어 생활함. 위경련이 도져 위암 진단을 받았으나 얼마 뒤 오진으로 밝혀짐.

1973년	전업 작가로서 여인숙을 전전하다. 궁핍한 생활로 인해 단편 「미화 작업」은 200자 원고지 65장 분량으로 마무리됨. 「미화 작업」을 포함해 염산읍에서의 체험을 바탕으로 한 「마테오네 집」, 「계절」 등을 발표함.
1974년	단편 「계절」이 계간 《문학과지성》 봄호에 재수록됨. 평론가 김현으로부터 "소설로서 거의 완벽한 구성을 갖고 있는 뛰어난 작품"이라는 찬사를 받음. 한국작가회의의 전신인 '자유실천문인협의회' 창립 회원으로 참여. 첫 소설 창작집 『선생과 황태자』를 창작과비평사에서 출간하다.
1975년	《조선일보》에 장편 「그대 눈뜨리」를 연재함.
1976년	연재를 마친 장편 『그대 눈뜨리』와 『달빛 아래 어릿광대』를 연이어 출간하다.
1977년	『땅콩 껍질 속의 연가』를 출간하다. 『땅콩 껍질 속의 연가』가 베스트셀러로서 인기를 얻자 1970년대 '잘 팔린' 소설들이 그러하듯 '중간 소설'로 분류됨.
1978년	독신 생활을 마감하고 가정을 꾸리다. 안정된 생활 속에서 《한국일보》에 「달리는 황제」를 연재함.
1979년	『땅콩 껍질 속의 연가』가 이원세 감독에 의해 영화화됨. 신성일, 임예진, 오현경 등이 출연하여 크게 인기를 얻음. 연재를 마친 장편 『달리는 황제』를 출간. 그해 여름 아들 시원

	태어나다.
1980년	소설집『지붕 위의 사진사』를 출간하다. 첫 산문집『작은 사랑의 약속을 위하여』를 문학세계사에서 펴냄.
1981년	정부 주최의 문인 해외 파견 연수단에 뽑혀 시인, 작가들과 함께 프랑스, 쿠웨이트, 인도 등지를 시찰함.
1982년	「무명 일기」 등을 발표하는 한편《부산일보》에 장편「아파트의 달」을 연재하다.
1983년	《정경문화》에 소설「시민으로 살기 위해」를 연재하다.
1987년	《TV 가이드》에「은하수 저쪽에서」를 연재하다. 소설 선집『비련』을 출간함. 단편「친구」로 '현대문학상'을 수상하다.
1989년	「지도자」,「금지된 시간」 등을 발표하고 청소년 소설『꼬마 야동이의 세상 보기』를 문학세계사에서 출간하다.
1990년	중국 소설 전문지《소설문예》에「중앙선 기차」,「북소리」 등이 소개되다.
1991년	중국 여행을 떠나 베이징과 백두산 등지를 둘러보고 돌아오다.
1992년	일본 규슈 지방과 러시아의 모스크바와 상트페테르부르크 등지를 여행함.《중앙일보》』에「무지개가 머무는 곳」을 연

재하다. 민족문학작가회의(現 한국작가회의) 부회장으로 선출.

1994년 이라크와 암만, 이스탄불, 아테네, 로마, 마드리드, 그라나다, 파리 등지를 여행하다. 「침입자」 등을 발표하고 소설 선집 『침입자』를 발간함.

1999년 창작 활동과 더불어 서양 고전 음악에 심취하다. 다수의 음악 칼럼을 기고하는 한편, 『송영의 음악 여행』 등을 발간함. 현역 시인들이 대통령(김대중)에게 전하는 시를 엮은 앤솔로지 『나는 그에게 한 마디만 하고 싶다』에 발문을 쓰다.

2001년 장편동화 『순돌이 이야기』를 발간하다.

2002년 성장 소설 『빙수』를 발간하다.

2003년 단편집 『발로자를 위하여』를 발간하다.

2004년 단편집 『새벽의 만찬』을 발간하다.

2004년~2006년 중편 「부랑일기」를 비롯 「계단에서」, 「친구」, 「계절」 등의 작품이 《US PEN JOURNAL》, 《리터러시 리뷰》, 《첼시》 등의 미국 문예지에 소개되다.

2006년 『바흐를 좋아하세요?』 등의 음악 관련 서적을 펴내다.

2007년 문국현 전 유한킴벌리 사장이 창당한 '창조한국당'의 문화

예술 분야 발기인으로 시인 도종환, 김용택, 영화감독 이장호 등과 이름을 올리다.

2014년 《중앙선데이》에 「음악, 나의 동경 나의 위안」을 연재하다. 한·영문 동시 표기 소설 선집 『바이링궐 에디션 한국 대표 소설』 제5권에 「북소리」가 수록됨.

2016년 10월 14일 오전 5시 지병인 식도암으로 별세. 향년 76세.

【해설】

외부를 사유하다

—송영의 유작遺作 소설집에 부쳐

장석주(문학평론가, 시인)

1

2016년 10월 15일자 신문은 "소설가 송영 씨가 14일 오전 5시 지병인 식도암으로 별세" 했다는 소식을 전한다. 이 소설집은 소설가 송영(1940~2016)의 사후 1년 반 만에 출간되는 유작遺作「화렌의 연인」,「나는 왜 니나 그리고르브나의 무덤을 찾아갔나」,「라면 열 봉지와 50달러」,「금강산 가는 길」 등 네 편과 등단작인「투계」로 이루어진 작품집이다.

송영은 1967년에 등단해 죽을 때까지 대략 50여 동안 꾸준한 작품 활동을 펼쳤다. 그가 가장 활발하게 작품을 내놓은 시기는 1970년대이고, 이 시기에 대표작으로 꼽을 만한 작품이 씌어졌다. 1974년에 나온 첫 소설집『선생과 황태자』는 그것이 전쟁이든지 가난이든지 온갖 형태의 폭력에 시달리는 내향적 지식인의 실존 문제를 집요하게 파고든 문제작으로 채워진다. 이 유작 소설집 해설을 맡아 달라는 문학세계사 측의 요청을 기꺼이 받아들인 것은『선생과 황태자』를 누구보다 감명 깊게 읽고 작가론 몇 편을 쓴 인연에 더해 유작 네 편에 대한 기대와 설렘이 컸기 때문이다.

송영은 1940년 전라남도 영광의 한 벽촌에서 교직자 아버지 아래 8남 3녀 중 다섯째 아들로 태어나 유년기에 해방과 한국 전쟁을 겪었다. 송영의 작품은 대략 두 개의 원체험原體驗[1]이 무의식적 의미망으로 작동하는 것을 볼 수 있다. 첫 번째는 새 임지로 발령받은 아버지를 따라 바닷가 언저리인 염산으로 가는데, 이 벽지에서 두문불출하며 보낸 체험이다. 작가가 자전 연보에서 밝힌 내용을 살펴보자.

"나는 만 3년간 거기서 지냈는데 내 연령으로 비춰 볼 때 염산 생활은 퍽 중요한 경험이 된 것 같다. 3년간 관사官舍에서 살면서 나는 단 한 번도 관사 울타리 바깥을 나간 일이 없었다. 집안에서 내가 주로 한 일이란 닭싸움 시키기, 낮잠 자기, 멍청히 앉아 밤을 기다리기, 그리고 창을 통해 바깥 풍경을 내다보기 따위였다. 특히 창을 통해 마을의 거리나 옆집의 뜨락을 집요하게 바라보던 일이 큰 소일거리였다. 그것은 당시 내가 세계를 보고 접하던 유일한 길이기도 했다. 좌절된 꿈과 꺾일 줄 모르는 동경을 음험하게 가슴에 깊이 감추고 창 이쪽에 숨어서 바깥 풍경을 노려보던 시간은 하루 가운데 내가 긴장했던 유일한 시간이었다. 옆집의 아리따운 염전 주인 딸이 봄

---

1) 작가에게 원체험은 의식의 근원과 맞닿아 문학적 상상력의 수원지가 되곤 한다. 송영의 경우에도 소년기의 자폐적 생활과, 군 감옥에서 몇 달 지낸 밀폐 상황 체험이 내면에 지울 수 없는 압인押印으로 찍힌 것으로 보인다. 송영의 소설들을 겹쳐 놓으면 그의 의식을 끊임없이 간섭하고 지배하는 밀폐된 공간이라는 원체험이 한결 분명해지는데, 프랑스의 비평가 샤를 모롱은 그것을 '고정 관념적 신화 현상' 또는 '무의식적 이미지의 결합망'이라고 일컫는다.

날 정오에 자기 집 넓은 마당에서 뛰놀던 광경을 훔쳐보던 때의 감동을 잊을 수 없다. 창을 통한 풍경에 매달리고 그 시야에 익숙하면 익숙할수록 울타리 바깥 출입이 나는 두려웠다."

관사 울타리 바깥으로 나가지 않은 채 그 안에서만 지낸 청소년기의 유폐 경험은 작가의 의식 세계에 "좌절된 꿈과 꺾일 줄 모르는 동경"을 심어 준 "퍽 중요한 경험"이다.

두 번째는 군대에서 탈영해서 7년간의 도피 생활 끝에 체포되어 겪은 몇 달간의 군 감옥 체험이다. 이 체험은 앞서 청소년기의 염산 체험과 이어지면서 세계 내 실존에 대한 의식에 낙인을 찍는 원체험을 이룬다. 송영의 소설은 빈번하게 좌절된 욕구의 공간에 외톨이로 남은 인물의 심리에 초점을 맞추는데, 이것은 두 개의 원체험과 깊은 연관이 있다.

송영의 소설 세계는 이 원체험을 되풀이하고 변주하면서 이루어진다. 작가는 세계의 안쪽으로 받아들여지지 못한 채 떠도는 창백한 지식인을 다루거나 타인과 유리된 폐쇄 공간(감옥이나 벽지 마을)에서 실존을 꾸리는 내향적 지식인의 불안을 응시하는 작품을 써 왔다. 이는 다분히 작가 자신이 청소년기를 보낸 염산 시절의 체험을 반향反響하는 것으로 보인다. 송영의 작중 인물은 외부와 단절된 폐쇄된 곳에서 실존의 안정감을 느끼는 반면 '외부'에 대해서는 동경과 두려움이라는 양가적 감정을 드러낸다. 낯선 것의 공포는 그 낯선 곳의 정체를 알 수 없다는 데서 비롯한다. 다시 말하면 아직 제 정체를 드러내지 않은 이 낯선 것이 주체가 누리는 삶의 안녕과 평화를 깰 수도 있다는 두려움을 낳는다. 송영이 그린 작중 인물은 대개 유폐된 삶을 선택한 자다. 그 유폐 속에서 자아를 기르고 빚는 것에 길들여진 이들에게 갑자기 다가오는 '외부'는 그 존재 자체만으로도 공포와 충격을 낳는다.

2

1960년대 이후 한국 문학은 이청준의 「병신과 머저리」, 이제하의 「유자약전」, 서정인의 「강」, 김승옥의 「무진기행」·「서울 1964년 겨울」, 윤흥길의 「장마」, 조세희 「난장이가 쏘아올린 작은 공」 연작 단편, 이문구의 「관촌수필」 연작 단편, 황석영의 「삼포 가는 길」·「몰개월의 새」 등 아주 빼어난 단편을 내놓는다. 송영의 「투계」[2]는 이 작품들과 더불어 한국 단편 문학의 수작으로 꼽는다 해도 한치의 꿇림이 없다. 「투계」는 폐쇄된 세계와 열린 세계의 경계에 선 인물이 구축한 지배 권력의 허상을 묘사하는 작품으로 송영 소설의 원형질이 고스란히 담긴 작품이다. 1인칭 화자인 '나'의 관찰자적 시점에 의해 종형의 행태를 그리는데, 종형은 싸움닭을 키우며 투계에 열중한

2) 송영은 대학 시절에 쓴 단편 「투계」가 1967년 《창작과비평》에 실리면서 문단에 나온다.

다. 종형의 지배력이 미치는 공간은 관사와 부엌, 그 주변이다. 그는 일종의 '성난 사람'이고, 이 작고 폐쇄된 세계에서 폭군으로 군림한다.

"종형은 다시금 뚜벅뚜벅 내게 걸어와서 구둣발로 내 뒤통수와 잔등을 함부로 짓밟았다. 짓밟을 때마다 퍽퍽 무언가 맞부딪는 둔탁한 음향이 내 귀에도 들렸고 나는 그 소리를 들으면서 점점 멍멍해지는 정신을 가누려고 안간힘을 썼다."

종형은 폭력으로 작은 세계를 다스리는 권력자이고, '나'와 싸움닭은 그 폭력으로 길들여지는 존재다. 그러나 강인한 완력으로 자기 세계를 구축한 것으로 보이는 종형은 외부 세계의 도래와 함께 너무나 쉽게, 나약하게 무너진다.

'외부'는 파악되지 않은 외재적인 것이 품은 힘의 무한함을 표상한다. 그것은 겪어 보지 않았다는 점에서 환상적인 실재다. 어느 날 저녁 구관사를 찾는 '서양 신부'는 그 '외부 세계'의 도래를 예고한다.

"노을이 붉게 타오른 황혼을 등지고 검은 법의를 건친 그 사나이는 성큼성큼 구 관사의 뜨락으로 들어오고 있었다. 널따란 법의의 소맷자락이 비껴 오는 황혼의 햇살 속에서 유난히 펄럭거렸다."

한껏 내부 권력자의 모습을 취하던 종형이 이 낯선 타자의 등장에 보인 반응은 놀라운 반전이다. "얼굴빛이 창백해진 종형은 별안간 내 어깨를 붙들고 덜덜 떨기 시작"한다. 얼굴빛이 창백해지고 몸을 떠는 것은 공포에 대한 신체적 반응이다. 공포란 무엇인가. "'주체성' 그 자체로부터 의식을 박탈해 갈 운동"이고, "의식을 무의식 속에서 진정시키는 것이 아니라 비인격적인 깨어 있는 상태 속에, 참여 속에 빠뜨리는 것"이다.[3] 공포는 죽음에 대한 불안이 아니라 주체의 주체성을 박탈하는 위험과 마주칠 때 발생한다. 다시 말해 존재자의 주체성을 빼앗고 뒤집어서 주체가 미처 준비하지 못한 있음으로의 참여를 강제할 때 생기는 정념이다. 레비나스는 이렇게 첨언한다. "공포는 모든 부정의 한복판으로 회귀하는 있음으로의, '출구 없는' 있음으로의 참여이다."[4] 종형은 왜 '외부'에 그토록 커다란 공포를 드러내는가? 종형이 어두운 골짜기를 혼자 쏘다니고 사나운 싸움닭을 조련하며 스스로의 견인력과 강함을 과시하지만 실은 매우 나약한 존재에 지나지 않는다. 서양 신부라는 낯선 존재의 출현으로 말미암아 제 내면의 나약함이 발가벗겨지는 것에 민감하게 반응했던 것이다. '외부'는 잘 모르는 것이고, 따라서 그것은 제 뜻대로 휘어잡을 수 없는 대상이다. 종형은 제 앞에 성큼 다가온 '외부'의 우글거림에 공포와 혼돈에 빠져 속절없이 주저앉는다.

---

3) 에마뉘엘 레비나스, 『존재에서 존재자로』, 서동욱 옮김, 민음사, 98쪽.
4) 에마뉘엘 레비나스, 앞의 책, 100쪽.

「투계」에서 보여 준 벽지나 감옥에 유폐된 자아의 소외감과 공포는 이후의 「마테오네 집」, 「시골 우체부」, 「님께서 오시는 날」, 「선생과 황태자」 등에서 반복적으로 드러나고 변주된다. '외부'는 항상 존재자의 바깥에 다른 것으로서 존재한다. 이것은 언제든지 주체의 세계를 휩쓸어 버릴 수가 있다. 존재는 늘 다른 존재에 의해 휩쓸어지고, 그로 인해 존재함의 바깥으로 밀려 나간다. 유폐된 자아에게 '외부'는 근원적 타자이고, 귀신이나 유령같이 그 존재를 해명할 수 없는 대상이다. '외부'는 유폐된 자아에게 끊임없이 다가와서 이 세계 내에 '출구 없음'이라는 실존의 무거움을 강제로 떠맡긴다. 송영 소설에서 외부와 내부의 경계에 있는 '창'에 집착하는 인물이 여러 번 등장하는데, 이는 '외부'를 향한 "좌절된 꿈과 꺾일 줄 모르는 동경"을 암시하는 중요한 메타포이다.

3

사적 체험이 작품의 모티프를 이루는 경우 소설은 작가의 기억에 의존할 수밖에 없다. 어쩌면 작품이란 마르셀 프루스트의 『잃어버린 시간을 찾아서』와 같이 '기억의 잔존물'이거나 '추억의 직조물'[5]이기 십상이다. 이때 사적 체험이 이루어진 시간과 공간, 사람, 풍속, 날씨들, 경험 주체의 기분 따위가 그 직조물의 중요한 재료다. 송영의 유작 역시 그렇다. 「화렌의 연인」, 「나는 왜 니나 그리고르브나의 무덤을 찾아갔나」, 「라면 열 봉지와 50달러」, 「금강산 가는 길」 등에서 눈에 띄는 특징은 작가의 사적 체험이 이야기의 핵심을 이루고, 외부로의 공간적 확장이 광범위하게 이루어진다는 점이다. 작가는 더 이상 감옥이나 시골 벽지에 유폐된 주인공을 내세우지 않고, '외부' 세계를 향해 활짝 열려 있다는 점에서 인상적이다. 이 외부는 대만(「화롄의 연인」)과 러시아(「나는 왜 니나 그리고르브나의 무덤을 찾아갔나」, 「라면 열 봉지와 50달러」), 그리고 휴전선 이북의 금강산(「금강산 가는 길」) 등을 가리킨다. 작가는 말년에 여러 번에 걸쳐 톨스토이와 도스토옙스키의 나라이자 고전 음악이나 발레와 같은 순수 예술이 번성하던 러시아를 찾고, 그 체험을 바탕으로 여러 편의 소설의 써 냈다. 작가에게 잦은 러시아 여행은 동경하는 세계로의 내적 이주라는 의미를 품는다.

"전쟁, 가난, 폭력으로 죽어간 형제 등 이십 세 청년으로는 감당하기 힘든 고통스런 기억에 허덕이던 나를 그 글(톨스토이의 책)은 구해 주었다."(「나는 왜 니나 그리고르브나의 무덤을 찾아갔나」) 톨스토이를 통해 '굶어도 좋다'는 각오와 함께 글쓰기에 투신하는 동기를 부여받은 '나'에게 톨스토이의 나라인 러시

---

5) 롤랑 바르트는 "톨스토이의 『전쟁과 평화』 역시 추억의 직조물"이라고 언급한다. 『롤랑 바르트의 마지막 강의』, 변광배 옮김, 민음사, 48쪽.

아를 찾는 것은 현실의 압도적 폭력 —어린 시절의 고통스런 기억—에 지레 겁먹고 회피하고자 하는 무의식의 심리를 넘어서서 고전 음악에서 구하는 "위안과 자기 존재의 고양高揚"이라는 의미의 자기 구원에의 몸짓이다. 잘 알다시피 작가 송영과 소설의 등장인물 '나'는 여러 모로 닮았다. 우리는 그에게 러시아는 무엇이었나를 거듭해서 물어야 한다. 그것은 한마디로 "좌절된 꿈과 꺾일 줄 모르는 동경"의 대상으로 평생 화두가 되었을 '외부'를 표상하는 모든 것이었을 테다. 이제 「라면 열 봉지와 50달러」와 「나는 왜 니나 그리고르브나의 무덤을 찾아갔나」 두 작품을 상세하게 검토하며, 세계와 불화하며 주변인과 아웃사이더로 떠도는 작중 인물의 심리를 더듬어 보자.

「라면 열 봉지와 50달러」는 러시아 단체 여행 중 만난 러시아 청년 지식인 블라디미르와의 인연에 대해 쓰고 있다. 러시아 문학과 음악에 관심이 많은 작가인 '나'는 문인들로 이루어진 러시아 여행단에 끼어드는 것을 계기로 러시아 여행에서 보고 들은 경험의 전말을 담담하게 보여 주는 작품이다. "나와는 다른 땅에서 다른 언어와 풍속으로 살아온 인간과 만나 서로 대화하고 생각을 교환하는 것, 그것이 '여행의 꽃'이다."

러시아 여행 중 만난 블라디미르야말로 그런 '여행의 꽃'을 실감하게 해줄 적절한 인물이다. '라면 열 봉지'는 '나'와 블라디미르가 연결되는 매개물이다. '나'는 호감의 표시로 그에게 50달러를 건네려다가 거절당하고 무안해져 서울에서 가져간 '라면 열 봉지'를 전달한다. 관광객과 가이드로 첫 만남이 성사된 블라디미르와의 인연은 그가 한국의 K대학교 교수 임용에 도움을 베푼 일, 그와 한국 처녀의 결혼식에서 주례로 나선 사정으로 이어진다. 청년 지식인인 블라디미르의 곤궁한 처지와 쉽지 않은 구직 활동으로 러시아가 처한 사회・경제의 어려운 형편 따위가 차분한 서술을 통해 드러난다. 이 소설에는 모스크바에서 방 한 칸을 얻어 신혼살림을 꾸리고 대학에서 월급으로 50달러를 받는 임시 강사로 근무하는 블라디미르의 곤궁한 살림 형편과 해외 대학에서 교수 자리를 구하는 그의 구직 활동 이야기를 제외하고 별다른 사건이 나오지 않는다. 그럼에도 「라면 열 봉지와 50달러」를 주목한 것은 우연히 만난 러시아 청년과 우정의 가능성을 모색하기 때문이다. 이 우정이란 단지 한 인간과의 친밀감을 쌓는 것일 뿐만 아니라 작가의 작중 인물이 집요하게 드러낸 타자 세계 일반과의 불화를 넘어서서 화해 가능성을 암시하는 일이다.

내가 좀 더 관심을 갖고 꼼꼼하게 읽은 작품은 「나는 왜 니나 그리고르브나의 무덤을 찾아갔나」이다. 이 작품은 러시아를 배경으로 펼쳐지는 200자 원고지 400백 매가 넘는 중편 분량의 소설이다. 주인공 '나'는 1990년대 초반 동료 작가들과 처음으로 러시아를 방문하고, 이어 2005년 여름부터 가을까지 석 달 간 툴스카야의 흐루숍카를 빌려 혼자 지낸 적이 있는데, 7년 만에 다시 러시아를 찾는다. 여기서도 대단한 사건은 없다. 간간이 플래시백으로 어린 시절과 청년기의 고통스런 기억이 삽입되는 가운데 소소한 러시아 방문기가 펼쳐진다. '나'는 모스크바 근교의 작가촌인 페레델키노에 머무는 고려인 출신으로 러시아 대작가의 반열에 오른 A의 다차가 있는 가브리노에서 며칠을 보내고, 그 부근의 니나 그리고르브나라는 러시아 여인의 무덤을 방문한 뒤 다시 A의 부부와 함께 '러시아 작가 미팅에 참여하기' 위해 야스나야 폴랴나를 가려는 계획을 갖고 러시아를 찾은 것이다.

'나'는 한인이 운영하는 민박집에서의 며칠을 보낸다. '나'는 몇 년 전 A의 다차가 있는 고장에 들렀다가 그의 이웃인 러시아 여인 니나 그리고르브나를 만난다. "집 주인 니나가 마루로 나와 환하게 웃으며 우리를 반갑게 맞았다. 니나는 칠순에 이른 노인이지만 평생 땅을 일구며 살아온 농촌 여성답게 얼굴이 구릿빛으로 그을렀으며 내 손을 맞잡은 손에서도 사내 같은 힘이 느껴졌다. 그때 니나가 처음 보는 내 손을 맞잡으며 마치 오랜 친구를 맞아 주듯 살갑게 웃어 주던 모습이 오래도록 기억에 남았다." '나'는 이국의 다차에서 무거운 짐을 내려놓고 행복한 시간을 갖는다. '나'는 니나의 환대를 받으며 우정을 나누는데, A는 니나가 '나'에게 연모의 감정이 있다는 것, 원한다면 니나가 가진 토지의 일부를 양도할 생각이 있다는 사실을 전한다. '나'는 톨스토이 재단 사무국과 출판국이 있는, 모스크바에서 자동차로 4~5시간 거리의 야스나야 폴랴나에서 열리는 작가들의 '세계 대회'에 참여하러 A와 엘레오노라, 한국에서 온 B교수와 함께 떠난다. '나'는 강연을 하고, 러시아 작가들의 뜨거운 호응을 얻는다. '나'는 군 장교 후보생으로 입대했다가 군대에 만연한 폭력을 겪고, 절박한 위기감에 내몰려 군대에서 탈영해서 7년간 도피 생활을 한 경험, 그 뒤로 신산스런 인생 역정에 대한 거친 회고가 이어진다.

이 과정에서 러시아 작가 A와 그의 새 아내인 엘레오노라의 이야기가 다소 장황하게 펼쳐지는데, '나'를 니나의 무덤으로 안내하겠다는 A의 약속은 여러 사정이 생기면서 무산된다. '나'는 러시아 작가 미팅에 참여하려던 계획도 취소하고, 다차를 떠나 민박집으로 돌아간다. '나'는 왜 니나의 무덤을 찾아가려고 했나? "적어도 거기 머물던 시간에는 나 자신도 자기에게 명확하게 해명할 수가 없었다. 내가 왜 만사 젖혀 놓고 서울에서 여기까지 달려왔는지, 그렇게 하고 싶었고 해야겠다는 필연의 욕구는 자제하기 어려울 만큼 강했다." 작가는 끝내 그 이유를 명확하게 드러내 설명하지 않는다.

4

'나'는 소비에트 공화국이 해체되고 들어선 러시아로 여러 번에 걸쳐 여행을 떠난다(「나는 왜 니나 그리고르브나의 무덤을 찾아갔나」, 「라면 열 봉지와 50달러」). 딱히 러시아에서 해야 할 중요한 일이 있는 것도 아닌데도 말이다. '나'를 러시아로 이끈 것은 20세의 젊은 시절 러시아 작가로 노벨 문학상을 수상한 보리스 파스테르나크의 『의사 지바고』를 읽은 경험에서 촉발된 러시아에 대한 막연한 선망(「라면 열 봉지와 50달러」), 그리고 대학교 1학년 때 읽은 톨스토이의 『인생 독본』이 불러일으킨 격한 감동이 부추긴 바도 있었을 테다. 강의실 구석에 앉아서 읽은 톨스토이의 책은 '나'를 감동에 빠뜨린다. "마치 활자 하나하나가 강철로 된 화살촉이 되어 내 심장에 박히는 것처럼 내게 충격과 감동을 안겨 줬다." '나'는 톨스토이 책을 읽으며 "너무나 많은 눈물을 흘"리고, "삶의 방향을 완전히 바꾸어 버"린다(「나는 왜 니나 그리고르브나의 무덤을 찾아갔나」). '나'의 동경이 끝 간 데에 '외부'로서의 러시아가 있다면, 이 '외부'는 '나'의 내부로 끝내 포섭되지 않는다. 그런 까닭에 '나'는 이 '외부'의 '외부'로 떠돈다. 러시아의 평범한 농촌 여성인 니나의 무덤을 방문하려는 여정이 좌절되는 것은 상징성을 품는다. '나'는 러시아에서 무엇을 했던가.

"2005년 여름부터 가을까지 석달 동안 나는 툴스카야의 호루숍카를 잠시 빌려 혼자 지냈던 경험이 있다. (중략) 나는 날마다 툴스카야 역 부근, 그리고 서민들의 아파트 촌 부근을 실컷 어슬렁거렸고 오랜만에 바이올린 연주도 실컷 들었다."

'나'는 다른 곳에서 와서 임시 거처를 정하고 그 주변을 날마다 어슬렁거린다. '나'는 세계 안쪽으로 스미지 못하고 한사코 바깥으로 미끄러지는 존재다. 온건하게 말하자면 산책자이고, 격하게 말하자면 바깥으로 내쳐진 자, 자발적 망명자, 방외인, 주변인, 아웃사이더다.

사회학자 게오르그 짐멜의 분류에 따르면, '나'는 이방인이다. "이방인은 안에 있는 동시에 바깥에 있다. 그러니까 중간에, 문턱에 있는 것이다. 그는 출신 성분이나 다른 곳에서 흘러들어왔다는 사실 때문에 자신이 정착한 집단 안에서 여느 사람들과는 다른 위치를 차지하거나 그런 위치를 부여받는다."[6] 유작에서도 확인되는 바지만, 작가는 세계의 바깥으로 내쳐진 채 그 안쪽을 동경하면서도 선뜻 뛰어들지 못하고, 중간과 문턱에서 서성이는 자의 망설임과 의혹을 묘사하면서 바깥을 떠도는 창백한 소지식인이라는 정체성을 다시 한 번 명확하게 드러내 보인다.

비교적 꼼꼼하게 읽은 「라면 열 봉지와 50달러」와 「나는 왜

---

6) 니콜 라피에르, 『다른 곳을 사유하자』, 이세진 옮김, 푸른숲, 76쪽.

니나 그리고르브나의 무덤을 찾아갔나」에는 작가의 다른 작품과 마찬가지로 심심할 정도로 사건이 없다. 이 소소한 일화로 꾸려진 소설이 보여 주는 것은 외부를 사유하는 작가의 태도일 뿐이다. 송영의 유작을 읽으며, 문학이 무엇인가를 묻고, 묻고, 또 묻는다. 과연 문학은 독자를 상상의 삶으로 이끌면서 자기 성찰의 계기를 부여하고, 더 나아가서 자기 구제를 향한 안타까운 몸짓이 될 수 있을까. 그도 아니라면 세계와 불화하는 자에게 문학은 화해와 소통을 위한 다리 정도는 될 수 있을까. 송영의 소설이 야심적 대작이 찬연하게 뿜어 내는 신화의 광휘를 가진 작품이라고 할 수는 없다. 그는 애초에 그런 것을 욕심내지 않는다. 하지만 세계의 바깥으로 끝없이 미끄러지며 외부를 향한 사유를 멈추지 않는 송영의 작품이 독자로 하여금 제 영혼을 깊이 있게 들여다보는 계기를 주고, 혼돈과 두려움에 빠진 누군가의 영혼에 지적이고 도덕적인 빛 한 줄기쯤은 밝혀 줄 수 있을 거라고 믿는다.